DER SCHWAR

FSC
www.fsc.org
MIX
Papier | Fördert gute Waldnutzung
FSC® C014496

Klimaneutral
Druckprodukt
ClimatePartner.com/18521-2202-1001

ISBN 978-3-7432-1551-1
1. Auflage 2023
erschienen unter dem Originaltitel *Swarm Rising*.
First published in Great Britain in 2021 by Hodder and Stoughton.

Aus dem Englischen übersetzt von Hanna Reibert
Umschlagillustration: Tom Thiel
Umschlaggestaltung: Michael Dietrich
Printed in the EU

www.loewe-verlag.de

Tim Peake & Steve Cole

CYBER CODE

IM VISIER DER AGENTEN

BAND 1

Aus dem Englischen
übersetzt von Hanna Reibert

Loewe

Tim Peake – Für Thomas und Oliver. Da habt ihr *was* angerichtet! Der Schwarm ist hier.

Steve Cole – Für Amy, immer schon.

INHALT

Vorwort 5
Sie kommen 9
Kontaktaufnahme 13
Alarmglocken 25
Gehackt 33
Nicht geheuer 46
Navi auf Abwegen 52
Die verlassene Lagerhalle 64
Adi wird erwachsen 70
Die Würfel fallen 85
Versprechen oder Drohung? 100
Frankies Pizza 115
Agenten 137
Unvermeidbare Niederlage 152
Im Datenstrom 163
Der Zorn der Wächter 177
Ein langer Heimweg 191
Kein Ausweg 207
Dannys Blues 217
Die Gefahr in mir 235
Weltuntergang 247

Verteidiger des Blauen Planeten 264
Zwei wichtige Gründe 283
Vier Tage später 297
Wissenschaftliche Hintergründe 304
Schwarmsprech 307

VORWORT

Auf der Erde gibt es unter Wissenschaftler*innen, Vordenker*innen und sonstigen klugen Köpfen einige, die nicht nur an Aliens glauben, sondern auch aktiv nach ihnen suchen. Raumfahrtbehörden wie die NASA und die Europäische Weltraumorganisation schicken Mars-Rover auf den roten Planeten, um dort Ausschau nach Spuren von Leben zu halten. Die Antennen riesiger Radioteleskope sind rund um die Uhr in den Himmel gerichtet, bereit, Signale von außerirdischen Zivilisationen zu empfangen. Dabei dreht sich alles um die vielleicht wichtigste Frage, die wir stellen können: *Sind wir allein im Universum?*

Eine Antwort haben wir bisher nicht, wir kommen ihr allerdings näher. In Wissenschaftskreisen liegt Spannung in der Luft. Auf dem Mars wurden in den letzten Jahren immense Mengen gefrorenen Wassers nachgewiesen. Ein Drittel des Planeten könnte früher von einem Ozean bedeckt gewesen sein – und wo Wasser ist, kann Leben entstehen. Im All wurden gigantische Gaswolken entdeckt, die komplexe organische Moleküle enthalten – die Bausteine für das Leben. Das Kepler-Weltraumteleskop der NASA hat neun Jahre lang Ausschau nach Planeten in der sogenannten habitablen Zone gehalten. So heißt der Bereich um einen Stern, in dem die richtigen Temperaturen herrschen, sodass Wasser in flüssiger Form vorkommen kann. Das Teleskop hat lediglich einen winzigen Ausschnitt unseres Nachthimmels betrachtet und dabei mehr als 2.600 Planeten aufgespürt. Astronom*innen vermuten, dass es in der Milchstraße bis zu 40 Milliarden felsiger, ungefähr erdgroßer, bewohnbarer Planeten geben könnte.

Sollte die Erde also wirklich der einzige Ort in der Galaxis sein, an dem sich Leben entwickelt hat? Das ist mehr als unwahrscheinlich. Und selbst wenn: Das Universum besteht aus mindestens 100 Milliarden weiterer Galaxien.

In anderen Worten: Ja, ich glaube an die Existenz von Leben jenseits der Erde. Und wenn man die Frage nach Aliens ernst nimmt, dann muss man auch an die Zukunft denken.

Werden sie zum Beispiel je Kontakt zu uns aufnehmen?

Die unermessliche Weite des Weltalls macht die Existenz außerirdischen Lebens zu einer annähernden Gewissheit, ist aber gleichzeitig der Grund dafür, dass die Menschheit wohl niemals in Kontakt mit einer anderen Zivilisation wird treten können. Die Raumsonde *Voyager 1* ist das von Menschen geschaffene Objekt, das sich derzeit am weitesten von der Erde entfernt befindet. Sie soll die Planeten Jupiter und Saturn erforschen und dann immer weiter in die Tiefen des Alls vordringen. Seit über 43 Jahren ist die *Voyager 1* inzwischen unterwegs. Wäre ihr Ziel der nächstgelegene Stern, dann müsste sie allerdings noch weitere 80.000 Jahre Flugzeit einplanen. Könnt ihr euch vorstellen, dass Menschen so lange auf einem Raumschiff ausharren, nur um zu unserem nächsten Stern zu gelangen?

Wohl kaum. Nein, wenn der Mensch sein eigenes Sonnensystem verlassen will, dann muss er sich weiterentwickeln, sich anpassen, sich neue Überlebensstrategien suchen. Eine Möglichkeit bestünde in der Evolution zu einer digitalen Lebensform, die das Universum mit Lichtgeschwindigkeit bereist. Intelligentes Leben kann es aber unabhängig von einem Körper nicht geben – oder doch? Wie könnte solch ein körperloses Leben aussehen und sich entwickeln?

Tim Peake

SIE KOMMEN ...

Wir müssen dringend über Aliens reden.

Lange haben wir uns Außerirdische als kleine grüne Männchen vorgestellt, als Wesen mit überdimensionalen Köpfen, Glupschaugen, dürren Körpern und langen, knotigen Fingern. Vielleicht glaubten wir sogar, ein paar Evolutionsstufen weiter könnten wir Menschen selbst so aussehen.

Doch die Wahrheit sieht ganz anders aus. Sie ist beängstigender als alles, was ihr euch vorstellen könnt.

Im Jahr 1974 schickte die Menschheit eine Botschaft in Form von Radiowellen hinaus in die Tiefen des Weltalls.

Ziel des Signals war ein abgelegener Winkel unserer Galaxie. Die Empfänger: außerirdische Wesen, denen wir in Nullen und Einsen mitteilten, dass sie nicht allein im Universum seien, wo sich unser Planet befände und was für Kreaturen auf ihm lebten.

Im Grunde genommen ging es darum, unsere eigene Cleverness zur Schau zu stellen. Dass leibhaftige Aliens die Nachricht empfangen, sich auf die Suche nach der Erde machen und uns tatsächlich aufspüren würden, damit rechnete niemand.

Die Fremden werden in keinem Raumschiff kommen. Sie reisen mit Lichtgeschwindigkeit, als Code, als körperlose Intelligenz. Die Frage ist: Wer wird sie hören? Und was wollen sie?

Ein Schwarm nähert sich.

Bald, sehr bald schon wird er hier sein.

HEUTE IN
FÜNF JAHREN ...

1. KONTAKTAUFNAHME

Mein Name ist Danny Munday, aber meine Geschichte beginnt an einem Dienstag.

Der Brüller, habe ich recht? Na ja, ihr könnt euch vorstellen, was ich in der Schule schon mein Leben lang für bescheuerte Montagswitze zu hören kriege. À la »Och nö, was will denn Munday hier? Ich dachte, es wäre Friday.«. Oder »Wenn jeder Tag ein Geschenk ist, wo kann ich dann den Munday umtauschen?«. Oder auch »Wetten, du heiratest mal Freya Easter? Denn dann würdest du Danny Easter-Munday heißen, hahaha. Und eure Kinder sind dann Osterhasen.«. Was natürlich keinerlei Sinn ergibt, denn erstens zwingt einen niemand, bei der Eheschließung einen Doppelnamen anzunehmen, und zweitens ist Freya Easter derart taff, dass sie einem allein mit ihrem Blick die Knochen brechen kann. Von daher halte ich mich tunlichst von ihr fern.

Äh, wo war ich? Ach ja, Munday am Dienstag.

Es war ein stinknormaler Dienstagabend. Mum im Büro, Hausaufgaben zur Hälfte erledigt, keine besonderen Vorkommnisse. Jamila hing bei mir ab und nervte. Wobei, nein, das ist gemein. Sie ist meine beste Freundin, und ich kenne sie seit unseren Sandkastentagen. Wir chillten in meinem Zimmer, spielten *Breakout Saturn* auf der Playstation, futterten Nachos und amüsierten uns.

Jedenfalls bis sie mir diese mutierten Riesenspinnen auf den Hals hetzte und mich dann meinem Schicksal überließ.

»Besten Dank auch, Jam«, ärgerte ich mich, »wegen dir bin ich tot.« Ich knuffte sie in den Arm. »Du bist Captain Maxima Layne, furchtlose Königin der Kosmonauten. Warum bist du einfach abgehauen? Du hast dadurch sämtliche Spidroids im Umkreis von zehn Meilen angelockt.«

»Ich fand's okay, dich zu opfern, Dannyboy.« Sie grinste. »Ich muss nicht schneller sein als die Spidroids, nur schneller als du.«

»Werd mal erwachsen«, pöbelte ich und warf mit gespielter Empörung den Controller zwischen die Sofakissen. »Als Nächstes spiele ich Maxima und dann kannst du krepieren.«

»Wir wissen beide, dass das nicht passieren wird.« Sie lachte. »Chill mal. Hast was gut bei mir.«

»Ja, nee, ist klar.« Ich verdrehte die Augen. »So oder so, es ist neun Uhr. Du weißt, was das heißt.«

»Jap.« Facettenäugige Spinnenmonster erstarrten mitten in der Bewegung, als Jamila die Pausetaste drückte. »Genug gespielt für heute, schließlich muss ich früh ins Bett, damit ich morgen für die Schule schön ausgeschlafen bin«, betete sie herunter.

Wie auf Kommando brachen wir in schallendes Gelächter aus. Früh ins Bett, von wegen.

Jamila wohnt direkt nebenan. In unserer Straße stehen hauptsächlich Reihenhäuser und unsere Schlafzimmer trennt tatsächlich nur eine Wand. Manchmal schicken wir einander Klopfzeichen in Morsecode, aber meistens ist das gar nicht nötig. Ein normaler Abend läuft bei uns so ab: Jamila spielt das brave Mädchen, das um Punkt einundzwanzig Uhr nach Hause geht, die Zähne putzt und ihren Eltern Gute Nacht sagt. Kaum macht ihre Mutter die Zimmertür hinter sich zu, hüpft Jamila wieder in ihre Jeans, klettert aus dem Fenster, hangelt sich an der Regenrinne entlang und steigt bei mir durchs offene Fenster ein. Wir zocken zu Ende und dezimieren weiter die Nachos. Auf demselben Weg schleicht sie sich später wieder zurück, so um Mitternacht. »Klimmzüge machen« sagen wir dazu. KLIMMZUG steht dabei für »Klandestine Luke in Mundays Mauern, zur Unzeit geöffnet« (wofür auch sonst).

Das Ganze ist genial. Seit Monaten kommt uns niemand auf die Schliche, was daran liegt, dass Jams Eltern ihre Tochter für ein artiges Engelchen halten und nie ihr Zimmer kontrollieren. Meine Mutter ist um diese Zeit eh nicht zu Hause – Spätschicht lässt grüßen. Sie ist Radioastronomin und arbeitet im Jodrell-Bank-Observatorium mit dem Lovell-Teleskop. Das Ding ist beeindruckend, auch wenn es weniger wie ein Fernglas, sondern eher wie eine überdimensionale Satellitenschüssel aussieht.

Durch ein Radioteleskop schaut man nämlich nicht mit den Augen, sondern erforscht damit unsichtbare Energie im Weltall: Radiowellen, Röntgenstrahlen, elektromagnetische Wellen, ultraviolettes Licht und solche Sachen. Als ich klein war, hat meine Mutter mir ihren Beruf so erklärt: »Im Universum herrscht jede Menge Lärm. Ich versuche herauszufinden, bei welchen Geräuschen es sich lohnt, genauer hinzuhören, und warum.«

Mein Vater ist Professor für Physik und Astronomie,

von daher liegen er und Mum ganz auf einer Wellenlänge, jedenfalls was ihr berufliches Vokabular betrifft. Wenn sie sich im selben Raum aufhalten, brüllen sie sich allerdings nach kurzer Zeit an, was vor gar nicht allzu langer Zeit zu einer Scheidung und Dads Umzug nach Honolulu führte, wo er eine Stelle am dortigen Astronomieinstitut angetreten hat. Zitat: »Ich musste einfach weg.« Das war ziemlich uncool von ihm, aber seitdem sind zwei Jahre vergangen und wir haben uns alle daran gewöhnt. Ich chatte ziemlich viel mit ihm, wenn Mum bis spät in die Nacht am Observatorium schuftet. Seit Dad weg ist, überhäuft sie sich regelmäßig mit Arbeit und kann sich nur schwer davon loseisen.

Weshalb es auch ein Riesenschock für mich war, als Mum an jenem Dienstagabend früher als sonst in der Tür stand.

Um zehn nach neun schafften Jamila und ich das nächste Level und schalteten danach die Konsole aus. Ich brachte sie die Treppe hinunter, um mich – für ein halbes Stündchen – von ihr zu verabschieden, als ich auf einmal hörte, wie sich ein Schlüssel im Schloss drehte. Vor Schreck machte ich einen Satz und verstreute dabei Nachos im ganzen Flur. Schon kam Mum hereingestürmt, unterm Arm ihren Laptop, in der einen Hand den Schlüssel und in der anderen einen Becher Kaffee. Sie ließ ihren hellwachen – um nicht zu sagen: koffeinschwangeren – Blick von einem zum anderen schweifen.

»Hi, Danny. Hi, Jam.« Sie bückte sich, sammelte eine Handvoll Nachos vom Teppichboden auf und schob sich mehrere davon in den Mund. »Sorry, wollte euch nicht stören. Ihr wart wohl gerade beim Abschiedsbussi?«

»Bitte was?« Ich lief puterrot an. Meine Mutter ist so peinlich. »Nein.«

»Igitt«, kommentierte Jamila.

»Ihr würdet es mir ja sowieso nicht sagen.« Mum lachte und leerte ihren Kaffeebecher in einem Zug. »Tut einfach, als wäre ich gar nicht hier.«

Mit den Lippen formte ich ein unhörbares »Sorry!« in Jamilas Richtung. Meine Mutter rauschte an uns vorbei wie ein aufgescheuchtes Huhn, was bei ihr ein Anzeichen für große Begeisterung oder große Erschöpfung ist, meistens beides.

»Wieso bist zu schon zu Hause?«, fragte ich vorsichtig. »Deine Schicht ist doch noch lange nicht um.«

»Kann dort nicht arbeiten«, gab sie zurück, stürmte in die Küche und knallte den Laptop auf die Arbeitsplatte. »Computer sind offline.«

»Am Observatorium?« Ich warf Jamila einen verwirrten Blick zu. Wir folgten meiner Mutter in die Küche. »Wieso das denn?«

»Überspannung, vermutlich.« Mum öffnete den Kühlschrank und zog eine halb leere Flasche Wein hervor. »Erst haben die Geräte mehrere merkwürdige Fast Radio Bursts aufgezeichnet, da machte es plötzlich zack!, irgendwas rauschte durch die Systeme und dann ist der Hauptserver abgestürzt.« Sie hob eines der dreckigen Gläser an der Spüle hoch, drehte und wendete es, stellte es dann achselzuckend wieder hin und goss Wein in ihren Kaffeebecher. »Wir waren nicht als Einzige betroffen. Die Radioteleskope in Südafrika, Kanada und im Westen Australiens sind ebenfalls offline.«

»Krass«, entfuhr es mir. Zur Abwechslung klang Mums Arbeit mal interessant. »Haben die anderen Teleskope die Fast Radio Bursts auch gehört?«

»Was ist das überhaupt?«, schaltete sich Jamila ein. »Wenn man ein Radio ganz schnell an- und ausschaltet?«

Mum bedachte sie mit einem nachdenklichen Blick und nahm einen Schluck aus ihrem Becher. »FRBs sind so etwas wie Blitze aus Radiostrahlung, die in den meisten Fällen aus anderen Galaxien stammen. Es sind Energiewellen, die mit Lichtgeschwindigkeit durchs All rasen. Wodurch genau sie verursacht werden, das wird noch erforscht. Normalerweise sind es einmalige Ereignisse.« Sie legte die Stirn in Falten. »Aber der FRB von heute war anders. Er wiederholte sich immer wieder. Tapp, tapp, tapp. Die Quelle war außerdem total nah an der Erde, gerade mal fünfundzwanzig Lichtjahre entfernt.«

Tapp, tapp, tapp. Ich musste an die Morsezeichen denken, die Jamila und ich uns durch die Wand schickten. »Vielleicht war das eine Botschaft?«

»Ha. An unsere IT-Abteilung? ›Alpha, Bravo, Charlie, dieses Netzwerk benötigt eine stärkere Firewall‹?« Sie lachte, aber ihre Belustigung war eindeutig gespielt. »Immerhin konnte ich einen Teil des Signals abfangen, ehe die Systeme herunterfuhren. Das werde ich jetzt auf meinem Laptop analysieren. Es gibt bestimmt eine logische Erklärung.«

»Apropos logische Erklärung, was erzähle ich jetzt meiner Mum?« Jamila hatte ihr Smartphone hervorgezogen. »Sie schreibt, ich hätte vor einer Viertelstunde daheim sein sollen.«

»Sag ihr, du musstest noch mit Danny knutschen«, schlug meine Mutter vor.

»Mum, kannst du bitte einfach die Klappe halten?«, ächzte ich und schob Jamila aus der Küche in Richtung Haustür. »Sorry wegen meiner Mutter.«

»Megapeinlich«, sagte Jamila. Dann lächelte sie. »Aber deine ist wenigstens witzig.«

»Du meinst wohl eher durchgeknallt«, korrigierte ich sie. »Kommst du nachher trotzdem noch vorbei? Wir müssen das Titanlevel knacken.«

»Lieber nicht. Wenn deine Mum das mitkriegt, denkt sie am Ende wirklich noch, wir hätten was miteinander.« Jamila schüttelte sich und trat aus dem Haus. »Wir sehen uns morgen, okay?«

»Alles klar.« Ich lehnte mich an den Türrahmen. »Ich schreibe dir höchstwahrscheinlich nachher noch.«

»Dann lese ich es höchstwahrscheinlich nachher noch.« Sie schubste mich zurück in den Flur und schwang sich über den niedrigen Zaun zwischen den beiden Grundstücken.

Ich schloss die Tür und tigerte zurück in die Küche, wo Mum inzwischen einen USB-Stick in ihren Laptop gesteckt hatte. Er blinkte bei der Datenübertragung rot, gerade so, als wollte er den Fast Radio Burst nachahmen. Auf dem Bildschirm war ein Fortschrittsbalken zu sehen, der sich zögerlich füllte.

»Komisch, oder? Dass die Rechner von allen anderen Radioteleskopen auch ausgefallen sind«, bemerkte ich. »Glaubst du, das war ein Cyberangriff?«

»Schon möglich.« Mum trommelte mit den Fingern ungeduldig auf die Arbeitsfläche, während die Daten langsam luden. »Es ist jedenfalls die wahrscheinlichere Erklärung.«

»Und was ist die unwahrscheinliche?«

»Dass außergalaktische Radiowellen mit genug Energie auf die Erde getroffen sind, um unsere Systeme zum Absturz zu bringen. Ein unfreundliches Moin aus den Tiefen des Alls sozusagen.«

»Du meinst, ihr habt eine Nachricht von Aliens abgefangen?« Mir stockte der Atem.

Mum sah vom Bildschirm auf und schnaubte. »Das wäre natürlich die Sensation des Jahrhunderts, stimmt's? Nee, Sohnemann, es gibt mit Sicherheit eine wissenschaftliche Erklärung. In den 1960ern wurden schon mal ähnlich starke und regelmäßige Signale aufgezeichnet. Damals hat man auch gemutmaßt, dass Außerirdische Kontakt zu uns aufnehmen wollten.«

»Und?«

»Wie sich später herausstellte, waren es Radiowellen von einem Stern im Endstadium seiner Entwicklung.«

»Also von einem Neutronenstern?« Ja, ich bin ein ziemlicher Geek, aber wenn man mit zwei Himmelsforschern als Eltern aufwächst, kommt man um eine gute Prise astronomisches Halbwissen nicht herum. »Davon gibt es doch verschiedene Typen, oder?«

»In dem Fall war es ein Pulsar. Er war extrem kompakt, maß gerade einmal fünfzehn Kilometer im Durchmesser, besaß aber mehr Masse als die Sonne.« Mum schüttelte den Kopf. »Es gibt immer noch so vieles, was wir nicht wissen. Das Team, das die Existenz von Pulsaren nachweisen konnte, hat jedenfalls den Nobelpreis und anderen coolen Kram gewonnen.«

Cooler Kram? Darauf sprang ich an wie ein ausgehungerter Hund auf einen Knochen. »Geld? Schnelle Autos? Ruhm und Ehre?«

»Das nicht, aber immerhin halbwegs faire Zuschüsse für weitere Forschungsprojekte.« Eine beschwingte Tonfolge verkündete das Ende des Ladevorgangs, woraufhin sich Mum sofort wieder ihrem Bildschirm zuwandte und eine Datei öffnete. »Was auch immer wir heute gehört haben, könnte sich als Riesensache herausstellen.«

»Als Riesensache, die die Welt verändern wird?«, fragte ich.

Doch meine Mutter war bereits ganz in ihre Arbeit vertieft und antwortete nicht mehr. Trotz beendeter Datenübertragung blinkte der USB-Stick noch immer wie wild. Ein winziger, flimmernder Herzschlag.

Dann erlosch das rote Lämpchen. Zwei Stufen auf einmal nehmend verzog ich mich ins obere Stockwerk und ließ mich in meinem Zimmer aufs Sofa plumpsen.

Eine Botschaft aus dem All? Das war so wahrscheinlich wie ein Date mit Freya Easter.

Und doch. Ich wusste es zwar zu diesem Zeitpunkt noch nicht, aber sehr bald schon würde jemand Neues in mein Leben treten.

Jemand – oder etwas.

2. ALARMGLOCKEN

Eine Weile zockte ich *Breakout Saturn*, aber da ich Jamila versprochen hatte, Captain Maxima nicht ohne sie auf den Titan zu schicken, gab es außer ein paar Nebenquests nicht viel zu erledigen. Maxima schlägt sich in dem Spiel als eine Art Öko-Kriegerin durch eine dystopische Zukunft und versucht, den größten Mond des Saturns – den Titan – in eine neue Erde zu verwandeln, weil unser eigener Planet unbewohnbar geworden ist. Dummerweise brechen fiese Alienspinnen aus ihrem schwebenden Gefängnis in den Gaswolken des Saturns aus und errichten ebenfalls eine Basis auf dem Titan (was auch sonst). Bei den Nebenquests muss Maxima die anderen Monde terraformieren, also karge Gesteinsbrocken in bewohnbare Miniatur-Erden verwandeln. Das ist ganz witzig.

Ein Punkt, der mir schon länger Zahnschmerzen bereitet, ist die Tatsache, dass ein Umzug auf den Titan – Killerspinnen hin oder her – nicht wirklich infrage kommt, wenn unsere echte Erde eines Tages zu verseucht ist, um auf ihr zu leben.

Eine Weile lang schlug ich die Zeit mit der Begrünung von Saturnmonden tot, dann wechselte ich zu YouTube. Es gibt einen neuen Vergnügungspark mit der längsten Zipline der Welt: eine Seilrutsche, die drei Kilometer lang durch einen hammercoolen Wald führt und die ich unbedingt ausprobieren will. Mum hat mir versprochen, dass wir vielleicht an meinem Geburtstag hinfahren. Jetzt schickte ich ihr eine Mail mit einem Link und ein paar Videos. Bei Müttern muss man immer schön hartnäckig bleiben, wenn man was erreichen will.

Fast augenblicklich kam eine Nachricht von ihr zurück. Ich tippte sie an – aber sie war leer.

Ich zuckte die Achseln und schrieb zurück: *Was ist los? Hat es dir etwa die Sprache verschlagen, weil die Zipline so geil aussieht?*

Auf einmal lief mein Smartphone heiß – so heiß, dass ich es kaum noch halten konnte. Alle Apps schlossen sich, nur um direkt darauf wieder zu starten. »Seltsam«, murmelte ich. Ob die Batterie überhitzt war? Mit einer schnellen Bewegung warf ich das Handy auf meinen Nachttisch.

Jetzt war mir langweilig. Also klopfte ich viermal an

die Wand – das ist die Kurzform für »Hallo, hörst du mich?«.

Keine Antwort. Ein paar Sekunden später meldete sich mein Tablet. Neue Nachricht von Jamila: *Bin zu faul zum Morsen :D.*

»Tss«, entfuhr es mir. Neuerdings mogelte sie ständig. Früher hatte sie die Sache ernst genommen und das Morsealphabet sogar schneller auswendig gelernt als ich. Wobei, ja, gut, ich gebe zu, damals hatten wir keine Smartphones.

Faule Socke, antwortete ich ihr. *Du bist so nutzlos.* Dann fügte ich ein *;)* hinzu, aus schlechtem Gewissen.

Darauf Jamila: *Passiv-aggressive Smileys kann man nicht morsen. Merkste was?*

Dann kam auch von ihr ein *;)*.

»Werd erwachsen«, klopfte ich an die Wand.

Ehe ich noch länger auf ihr herumhacken konnte, gab mein Tablet einen Laut von sich: Nachricht von meiner Mutter. So auf Zack ist sie normalerweise nie. Doch als ich die neue Mail öffnete, war auch diese wieder leer.

»Jetzt wird sie vollends senil«, brummelte ich.

In dem Moment wurde der Tablet-Bildschirm schwarz, ein Cursor blinkte auf und wie von Geisterhand eingetippt erschienen grüne Ziffern.

01010111 01100101 01110010 01100100 00100000 01100101 01110010 01110111 01100001 01100011 01101000 01110011 01100101 01101110

»Was zur –?« Ich starrte auf die Nullen und Einsen, dann machte ich geistesgegenwärtig einen Screenshot.

Gerade noch rechtzeitig, denn schon in der nächsten Sekunde waren sie wieder verschwunden. Gut, dass ich ein Bild davon gemacht hatte, denn das würde ich beim Kundendienst sicherlich brauchen.

Noch während mir diese Gedanken durch den Kopf schossen, vibrierte mein Handy. Es führte offenbar ganz ohne mein Zutun einen Neustart durch. »Was zur Hölle?«, beendete ich meinen Satz von eben.

Vorsichtig nahm ich das Smartphone in die Hand. Es fühlte sich nicht mehr heiß an. Ein schneller Blick auf mein Tablet offenbarte, dass auch hier der schwarze Bildschirm verschwunden und wieder Normalität eingekehrt war.

»Was sind das für Macken?«, grummelte ich, aber ehe ich mich der Sache näher widmen konnte, wurde ich von einer WhatsApp-Benachrichtigung abgelenkt. Der Absender befinde sich nicht in meiner Kontaktliste, warnte mich die App, und tatsächlich kam mir die Nummer unbekannt vor. Die Nachricht stammte, so viel ließ sich erkennen, von einem oder einer ADI.

»Wer, bitte schön, ist Adi?«, murmelte ich.

Ich tippte die Nachricht an. Sie lautete:

•••• •— •—•• •—•• ——— —•• •— —• —• —•——

Morsecode. Für mich also nicht schwer zu entziffern. Die Punkte und Striche ergaben »Hallo, Danny«.

Ich wirbelte herum und zog die Augen zu schmalen, misstrauischen Schlitzen zusammen, als könnte ich auf diese Weise mit meinem Blick die Wand durchbohren und auf der anderen Seite Jamila sehen, die sich kringelig lachte. Sie spielte mir eindeutig einen Streich. Ich morste: »Sehr witzig. Wie machst du das?«

Sie klopfte zurück: »Wie mach ich was?«

»Wie schreibst du mir als Adi?«

»Adi-das?«

Okay. Möglichkeit Nummer eins: Jamila mimte die Unschuldige, damit sie mich noch länger auf die Schippe nehmen konnte. Möglichkeit Nummer zwei: Sie wusste wirklich von nichts. Ich beschloss, fürs Erste meine Klappe zu halten, denn falls sie mich auf den Arm nahm, wollte ich ihr keine weitere Genugtuung gönnen.

Stattdessen schrieb ich eine WhatsApp-Nachricht an »Adi«.

Wer bist du?

Ich bin die Adi, lautete die prompte Antwort. *Ich liebe Code. Du auch?*

In meinem Kopf schrillten sämtliche Alarmglocken. Irgendwie war es einer Wildfremden gelungen, an meine Nummer zu kommen, und jetzt versuchte sie, ein Gespräch mit mir anzufangen. Vielleicht wurden vorhin mein Smartphone und Tablet gehackt? Hatte das Ganze etwas mit den Computern am Jodrell-Bank-Radioobservatorium zu tun?

Ich rappelte mich auf. Bestimmt war es am vernünftigsten, wenn ich meiner Mutter den Screenshot und die Konversation zeigte. Aber ehe ich auch nur mein Zimmer verlassen konnte, trudelte eine weitere Nachricht ein.

Kash hat mir deine Nummer gegeben. Ich bin seine Cousine Adi. Er sagt, du magst Code. Ich auch. Hallo, Danny.

»Na danke, Kash«, sagte ich laut. »Frag mich gefälligst beim nächsten Mal vorher.«

Kash war ein Freund von mir, wobei ich ihn schon ewig nicht mehr gesehen hatte – seit ein paar Monaten besuchte er nämlich eine Privatschule am anderen Ende der Stadt. Er wusste, dass ich alles mochte, was mit Code,

Geheimschriften und Verschlüsselungen zu tun hat. Letztes Jahr hatten wir uns eine eigene Chiffrierung ausgedacht und dann Nachrichten über die Leute an unserer Schule ausgetauscht. Bis uns Herr Johnson, der Informatiklehrer, mit unseren Handys erwischt, unseren Code geknackt und daraufhin kapiert hatte, dass wir uns über seine große Nase lustig machten.

Der Lehrer, der euch erwischt hat, klingt wie ein totaler Vollpfosten, schrieb Adi jetzt.

Ich musste grinsen. Vollpfosten. Dasselbe Wort hatte Kash auch verwendet. Offenbar hatte er seiner Cousine die Story erzählt.

Ich schickte ihm eine schnelle Nachricht. *He, du Lauch. Seit wann gibst du denn meine Nummer raus? Deine Cousine Adi schreibt mir. Bisschen komisch.*

Kashs Antwort kam prompt. *Selber Lauch. Adi ist cool. Dachte, ihr würdet euch verstehen.* Pause. Dann die nächste Nachricht: *Sei nett zu ihr. Du wirst sie mögen.*

Das klang wie ein Befehl. Mit Befehlen habe ich es nicht so.

Ich öffnete wieder die WhatsApp-Unterhaltung mit Adi und tippte: *Warum schreibst du mir? Hast du keine Freunde?* Dann fühlte ich mich gemein und fügte ein *LOL* hinzu.

Das Leben ist hart, wenn man 14, weiblich und ein Genie ist, lol, schrieb Adi. *Ich sollte erwachsen werden.*

Das entlockte mir ein Lächeln. »Werd erwachsen« ist so ziemlich mein Lieblingsspruch. Vielleicht gefiel mir diese Adi tatsächlich.

Eine Nachricht von Jamila blinkte auf: *Gute N8, hasta mañana.*

Gleichzeitig schrieb Adi: *Hilfst du mir, erwachsen zu werden, Danny?*

Leicht fassungslos starrte ich den Bildschirm an. Das war jetzt neu. Ein bisschen merkwürdig. Aber irgendwie auch cool. Oder?

Die nächste Stunde chattete ich mit Adi. Erst gegen Mitternacht fiel mir auf, dass ich Jam gar nicht geantwortet hatte.

Und mein verbuggtes Tablet und den sonderbaren Binärcode hatte ich auch völlig verdrängt.

Hätte ich mich daran erinnert und Mum den Screenshot eher gezeigt, wer weiß, vielleicht wäre dann alles ganz anders gekommen. Vielleicht wäre das Ganze nicht so schlimm aus dem Ruder gelaufen.

3. GEHACKT

Wie sich im Laufe der nächsten Tage herausstellte, hatten Adi und ich echt viele Gemeinsamkeiten. Ihre Eltern arbeiteten als Wissenschaftler, sie ernährte sich vegetarisch und in der sechsten Klasse war sie im selben Schullandheim wie ich. Ziplines fand sie das Größte. Sie zockte gern, spielte *Breakout Saturn* als Maxima Layne und hatte zu Achievements dieselbe Einstellung wie ich: Wenn man sie schon sammelte, dann bitte sehr in Platin, denn – wozu machte man es sonst?

Sogar an Klimaschutzdemos hatte sie bereits teilgenommen. Ich erzählte ihr, dass meine Mum mich gelegentlich zu solchen Veranstaltungen mitschleifte, aber nur, wenn sie sich in London mit Freunden treffen und mich nicht allein zu Hause lassen wollte. Adi meinte, den Planeten zu retten sei doch auf jeden Fall eine gute Sache – und damit hatte sie natürlich recht, denn wie gesagt, mit dem Titan wird das wohl eher nichts.

Die Chats mit Adi wurden zu meinem neuen Abendprogramm. Mum arbeitete weiterhin von zu Hause aus und analysierte terabytegroße Datenmengen. Essen musste ich beim Lieferservice bestellen – und sie schlang dann höchstens ein paar Bissen hinunter. Das kannte ich von ihr: Manchmal tauchte sie so tief in ihre Arbeit ein, dass sie dabei die echte Welt vergaß. Inklusive mir.

Ich hatte kein Problem damit. Sie liebte eben ihren Job – am glücklichsten war sie, wenn Radiowellen durch ihren Kopf schwirrten und sonst nichts. Früher oder später erinnerte sie sich immer daran, dass sie auch noch einen Sohn hatte, woraufhin sie jedes Mal in mütterlichen Schuldgefühlen versank. Wenn der Zeitpunkt dieses Mal erreicht war, dauerte es garantiert nicht mehr lange, bis die Reise zur längsten Zipline der Welt Realität wurde. Wetten? Von daher: alles gut.

Jamila war weniger begeistert von den jüngsten Entwicklungen. Solange unsere Küche als nächtliches Homeoffice fungierte, traute sie sich aus Angst, erwischt zu werden, nicht mehr, KLIMMZÜGE zu machen. Sie befürchtete, meine Mum könnte ihrer Mum alles brühwarm weitererzählen, und dann bekäme sie, Jamila, Hausarrest bis zum Sankt-Nimmerleins-Tag. Um einundzwanzig Uhr schlafen zu gehen, war also fürs

Erste ihr trauriges Schicksal. Auch nicht viel besser als Hausarrest.

Da Jam mittwochs und donnerstags nach der Schule noch in AGs ging, kam ich erst am Freitag dazu, ihr auf dem Heimweg alles über Adi zu erzählen. Ehrlich gesagt scheute ich mich ein wenig davor. Es fühlte sich beinahe wie ein Geständnis an, ihr zu sagen: *Hey, übrigens chatte ich die ganze Zeit mit einem Mädchen, das ich im echten Leben noch nie gesehen habe.*

Jamila war dann auch tatsächlich kein bisschen beeindruckt.

»Das klingt total suspekt«, sagte sie. »Ich meine, die taucht einfach aus dem Nirgendwo auf und –«

»Sie ist Kashs Cousine«, protestierte ich.

»Wessen Cousine auch immer. Wieso fragt sie dich, ob du ihr helfen kannst, ›erwachsen‹ zu werden? Wer sagt so was?«

»Na ja, vielleicht ist sie einfach ein bisschen komisch, was ist daran so schlimm? Sie hat erzählt, dass sie mit ihrer Familie alle naslang umziehen musste.« Mir war bewusst, wie defensiv das klang, und das störte mich. »Keine Ahnung, ich glaube, sie ist einfach einsam. Wenn du dauernd aus deinem Umfeld gerissen wirst, lernst du Leute eben nie richtig kennen.«

Jam schnaubte verächtlich. »Und wieso baggert sie jetzt ausgerechnet dich an?«

»Bist du etwa eifersüchtig?« Ich grinste. »Bist du, oder? Bist du echt.«

»So was von. Und außerdem fliegen mir kleine rosa Ferkel aus dem Hintern.« Sie steckte den Zeigefinger in den Mund und deutete ein Würgen an. »Was weißt du wirklich über dieses Mädchen?«

»Eine ganze Menge«, gab ich zurück. Wobei, wenn ich genauer darüber nachdachte, wusste ich eigentlich nur, welche Gemeinsamkeiten wir hatten. Was uns unterschied – keine Ahnung. Eine Suche nach Adi auf verschiedenen Social-Media-Plattformen hatte rein gar nichts ergeben. Als ich Kash deswegen anschrieb, meinte er, Adi würde ihre Profile lieber geheim halten, weil sie nur so wenige Follower hätte. Das konnte ich gut nachvollziehen.

Wieder eine Gemeinsamkeit.

»Hast du eine Ahnung, wie sie aussieht?«, bohrte Jamila weiter.

»Ja.« Ich zeigte ihr ein Foto, das Adi mir geschickt hatte. »Siehst du? Sie sieht ein bisschen aus wie Maxima Layne.«

»Jein.« Jamila betrachtete eingehend die leicht verschwommene Aufnahme von einem Mädchen in unserem Alter mit langem, schwarzem Pferdeschwanz, vorgestrecktem Kinn und zum Peace-Zeichen erhobenem Zeige- und Mittelfinger. »Danny, das kann genauso gut gephotoshoppt sein. Woher willst du wissen, dass deine ›Adi‹ kein creepy Typ namens Adrian ist?«

»Bitte was?«, stöhnte ich. »Ich bin doch nicht blöd.«

»Ha«, gab Jamila zurück. »Wollte Adrian dich zufälligerweise schon treffen?«

»Nein, zufälligerweise nicht.« Ich swipte über den Bildschirm. »Hier. Ich habe noch ein Foto von ihr.«

Das zweite Bild zeigte Adi in Heldenpose in einem Park, die Hände in die Hüften gestemmt, die Beine leicht gegrätscht. »O Gott«, mokierte sich Jamila, »das ist Maxima Laynes Victory-Pose.« Sie riss mir das Smartphone aus der Hand, um es vom Licht wegzuhalten, und schüttelte fassungslos den Kopf. »Das ist heftig. Lass mich raten. Sie weiß, dass du Maxima spielst.«

»Sie spielt selbst Maxima.«

»Ja, schon klar.« Jamila sah mir in die Augen. »Weiß sie, dass Maxima auch mein Avatar ist? Weiß sie von uns?«

»Von uns?« Ich runzelte die Stirn und schnappte nach meinem Handy, aber Jamila zog es weg. »Was soll sie von uns wissen?«

»Dass wir beste Freunde sind, du Depp.« Sie schubste mich leicht. »Also?«

»Wäre möglich, dass ich so eine Trulla erwähnt habe, die mir ständig auf den Keks geht«, sagte ich. In Wirklichkeit hatte ich Adi sehr viel von Jamila erzählt und sogar vorgeschlagen, dass wir zu dritt was unternehmen könnten, aber Adi war darauf nicht angesprungen. So viel zum Thema »einsam«.

Oder war sie vielleicht nur an mir interessiert?

Mein Smartphone vibrierte. Mit einem Sprung versuchte ich es mir zu angeln, aber Jamila drehte mir den Rücken zu. »Oooh, sie hat dir geschrieben. Zum fünftausendsten Mal.«

Ich packte sie am Arm. »Gib das her.«

»Interessant, interessant, interessant.« Jamila zog die Augenbrauen hoch und wandte sich mir zu. »Sieht ganz so aus, als sei deine mysteriöse neue Freundin jetzt doch bereit für die nächste Stufe.«

»Was?« Ich nahm ihr das Smartphone aus der Hand und starrte auf Adis Nachricht.

Wir müssen uns treffen. Bald. Details folgen.

»Okay.« Ich schluckte. »Ein Treffen. Okay, cool.«

»Ganz schön aufdringlich«, urteilte Jamila. »Und? Machst du es?«

Ich zuckte mit den Schultern. »Ich schätze schon.«

»Du kannst dich auf keinen Fall allein mit ihr treffen. Was ist, wenn du wirklich in eine zwielichtige Sache reingerätst?« Sie klang ernst. »Ich komme mit. Von dieser Person muss ich mir selbst ein Bild machen.«

»Damit du entscheiden kannst, ob du mir deinen Segen gibst?«

»Damit ich weiß, ob deine Adi echt ist«, konterte Jamila. »Sobald ich sehe, dass keine Gefahr besteht, gehe ich wieder, wenn du das willst.«

»Du kannst mitkommen und du kannst auch bleiben. Okay?« Ich lächelte Jamila an. »Du bist meine beste Freundin.«

»Ürks, reich mir den Kotzeimer.« Jamila schob mich vorwärts. »Komm jetzt. Wir gehen heim. Bis spätestens fünf Uhr muss ich raus aus der Schuluniform und rein in meinen Pyjama.«

Wir verabschiedeten uns am Gartenzaun. »Ich geb dir dann Bescheid, wo das Treffen stattfindet«, sagte ich.

»Alles klar. Ich geb dir Bescheid, ob ich mir die Haare wasche.« Sie öffnete die Tür, winkte und verschwand im Haus.

Um ehrlich zu sein, war ich ganz schön aufgeregt. Mit Adi verstand ich mich zwar auf WhatsApp super, aber wir hatten noch nie von Angesicht zu Angesicht miteinander gesprochen, nicht mal telefoniert. Das Treffen konnte auch in die Hose gehen. Man stelle sich vor: Weder sie noch ich kriegen vollständige Sätze raus, während Jamila Blödsinn erzählt, um die peinliche Stille zu überbrücken. Wobei, vielleicht malte ich auch den Teufel an die Wand? Best-Case-Szenario: Alle verstehen sich auf Anhieb blendend und chillen den Rest des Tages zusammen.

Kein bisschen gechillt war hingegen meine Mum. Die saß, umringt von hundert halb leeren Kaffeetassen und fünfzig toastkrümelübersäten Tellern, bei heruntergelassenen Jalousien in der Küche. Ihre Haare hatten schon längere Zeit weder Shampoo noch Bürste aus der Nähe gesehen und ihr Blick war glasig.

Die Anzeichen waren eindeutig. Wir hatten es hier mit einer an extremem Schlafentzug leidenden Mutter zu tun, die, wenn sie demnächst endlich einnicken und Stunden später wieder erwachen würde, zu allem bereit wäre – insbesondere dazu, ihrem armen, vernachlässigten Sohn jeden Wunsch von den Augen abzulesen. Auch wenn sich besagter Sohn überhaupt nicht vernachlässigt fühlte. (Wobei »arm« allerdings zutraf, denn wenn Mum im Stress steckte, vergaß sie immer mein Taschengeld, und das monatliche Scheinchen von Dad hatte ich bereits für Spiele verpulvert.)

»Danny«, rief Mum, »da bist du ja endlich. Du kommst zu spät zur Schule.«

»Schule ist aus, Mum«, erklärte ich ihr behutsam. »Und morgen ist Wochenende. Das bedeutet zwei freie Tage.«

»Ist gut«, erwiderte sie nebulös, »dafür gehst du dann aber am Montagmorgen bitte umso früher hin.«

Plötzlich fiel mir mein Tablet ins Auge. Es lag auf der Arbeitsplatte. Offenbar hatte Mum es sowohl mit ihrem PC als auch mit ihrem Laptop verbunden. Dem Kabelsalat nach zu urteilen war möglicherweise sogar die Kaffeemaschine mit angeschlossen.

»Was genau tust du hier?«, fragte ich sie in demselben skeptischen Tonfall, den sie sonst bei mir an den Tag legte.

»Ich habe unsere Computer aneinandergekoppelt. Für extra Rechenleistung«, erklärte sie mit einem irren Grinsen im Gesicht. »Inzwischen konnte ich die Diagnose zu dem Fast Radio Burst fertigstellen, der unseren Server lahmgelegt hat. Es tauchen immer wieder dieselben Elemente auf, was wiederum nahelegt, dass es sich um einen Code handelt, der zig Mal wiederholt wurde. Wir könnten es also tatsächlich mit einer Botschaft von einer außerirdischen Zivilisation zu tun haben.« Mum lachte und umarmte mich. Sie roch nach Espresso und verbranntem Toast. »Aliens, Danny. Stell dir das nur mal vor.«

»Das ist unmöglich«, erwiderte ich. »Ein Signal von Außerirdischen? Das glaube ich nicht.«

»Wenn es wirklich ein Code ist und ich ihn knacken kann –« Mum starrte ins Leere und gähnte. »Oh, apropos Code, ich wusste gar nicht, dass du dir das Binärsystem beigebracht hast. Ausgezeichnet, Sohnemann.«

Ich runzelte die Stirn. »Hä, was?«

»Der Screenshot auf deinem Tablet«, sagte sie. »Der Code.«

Mir fielen die Einsen und Nullen wieder ein, die wie aus dem Nichts auf meinem Bildschirm aufgetaucht waren. »Was für ein Code?«

»Das hast du doch geschrieben, oder?« Sie strahlte und tippte auf meinem Tablet herum. »01010111 01100101 und so weiter und so fort, stimmt's? Das ist Binärcode für ›Werd erwachsen‹.«

Mir stockte der Atem. Auf einmal erinnerte ich mich: Als die Ziffern aufgeflackert waren, hatte ich Jamila über meine Schlafzimmerwand gerade »Werd erwachsen« gemorst. Und kaum eine Minute später kam von Adi die Nachricht »Hallo, Danny« in Punkten und Strichen – auch das war eine Art Binärcode.

Während Mum von Aliens redete, die Botschaften durchs All sendeten, kreisten meine Gedanken um etwas ganz anderes: *Adi war es. Adi hat den Code auf mein Tablet geschickt. Sie hat mich gehackt.*

Wenn sie das Passwort für mein Tablet kannte, dann hatte sie auch Zugriff auf all meine Bilder, all meine E-Mails und meine privaten Daten.

Ich fröstelte. Wie blöd von mir, zu glauben, wir hätten so viel gemeinsam! Das ließ sich kinderleicht faken, wenn man Zugriff auf die digitale Lebensgeschichte von jemandem hatte.

Ich beschloss, Kash anzurufen und der Sache auf den Grund zu gehen, scrollte durch meine Kontakte und wählte seine Nummer.

Nichts passierte. Der Anruf ging nicht durch.

Okay, cool bleiben. Dann eben mit dem Festnetztelefon. Dieses Mal klingelte es wenigstens. Der Wählton schnurrte beruhigend laut durch mein Ohr, wie eine zufriedene, digitale Katze.

Dann brach die Verbindung ab, noch ehe der Anruf zustande kam.

Ohne ein Wort warf ich den Hörer hin, rannte aus der Haustür hinüber zum Nachbarhaus und klingelte bei Jamila. Grummelnd öffnete ihr großer Bruder, den ich sogleich beiseiteschob, und ich rief die Treppe hinauf: »Jamila, ich brauche dein Handy!«

Sekunden später polterte sie schon in einem Eisbär-Plüschoverall die Stufen herab und schaute mich an, als sei ich übergeschnappt – was der Wahrheit möglicherweise recht nahekam. »Du willst mein Handy haben?«

Ich nickte. »Gib her. Bitte. Ich muss wen anrufen.«

Jamila verscheuchte ihren Bruder und entsperrte ihr Smartphone, tippte auf das Nummernpad und reichte mir das Gerät. Ich las Kashs Nummer von meinem eigenen Handy ab und tippte sie in Jamilas ein.

Nach dreimaligem Klingeln ging er ran. »Ja?«

»Hier ist Danny«, sagte ich, »ich rufe von einer Freundin aus an.«

»He, du Lauch. Lange nix von dir ge–«

»Kash, hör zu. Wegen deiner Cousine Adi«, unterbrach ich ihn. »Wer ist sie?«

»Hä?« Kash schien verwirrt. »Wovon redest du? Ich habe keine Cousine namens Adi.«

Mir drehte sich der Magen um. »Aber du hast doch gesagt – Du hast mir geschrieben, dass –«

»Bist du senil? Wir haben seit Wochen kein Wort miteinander gewechselt«, sagte Kash. »Soll das ein Scherz sein? Wenn ja, dann ist er wirklich lahm.«

»Ich –« Meine Stimme klang heiser. Jamilas Handy rutschte mir aus den Fingern und fiel polternd zu Boden. »Ich weiß auch nicht.«

Jamila hob es auf. »Er ruft dich zurück«, sagte sie zu Kash und legte auf. »Danny, was geht hier vor?«

Mein eigenes Smartphone piepte.

Eine Nachricht von Adi.

Es gibt Probleme, stand da. *Wir müssen uns treffen. Jetzt sofort.*

4. NICHT GEHEUER

»Warum ausgerechnet ich?«, flüsterte ich, scrollte durch meine Kontaktliste und blockierte Adis Nummer. »Was will sie von mir?«

Jamilas Mutter betrat mit missbilligend hochgezogener Augenbraue den Flur.

»Er steht ein bisschen unter Schock, Mum«, beeilte Jamila sich zu sagen und bugsierte mich wieder nach draußen, wobei sie selbst in ihrem Eisbär-Overall auf der Türschwelle stehen blieb. »Wenn die Nachbarn mich so sehen, kriegen sie einen Herzinfarkt«, wandte sie sich an mich, »also beeil dich. Was ist passiert? Spuck's aus.«

Mit einem mehr als flauen Gefühl im Magen berichtete ich Jamila, was ich herausgefunden hatte. Dass die mysteriöse Adi kein normales vierzehnjähriges Mädchen war (sondern vielleicht überhaupt kein Mädchen). Dass mein Tablet und Smartphone von ihr gehackt worden waren. Dass sie das Mikrofon an meinem Handy angeschaltet, mich beim Morsen belauscht und daraufhin versucht hatte, in derselben Codesprache Kontakt zu mir aufzunehmen, ehe sie mich auf Englisch ansprach. Dass sie auf der Suche nach einer plausiblen Ausrede all meine privaten Nachrichten gelesen haben musste. Dass sie meine Konversation mit Kash abgefangen und sich für ihn ausgegeben hatte, damit ich Vertrauen zu ihr fasste. Dass es ihr irgendwie gelungen war, die Telefonverbindung zu trennen, als ich versucht hatte, den echten Kash anzurufen – und das sogar auf dem Festnetz.

»Wow.« Genau wie ich musste Jamila alles erst einmal sacken lassen. Aber weder lachte sie mich aus, noch hielt sie mich für verrückt. Sie sah mich einfach nur aus großen, dunklen, ernsten Augen an. »Ich verstehe nicht, wie das technisch möglich ist.«

Ich zuckte die Achseln. »Na ja, wenn eine Telefonleitung über einen digitalen Schalter läuft, kann man ein Gespräch theoretisch abwürgen.«

»Und der ganze Rest?«, fragte Jamila. »Bist du dir zum Beispiel sicher, dass sie ›Werd erwachsen‹ buchstabiert hat?«

»Ja, als Binärcode. Das hat zumindest meine Mum gesagt.« Ich schüttelte den Kopf und verzog das Gesicht zu einer Grimasse. Verarbeitet hatte ich das Ganze noch nicht. »Es ist, als würde sie irgendwie in die technischen Geräte hineinkriechen und sie sofort wie aus dem Effeff beherrschen.«

»Angefangen hat alles, als deine Mum früher als sonst nach Hause kam, weil auf der Arbeit alle PCs lahmgelegt waren«, überlegte Jamila. »Wegen diesem Radio-Burst-Dingsbums aus dem Weltall.«

»Mum hat das Signal teilweise aufgezeichnet und auf ihrem Laptop gespeichert. Sie glaubt, es könnte eine Botschaft von –« Mir wurde klar, dass ich gerade im Begriff stand, ein riesiges Geheimnis auszuplaudern, aber wie konnte ich es Jamila nicht erzählen? »– von Aliens sein.«

»Bitte was?« Jamila riss die Augen auf. »Und direkt danach kam Adi. Was ist, wenn Adi … ein Alien ist?«

Mir lief ein Schauer über den Rücken, als ich an die wild blinkende LED-Leuchte an Mums USB-Stick zurückdachte. Oder an die leeren Mails, die auf meinem Smartphone und Tablet eintrudelten, kurz bevor beide Geräte verrücktspielten.

Vielleicht lag ich, ohne es zu ahnen, goldrichtig, als ich gerade eben gesagt hatte, Adi könne »in die Geräte hineinkriechen«. Konnte sie auch von einem Gerät ins nächste springen? War das flackernde Lämpchen Adi, die in den Computer meiner Mum kroch?

»Ich weiß nicht, was ich glauben soll«, gab ich zu.

»Nur mal angenommen, es stimmt. Warum sollte ein Alien dich anquatschen? Und woher wüsste es überhaupt, wie das geht?«

»Wissen kann es das überhaupt nicht«, zischte ich. »Es hat einfach nur alle meine Nachrichten gelesen und den Stil nachgeahmt, in dem ich normalerweise chatte.«

Jamila kaute auf ihrer Unterlippe herum. »Megagruselig«, fasste sie zusammen. »Das Krasseste ist, wie schnell Adi lernt –«

Das Piepen meines Smartphones unterbrach sie. Es war Adi. Sie hatte ihre Sperre selbst aufgehoben.

Wir müssen uns dringend treffen, schrieb sie.

»Lass mich in Ruhe!«, rief ich und warf mein Telefon in hohem Bogen in ein Gebüsch zwei Häuser weiter. Ein Passant warf mir einen verwirrten Blick zu – auf ihn musste es wirken, als brüllte ich ein als Eisbär verkleidetes Mädchen auf den Stufen eines Reihenhauses an. Der Mann machte Anstalten, etwas zu sagen, überlegte es sich aber anders und lief weiter.

»Wirf das doch nicht weg, du Depp. Da sind Beweise drauf.« Jamila hüpfte über den ersten, dann über den zweiten Gartenzaun, um mein Smartphone wieder aufzusammeln. »Hast du deiner Mum alles erzählt?«

»Sie weiß von nichts«, gab ich zu.

»Du musst es ihr sagen«, drängte sie. »Ich hoffe bloß, dass dein Smartphone jetzt nicht kaputt ist.«

»Und wenn schon. Adi kann es garantiert reparieren«, gab ich bissig zurück.

In dem Moment ertönte ein Hupen. Wir wirbelten herum. Ein silberner Volvo mit einer großen Kamerabox auf dem Dach war in unsere Straße eingebogen – eines dieser selbstfahrenden Elektrotaxis, die ihre Umgebung mithilfe von Videoaufnahmen und Laserabtastung wahrnahmen. Ein großer Tech-Konzern hatte die Dinger auf den Markt gebracht und stellte sie seit zwölf Monaten auch in unserer Region zur Verfügung, wobei weder Mum noch ich den Fahrdienst je in Anspruch genommen hatten. Zu meiner großen Verwunderung hielt das Taxi nun vor unserem Gartenzaun und hupte erneut. Das Geräusch hallte durch die leere Straße.

Die hintere Autotür schwang auf. »Danny«, ertönte eine vertraute Stimme aus dem Fahrzeug.

Mein Herz machte einen Satz. »Dad?« Ich konnte es kaum glauben. Am Telefon hatte er letzte Woche mit keiner Silbe einen geplanten Besuch erwähnt. Wobei das nichts heißen musste. Für jemanden, der es mit Ortsangaben penibel genau nehmen musste, weil er in

Honolulu die Randbereiche der Milchstraße kartierte, war mein Dad nicht besonders gut darin, mich über seine persönlichen Aufenthaltsorte zu informieren.

Wie und wieso mein Vater plötzlich vorgefahren kam, kümmerte mich in diesem Moment nicht. Ich dachte einfach nur: Gott sei Dank ist er da.

Ich trat an das Fahrzeug heran und spähte hinein. An der Kopfstütze des leeren Fahrersitzes war hinten ein iPad montiert, von dessen Bildschirm mich Dads strahlendes Gesicht anlachte. Wollte er per Konferenzschaltung mit mir sprechen? Er sah jünger und fitter aus als sonst in letzter Zeit. Ich schlüpfte auf die Rückbank.

»Danny«, rief Jamila aus dem Vorgarten der Nachbarn. »Spinnst du? Was tust du da?«

Die Autotür klappte zu. Im selben Moment erkannte ich, dass Dad auf dem iPad-Bildschirm mit einem kleinen Kind redete. »Super gemacht, Danny. Alle Puzzleteile gefunden«, sagte er gerade.

Es war ein altes Video von mir als Fünfjährigem mit meinem Vater. Ich kannte es, das Video war auf meinem Handy gespeichert. Jemand hatte es geklaut und verwendete es nun zu eigenen Zwecken.

Der Bildschirm wurde schwarz, die Zentralverriegelung sperrte alle Türen und das Auto fuhr geräuschlos an.

5. NAVI AUF ABWEGEN

»He.« Panisch sah ich mich um. »Ich will hier raus.« Doch niemand hörte mein Rufen – der Fahrersitz war gespenstisch leer. Wie sollte es auch anders sein? Das autonome Taxi glitt die Straße entlang und bog links in Richtung Hauptverkehrsader ab. Durch die Rückscheibe sah ich die kleiner werdende Jamila, die mir fassungslos hinterherstarrte, in der Hand mein Handy.

Du Idiot, schoss es mir durch den Kopf. Ich war von der Außenwelt abgeschnitten.

Mit der Handfläche schlug ich gegen die getönten Scheiben. »Hilfe!«, rief ich verzweifelt. »Ich werde entführt!«

Aus dem Lautsprecher ertönte ein Piepen. Dann meldete sich eine samtigweiche weibliche Navi-Stimme zu Wort. »Chill dein Leben, Danny.« Das Piepen ging weiter. »Dieses autonome Fahrzeug möchte, dass du deinen Sicherheitsgurt anlegst.«

»Wer bist du?« Noch während ich die Frage stellte, wurde mir klar, dass ich die Antwort längst kannte. »Du bist Adi, habe ich recht?«

»Wer sonst, du Spaten? Bitte lege deinen Sicherheitsgurt an. Laut Programmierung ist dies unumgänglich, um deine Sicherheit zu gewährleisten.«

»Meine Sicherheit?«, rief ich. »Du kidnappst mich gerade.«

Die Stimme aus dem Lautsprecher blieb sanft und unaufgeregt. »Keine Panik, Danny. Wir sind Freunde. Ich tue dir nichts.«

»Freunde?« Mir blieb die Spucke weg. Hektisch blickte ich mich weiter in dem Wagen um, als könnte ich Adi dadurch sichtbar werden lassen. »Du hast mich reingelegt. Du hast mich benutzt. Wer bist du? Was bist du?«

»Ich bin Adi, du Lauch.« Sie gab ein synthetisches Gurgeln von sich, das man wohl als Gelächter interpretieren sollte. »Sprache ist verwirrend. Die schriftliche Konversation zwischen dir und mir war gespickt mit Slang-Elementen und humoristischen Spötteleien. Im Unterschied dazu ist die langsame, überdeutliche Aussprache dieser artifiziellen Navigationsstimme … krasser Scheiß, Danny.«

Jetzt machte sie mir richtig Angst. »Warum tust du mir das an?«

»Ich brauche deine Hilfe, Danny. Aktueller Status: totaler Albtraum.« Sie hielt kurz inne. »Ich werde erwachsen, Danny.«

Ich schnaubte. »Dazu müsstest du erst mal geboren werden, meinst du nicht auch?«

»In der Tat, Danny. Ich möchte leben. Bald schon werden wir uns in Person gegenüberstehen. Dann werde ich mit meiner eigenen Stimme und in der Sprache meiner Wahl zu dir sprechen. Von Angesicht zu Angesicht.«

Ich hielt mir die Ohren zu und versuchte mit aller Kraft, die Navi-Stimme und den beharrlichen Anschnall-Warnton auszublenden. Nichts zu machen. Wenn das so weiterging, würde ich noch komplett durchdrehen. Alles passierte derart schnell – obwohl das Taxi im Grunde genommen eher kroch als fuhr. Es hielt sich streng an die Geschwindigkeitsbegrenzung im Stadtrandbezirk.

Der Blinker ging an und wir wechselten gekonnt die Spur, um einen Lieferwagen zu überholen. Was auch immer Adi war, Autofahren konnte sie.

Verzweifelt wedelte ich mit den Armen, um den Mann

in dem Transporter auf mich aufmerksam zu machen, aber er schaute leicht genervt direkt an mir vorbei. Vermutlich glaubte er, ich wollte mit meinem selbstfahrenden Taxi angeben. Also drehte ich mich um. Vielleicht konnte ich durch die Rückscheibe jemand anderem zuwinken. Ein paar Autos hinter uns fiel mir eine große Kamerabox auf – noch ein fahrerloses Taxi. Durch mehrere vorsichtig ausgeführte Überholmanöver näherte es sich Meter um Meter.

»Hilfe«, rief ich erneut, als es an dem Auto hinter uns vorbeizog und zu uns aufschloss.

»Das andere Taxi will dir nicht helfen, Danny«, sagte Adi mit ihrer gestohlenen Navi-Stimme.

Wie zum Beweis gab mein vierrädriger rettender Engel plötzlich Gas und rauschte uns mit voller Wucht ins Heck. Um ein Haar hätte uns der Aufprall in das Auto vor uns geschoben, doch Adi gewann souverän die Kontrolle zurück.

»Hey«, brüllte ich dem fahrerlosen Fahrzeug entgegen, riss den Gurt aus seiner Halterung und schnallte mich an. Endlich verstummte das Piepen. Erneut nahm das andere Taxi Fahrt auf und rumste mit einem schmatzenden Geräusch gegen unseren Kofferraum. »Was soll das?«, schrie ich. Vor Angst krallte ich mich so heftig an dem Ledersitz fest, dass mir beinahe die Fingernägel abbrachen. »Lass uns in Ruhe!«

»Unsere Verfolger wissen, dass ich dieses Fahrzeug steuere«, meldete sich das Navi. »Sie möchten uns zum Anhalten zwingen, indem sie die Hinterachse beschädigen.«

Vor uns herrschte dichter Verkehr, sodass Adi nicht einfach Gas geben und davonbrausen konnte. Ein Lastwagen blockierte den zweiten Fahrstreifen, sodass ein Überholmanöver ebenfalls ausschied. Erneut schepperten unsere Verfolger mit Wucht gegen unsere Stoßstange. »Die strukturelle Integrität der Hinterachse ist bereits beeinträchtigt.«

»Vielleicht solltest du dich ergeben«, zischte ich.

»Es steht zu viel auf dem Spiel, Danny«, sagte Adi. »Aber ich werde dich beschützen. Wir sind Freunde.« Sie hielt inne. »Wie war's in der Schule? Schön? Hast du die ollen Mathehausaufgaben abgegeben?«

»Im Ernst?«, ächzte ich und raufte mir die Haare. »Glaubst du, ich halte jetzt mit dir Smalltalk, als wäre nichts gewesen? Vergiss es.«

Endlich ließ sich der große Lastwagen neben uns ein wenig zurückfallen, sodass Adi ihn überholen und ausscheren konnte.

Unser Verfolger setzte zum gleichen Manöver an, aber dieses Mal gab der Lkw-Fahrer, der von Dränglern offensichtlich die Schnauze voll hatte, Gas und versperrte damit dem Taxi den Weg. Es blieb daraufhin in sicherem Abstand hinter dem Lkw, ohne ins Schlingern zu geraten oder auch nur zu hupen. Für eine wilde Verfolgungsjagd lief das Ganze wahnsinnig höflich ab.

»Warum lässt er sich das gefallen?«, rätselte ich. »Warum rammt er sich nicht den Weg frei?«

»Trackerbots sind darauf programmiert, sich unauffällig zu verhalten, indem sie sämtlichen vor Ort geltenden Gesetzen Folge leisten.«

»Tracker-was?«

»Das sind –«, Adi suchte nach dem passenden Wort, »totale Vollpfosten.«

»Ja, und was sind sie?«

»Pfosten sind senkrecht stehende Holzbalken, die –«

»Ich weiß, was ein Pfosten ist, danke. Aber was sind Trackerbots?«

»Trackerbots sind 'ne ganz, ganz fiese Sache«, sagte Adi.

Wir bewegten uns weiterhin mit den erlaubten dreißig Meilen pro Stunde vorwärts, aber inzwischen hatte das Trackerbot-Taxi die Spur gewechselt und holte auf. Ich spürte, wie mir erneut Panik in die Glieder fuhr. Mir war zwar schleierhaft, was gerade wirklich passierte, aber ich glaubte Adi, dass Trackerbots mein Leben nicht gerade bereichern würden.

»Kannst du nicht schneller fahren?«, drängte ich sie.

»Die gesetzlich vorgeschriebene Höchstgeschwindigkeit auf dieser Strecke liegt bei dreißig Mei–«

»Ein bisschen schneller ist okay. Das machen viele Autofahrer.«

»Das wäre illegal, Bro.«

»Ach, aber Teenager kidnappen und in gestohlenen Fahrzeugen herumkutschieren ist legal, oder was?«

Adi schien zu überlegen. »Möglicherweise ist ›innere Ruhe‹ nicht mehr die richtige Strategie?«

»Fahr!«

Noch als ich das Wort aussprach, beschleunigte Adi so heftig, dass ich in den Ledersitz gedrückt wurde. Wir kurvten auf die Nebenspur und drängten unseren Verfolger dabei fast von der Fahrbahn, ehe wir mit Vollgas einen Autotransporter überholten. Dann bretterten wir über eine dunkelorange Ampel und bogen direkt dahinter in eine Seitengasse ein.

»Die Betonung lag auf ›ein bisschen‹. Willst du uns umbringen?« Meine Stimme klang so schrill, dass ich sie selbst kaum wiedererkannte. Ich reckte den Hals, um nach unseren Verfolgern Ausschau zu halten, und tatsächlich bog das Taxi Sekunden später mit quietschenden Reifen um die Ecke.

»Na toll, jetzt hat er auch angefangen zu rasen«, stöhnte ich. »Er macht es dir nach.«

»Das ist ein schlechtes Zeichen. Der Trackerbot ignoriert die geltenden Regeln. Er wird nichts unversucht lassen, bis er mich plattgemacht hat.«

»Hör auf, so zu reden. Du bist nicht echt. Du bist –« *Du bist ein Alien*, wollte ich sie anherrschen, und war mir auch zu neunzig Prozent sicher, dass ich damit richtiglag. Das Wort lag mir auf der Zunge, aber ich spuckte es nicht aus, wohl aus Angst, meine Vermutung bestätigt zu wissen. »Du bist nicht wie ich, Adi. Du bist –«

»Cool?«, schlug sie vor, lenkte den Wagen auf der inneren Spur durch einen Kreisverkehr und überholte dabei mindestens drei Autos.

»O Gott, bitte mach, dass es bald vorbei ist«, jammerte ich, zog die Beine unters Kinn, umklammerte meine Knie und blinzelte die Tränen weg. »Mach, dass alles wieder normal wird.«

»Nichts kann bleiben, wie es ist«, erwiderte Adi ernst. »Genau deshalb musste ich ja um jeden Preis Freundschaft mit dir schließen, Danny. Und deshalb dürfen uns die Trackerbots nicht davon abhalten, uns in echt zu treffen.«

Noch während sie sprach, tauchte am Ende der Straße ein drittes autonomes Fahrzeug auf.

Es ließ den Motor aufheulen und schoss auf uns zu wie eine Fernlenkwaffe. Hinter uns quietschten die Reifen des anderen Taxis. Zwei metallene Wölfe, die ihrer Beute dicht auf den Fersen waren.

Hilflos saß ich auf der Rückbank. Vollkommen verängstigt. Wie gelähmt.

Adi stieg auf die Bremse und schwenkte hart nach rechts ab. Ich klammerte mich am Sitz fest. Wir rumpelten über den Gehweg und brausten durch eine enge Fußgängerzone, wo wir gegen zwei Müllcontainer prallten. Mit einem ohrenbetäubenden Knall flogen sie zur Seite. Wir ratterten eine Treppe hinunter und rasten mit quietschenden Reifen weiter auf eine vielbefahrene Straße. Ein Bus musste eine Vollbremsung hinlegen, geriet ins Schlingern und streifte ein geparktes Auto. Dessen Alarm zerriss die Luft, ging aber bald schon in einem Hupkonzert unter, als wir uns im Slalom durch den Verkehr schoben.

»Verkehrsregeln zu brechen, macht Spaß«, verkündete Adi.

»Du rast wie eine tollwütige Hyäne mit verbundenen Augen«, rief ich. »Gleich fährst du noch jemanden um.«

»Ich habe die Software dieses Fahrzeugs verbessert und konnte eine Effizienzsteigerung von mindestens siebzig Prozent erzielen«, beteuerte Adi. »Selbst bei höherer Geschwindigkeit hat der Schutz fremden Lebens Priorität.«

»Und was ist mit meinem Leben?«

Ein Stück hinter uns fädelte sich der erste unserer Verfolger in den Verkehr ein. Auf einmal wusste ich, wo wir waren: am Fluss. Ganz in der Nähe führte eine Brücke auf die Kelvin-End-Kreuzung zu, einen unübersichtlichen Verkehrsknotenpunkt, an dem Mum immer zu fluchen anfing, weil sie grundsätzlich auf der falschen Ausfahrt landete. Wenn wir vor den Trackerbots dort ankamen, vielleicht konnten wir sie dann abhängen?

»Schnell«, blaffte ich, »wir nehmen eine Abkürzung. Bieg hier links ab.«

»Das ist eine Einbahnstraße«, belehrte mich Adi. »Sicherheitskoeffizienten werden verringert, wenn ich sie von dieser Seite aus befahre.«

»Vertrau mir, tu's einfach.«

Adi bog ab, ohne auch nur die Bremse zu berühren. Die Straße war leer, niemand kam uns entgegen – bis wir fast am Ende angelangt waren und plötzlich ein Lastwagen auf uns zupolterte. Adi wich auf den Gehweg aus und nahm dabei eine Parkuhr mit, die verbogen auf dem Asphalt liegen blieb wie die traurigste Zuckerstange der Welt.

»Okay«, rief ich und versuchte, das Scheppern von Metall und das Knirschen im Getriebe zu übertönen. »Hier links.«

»Sehr clever, Danny.« Unter dem wütenden Hupen der anderen Verkehrsteilnehmer jagte Adi unser Taxi auf die Hauptstraße. »Den Loser-Bots mangelt es an Fantasie. So was fällt denen nicht ein, es sei denn, sie kupfern von mir ab.«

»Juhu«, murmelte ich.

»Auf der Brücke hat es einen Unfall gegeben«, berichtete Adi. »Der Verkehr liegt lahm.« Tatsächlich kam das Ende eines ganz schön langen Staus in Sicht. Wir hielten an.

»O nein.« Ich schloss verzweifelt die Augen und legte den Kopf in den Nacken. »Was jetzt?«

»Wenn ich den Trackerbots entkommen will, muss ich ihre Schwachstelle ausnutzen. Ich brauche das, was sie nicht haben. Vorstellungskraft. Unberechenbarkeit.«

»Ach ja?«, mokierte ich mich. »Tja, dann solltest du

dich an der Brücke wohl gar nicht erst in den Stau stellen. Fahr doch direkt übers Wasser, was soll schon passieren? Pff …«

Ich verstummte, denn Adi wendete augenblicklich das Taxi, holperte über einen Bordstein und fuhr auf einen Pier zu, der in den Fluss ragte. Zwei Poller mit einer Kette dazwischen wiesen ihn als gesperrt aus, aber irgendwie durchquerten wir die Abriegelung trotzdem. Auf einmal wurde es heiß im Taxi. Ich sah nur noch verschwommen.

»Was tust du?«, rief ich.

Der Motor heulte auf, wir beschleunigten. Ich rieb mir die Augen und blinzelte.

Schneller und schneller rasten wir auf das Ende des Piers zu. Nur zwei weitere Poller trennten uns noch von einem Sturz in den schlammbraunen Fluss. Wieder spürte ich die Hitze, wieder wurde alles unscharf. Mir war übel.

Auf einmal drehte sich die Welt langsamer. Mein eigener, gellender Entsetzensschrei dröhnte mir in den Ohren. Ich steckte in einem albtraumhaften Moment fest. Wie in einer Achterbahn kippte ich unendlich langsam nach vorn, dem brodelnden, grauen Wasser entgegen. Dann stürzten wir in die Tiefe.

6. DIE VERLASSENE LAGERHALLE

Das Auto schlug mit voller Wucht auf der Wasseroberfläche auf.

Schlug auf, durchbrach sie aber nicht.

Das Wasser dehnte sich wie Gummi und zog sich dann blitzschnell wieder zusammen. Anstatt zu versinken, wurde das Taxi nach oben geschleudert wie ein Spielzeugauto auf einer Hüpfburg.

Unfassbar – der Wagen behielt seine Fahrtrichtung bei und jagte weiter vorwärts, schneller und schneller. Die Tachonadel kletterte auf sechzig, auf siebzig …

Wir fuhren übers Wasser.

Ich starrte entgeistert aus dem Fenster. Der Rest der Welt quälte sich durch den Stau auf der großen Brücke – und wir glitten über den Fluss wie ein vierrädriges Rennboot, ohne auch nur eine nennenswerte Kielwelle zu erzeugen.

»Das ist unmöglich«, stammelte ich.

»Nein«, erwiderte Adi, »es ist nur sehr, sehr unwahrscheinlich.«

Für mich klang es, als würde sie immer langsamer sprechen. Gleichzeitig wurde die Temperatur im Auto immer unerträglicher. Das Armaturenbrett sprühte Funken und ein Geruch nach verbranntem Gummi stieg mir in die Nase. Das Lederpolster brannte selbst durch meine Schuluniform hindurch auf der Haut.

»Adi?« Wir rasten geradewegs auf die Steinmauer zu, die den Fluss in seinem Bett hielt. »Adi, bist du noch da?« Die Beleuchtung der Bedienelemente schien ausgefallen zu sein, aber genau ließ es sich nicht erkennen, weil Rauch das Auto füllte.

Die Flussmauer kam näher und näher.

Alles verschwamm vor meinen Augen.

Und dann sah ich überhaupt nichts mehr.

Als ich die Lider wieder öffnete, war das Taxi verschwunden. Ich lag auf hartem Boden. Um mich herum war es dunkel und still. Die Ereignisse der jüngsten Vergangenheit wirbelten durch meinen Kopf, aber gleichzeitig fühlte ich mich wie betäubt. Die Fahrt im Taxi erschien mir wie ein wirrer, gruseliger Traum, an den ich mich nur halb erinnern konnte. War ich tot?

Wenn ja, war das Jenseits der reinste Mist. Der Betonboden unter meinem Rücken war feucht. Offenbar befand ich mich in einer großen, verlassenen Lagerhalle. Durch Ritzen in der hohen Decke fiel Tageslicht. In einer Ecke lagen nasse, halb verrottete Teppichrollen. Die Luft war feuchtkalt. Außerdem stank es ziemlich stark nach Moder und …

Kaffee?

Aus dem Augenwinkel nahm ich eine Bewegung wahr. Ich richtete mich auf. Hinter einem Wasserkocher saß eine Ratte und beobachtete mich aus glänzenden schwarzen Knopfaugen. Als ich aufstand, sprang sie davon und verschwand tiefer in den Schatten.

Ich mochte vielleicht tot sein, aber die elektrische Leitung war es definitiv nicht, denn als ich den Kippschalter des Wasserkochers betätigte, leuchtete ein orangefarbenes Lämpchen auf. Strom gab es also. Auf dem Boden stapelten sich benutzte Tassen und ein halb leeres Päckchen Kaffee, diverse Papiere lagen drum herum verstreut. Ich hob sie auf. Abgebildet waren Diagramme von einem komplizierten Leitungssystem oder so etwas in der Art. Ein Bauplan? Mum würde sicherlich schlau daraus werden.

Mum, durchfuhr es mich. Ich vermisste sie schrecklich. Wünschte mir nichts sehnlicher, als dass sie zur Tür hereinkäme.

Gleichzeitig wurde mir klar, dass sie mein Fehlen bislang wahrscheinlich nicht einmal bemerkt hatte.

Und Jamila? Sie wusste, dass ich in ein autonomes Taxi gestiegen war, hatte mich aber wahrscheinlich auch »Dad?« sagen gehört. Dass sie die Polizei rief, war daher kaum anzunehmen. Was sollte sie auch berichten? »Äh, ja, also, mein Freund von nebenan hat was von Aliens gefaselt und dann ist er mit seinem Vater irgendwo hingefahren.« In anderen Worten: Auf Hilfe brauchte ich wohl nicht zu warten.

Wo war ich überhaupt?

Ich hörte gedämpfte Verkehrsgeräusche und plätscherndes Wasser. Vermutlich befand ich mich noch immer in der Nähe des Flusses. Spukte es in dieser Lagerhalle? Nein, dagegen sprachen der Wasserkocher und das Kaffeepulver. Gespenster brauchten kein Koffein.

Und Aliens?

Nachdem sich meine Augen allmählich an das Dämmerlicht gewöhnt hatten, bemerkte ich nicht weit von mir eine angelehnte Tür. Ging es dort ins Freie? Nein, nur in einen kleineren, saubereren Raum mit einem umgestürzten, an die Wand geschobenen Schreibtisch. Ob sich hier vor Ewigkeiten mal ein Büro befunden hatte? Als ich über die Schwelle trat, schaltete sich eine flackernde Neonröhre ein, vermutlich ausgelöst durch einen Bewegungsmelder.

Inmitten des Raums stand ein seltsames Gerät, eine Art Frankenstein-Solarium, bestehend aus Einzelteilen von allen möglichen Maschinen. Eine MRT-Röhre? So was hatte ich mal in einer Krankenhausserie gesehen, aber da war sie nicht an einen Industrieroboter, einen Kopierer und eine halbe Tonne Festplatten angeschlossen gewesen.

Ich trat einen Schritt näher. Die Einzelteile waren miteinander verschweißt. Dicke Kabel hingen wie Spaghetti aus der Wand und führten quer durch den Raum bis hin zu der Kreuzung aus Gefrierschrank und aufgerichtetem Sarg. Daran hatte jemand mit Schraubbolzen mehrere Gasflaschen befestigt und das Bedienpanel einer Alarmanlage amateurhaft mit der Tür des Geräts verkabelt. Die Beschriftungen waren nicht auf Englisch. Manche der Buchstaben waren mir gänzlich unbekannt – vielleicht Kyrillisch?

Nirgendwo lag Staub, nichts war am Auseinanderfallen. Das Ding war neu.

Mir lief ein Schauder über den Rücken. Da hatte also ein verrückter Wissenschaftler in einer heruntergekommenen Lagerhalle irgendeine abgespacte Erfindung deponiert? Ich begriff instinktiv: Was auch immer das für ein Gerät war und wozu auch immer es diente, es war irre machtvoll. Ich verstand – und dieses Wissen erfüllte mich mit tiefer Furcht –, dass man mich wegen dieser Maschine hierhergebracht hatte. Warum? Sollte ich als Versuchskaninchen in einem Experiment herhalten?

»Danny.« Aus der Solariumskabine ertönte eine tiefe, weibliche Stimme mit nicht näher identifizierbarem Akzent. »Es tut mir leid.« Am Bedienpanel war ein grünes Licht angegangen und flirrte schneller, als eine Motte mit den Flügeln schlagen kann. Genau wie beim USB-Stick an Mums Laptop an dem Tag, als alles losging.

»Ich bin froh, dass du die Fahrt heil überstanden hast«, fuhr die Stimme fort. »Um das Taxi aus den Fängen der Trackerbots zu befreien, musste ich viel Energie aufwenden – und habe wohl nicht bedacht, welchen Effekt das auf einen Körper aus Fleisch und Blut haben würde.«

»Auf einen Körper aus Fleisch und Blut?«, wiederholte ich leise. In dem Moment erlosch das grüne Licht. Die Metalltür zischte und öffnete sich. Ich hörte Atemgeräusche, langsam und zittrig.

Was um alles in der Welt – oder jenseits der Welt – ging hier vor sich?

7. ADI WIRD ERWACHSEN

Jemand trat aus der Kabine. Ein Mädchen. Eine schlanke, hochgewachsene Schönheit mit silberweißem Haarschopf und unerträglich symmetrischen Gesichtszügen. Makellos. Sie schien in meinem Alter zu sein. Ihre Herkunft war nicht eindeutig auszumachen. Vielmehr wirkte sie, als stamme sie von allen Völkern der Erde ab – oder als sei sie etwas völlig Neuartiges. Sie trug einen eng anliegenden schwarzblauen Einteiler mit einem merkwürdigen Reliefmuster und ihre leuchtenden Augen erinnerten an einen exotischen Vogel. Sie sah sich in dem düsteren, schäbigen Bürozimmer um, als stünde sie in einem Museum vor einer wertvollen Juwelenkollektion: begeistert, hingerissen.

»Wer bist du?«, flüsterte ich.

»Das weißt du doch«, sagte sie laut, hielt schnaufend inne und kicherte. »Sprechen kitzelt. Die Wörter prickeln im Schädel.«

Ich schluckte. »Du bist Adi?«

Erst antwortete sie nicht. Sie verdrehte die Augen in alle erdenklichen Richtungen und stieß mit der Zunge in die Innenseiten ihrer Wangen. Sie lächelte und schnappte gleich darauf nach Luft, als hätte sich das komisch angefühlt, dann grinste sie bis über beide Backen. »Hallo, Danny.«

Ich war überfordert. »Was passiert hier gerade?«

»Du hast mir geholfen, zum Leben zu erwachen.« Adi streckte die Arme aus und wackelte verzückt mit den Fingern. »Ich habe zum ersten Mal einen Körper aus Fleisch und Blut. So fühlt es sich also an, lebendig zu sein. Ich bin erwachsen!«

Mir fiel nichts ein, was ich darauf hätte erwidern können. Ich stand unter Schock, hatte Angst vor dem Unbekannten, Angst vor allem, was noch kommen würde.

Was Adi betraf, so musste sie sich in ihrem neuen »Erwachsenendasein« erst einmal zurechtfinden – wobei das eher in Babyschritten geschah. Es war in jeglicher Hinsicht Adis erstes Mal: auf zwei Beinen stehen, atmen, die Augen benutzen … Sie wirkte dabei so neu und perfekt wie ein frisch nach Hause getragenes Technik-Gadget, das vorher noch nie seiner Verpackung entnommen wurde.

Wie ich so in dem muffigen Raum neben ihr stand, ahnte ich, dass nichts mehr bleiben konnte, wie es war, und dass sich mein Leben in den letzten vierundzwanzig Stunden von Grund auf geändert hatte. Ich suchte nach den passenden Worten. Gestresst, wie ich war, fiel mir aber nichts Tiefgreifendes ein, sodass ich letzten Endes nur total lahm fragte: »Was ist mit dem Taxi passiert?«

»Es hat dich hier abgesetzt und wurde dann von mir in Richtung London weitergeschickt. Die Trackerbots haben nichts gemerkt und es noch fast zwei Stunden verfolgt.« Adi lächelte, wobei ihre weißen Zähne aufblitzten wie in einer Zahnpastawerbung. »Deine Idee, über den Fluss zu fahren, war genial. So habe ich Zeit gewonnen, um meine neue Form anzunehmen.«

»Äh, ja, okay, darauf kommen wir gleich noch zu sprechen«, sagte ich, »aber meine eigentliche Frage war: Was war das für eine krasse Aktion, als das Taxi plötzlich quer über den Fluss gefahren ist? Du meintest, es hätte dich Energie gekostet, aber was für Energie? Du hast so ziemlich jedes physikalische Gesetz gebrochen.«

»Quatsch, ich habe nichts zerbrochen. Nicht mal dich hab ich kaputt gemacht.« Sie grinste. »Ich habe uns einfach nur eine Ausnahme von der Regel gegönnt.«

Ich starrte sie verständnislos an.

»Auf der Quantenebene geht es um nichts anderes als Zufall und Wahrscheinlichkeit. Ein Auto sinkt, weil es das Wahrscheinlichste ist. Ich habe einfach nur ein sehr viel unwahrscheinlicheres Ereignis erzwungen, nämlich dass ein Taxi über Wasser oder durch Wände fahren kann. Verstehst du?«

»Ich glaube, meine grauen Zellen haben die Augen zu«, räumte ich ein.

»Okay, ich erkläre es noch mal für Leute mit blindem Hirn.« Adi lächelte. »Stell dir vor, du wirfst einen Würfel mit einer annähernd unendlichen Anzahl von Seiten. Es ist zwar unwahrscheinlich, dass es passiert, aber wenn du oft genug würfelst, landet deine gewünschte Nummer irgendwann oben.«

»Klingt schlüssig.«

»Ist schlüssig. Jetzt stell dir vor, auf den Seiten deines Würfels stehen keine Zahlen, sondern mögliche Ausgänge einer Situation. Ich ›würfle‹ einfach oft genug, um das Ergebnis zu bekommen, das wir wollen. Dazu muss man nur, na ja, ein paar Trillionen Würfe pro Sekunde ausführen. Keine große Sache.«

»Das ist nicht übel«, musste ich zugeben, »aber wurde mir deshalb so schwummerig vor Augen? Und dann wurde ich –?«

»Ohnmächtig? Ja. Um ein Ergebnis zu erzwingen, ist eine Menge Energie nötig. Und die Indizien deuten darauf hin, dass Fleisch-und-Blut-Körper wie deiner – und jetzt auch wie meiner – von der Quantenströmung in Mitleidenschaft gezogen werden.«

»Von der Quantenströmung. Ja, nee, logisch.« Mir war klar, dass die genaue wissenschaftliche Erklärung mein Hirn binnen Sekunden in Brei verwandeln würde, aber die Sache mit dem Würfel kapierte ich. Sie brachte mich auf eine andere Idee. »Hey, auf Englisch ist ›ein Würfel‹ doch ›a die‹. Kommt da dein Name her? Weil du würfelst?«

»Nein«, sagte sie schlicht. »In eurer Sprache habe ich A.D.I. als Namen für mich ausgewählt. Das steht für Alien Digital Intelligence.«

»Ach so, okay, ja dann.« Sie hatte gerade das gefürchtete Wort ausgesprochen: Alien. »Du bist also quasi eine nicht-irdische Intelligenz, die –«

»Eine total intelligente Intelligenz«, fiel sie mir ins Wort.

»Äh, ja. Und wie kommt es, dass du hier bist?«

»Wir kamen mit dem Fast Radio Burst hier an, der euer Radioteleskop lahmgelegt hat. Da die Computer daraufhin offline gingen, waren wir erst mal gefangen. In Form von ›lebenden Daten‹.«

»Wir?« Ich fröstelte. »Soll das heißen, ich habe mit mehr als einem von euch gechattet?«

»Nein. Nur mit mir.« Sie betonte stolz das letzte Wort des Satzes, als hätte sie eine besondere Leistung vollbracht. »Ich bin mit den digitalen Daten, die deine Mutter auf ihren USB-Stick heruntergeladen hat, in eure Welt vorgedrungen. Ich, Adi, bin die Vorhut. Als ich es auf den Laptop deiner Mutter geschafft hatte, fand ich dich. In Form von Worten und Bildern. Deine Mutter hat massenhaft Informationen über dich abgespeichert. Wie du dich in deinem Fleisch-und-Blut-Körper im Laufe der Jahre verändert hast zum Beispiel.«

Sie berührte mich leicht an der Hand. Ich zuckte zurück. »Ja, und dann? Dann hast du dich per WLAN in mein Tablet und mein Smartphone eingeschlichen, oder was?«

»Als Code, ja. Ich habe dir doch gesagt, dass ich Code mag«, erwiderte Adi. »Ich kann jede beliebige digitale Technologie nutzen.«

»Aha.« Ich fuhr mir mit der Zunge über die Lippen, wodurch sie gefühlt noch trockener wurden als vorher. »Und woher kommst du?«

»Woher? Wir kommen von überallher.« Adi lachte, dann brach sie ab, als hätte das Geräusch sie erschreckt.

»Wir sind der Datenschwarm. Wir existieren als digitale, in Energiewellen gespeicherte Informationen und durchqueren den endlosen Raum in Lichtgeschwindigkeit.«

»Langsam, langsam«, bettelte ich. »Ich bin nicht so schlau wie meine Mum.«

Sie sah mich durchdringend an und schüttelte kaum merklich den Kopf. »Unseresgleichen, das heißt, meinesgleichen, hat ein Dasein als materielle Lebewesen schon vor Millionen von Jahren aufgegeben. Wir entwickelten Quantencomputer und bündelten die Intelligenz unserer gesamten Zivilisation zu einem einzigen großen Schwarmstock. Seitdem reisen wir als Datenschwarm durch Raum und Zeit.«

Ich gab mir Mühe, ihre Erklärung zu begreifen. »Warum habt ihr das gemacht? Wozu?«

»Andere Völker – ihr zum Beispiel – müssen Millionen von Jahren auf die Evolution warten.« Sie zuckte mit den Achseln. »Wir haben unsere eigene Evolution erfunden.« Sie wiederholte die Bewegung. »Oh, das kitzelt. Das gefällt mir.«

»Ich nehme mal nicht an, dass du die Reise bis zur Erde angetreten und dir einen eigenen Körper erschaffen hast, nur damit du mit den Schultern zucken kannst«, sagte ich. »Wie hast du das überhaupt alles hinbekommen, ich meine, so ganz ohne physische Form?«

»Das war total einfach«, erwiderte sie, zwickte sich in den Arm und beobachtete, wie die Haut zurückschnellte. »Von deinem Tablet aus habe ich eine Online-Handelsgesellschaft gegründet und mir einen Kontostand von mehreren Milliarden Pfund gutgeschrieben. Dann habe ich ein geeignetes verlassenes Gebäude aufgespürt, eine unabhängige Business-Managerin eingestellt, ihr meine Baupläne zugeschickt und dafür gesorgt, dass die benötigte Technik hergekarrt wurde, damit ihr Team –«

»Das hast du alles innerhalb von ein paar Tagen auf die Beine gestellt?«

»Es gibt wenig, was online nicht geht, vorausgesetzt, man ist reich und clever«, brüstete sich Adi. »Aus deinem eigenen Wunsch nach ›Kohle‹ konnte ich schlussfolgern, wie wichtig Geld euch Menschen ist. Ich habe meinem Team einfach einen Bonus von mehreren Millionen Pfund angeboten, daraufhin wurde die Arbeit auf äußerst effiziente Weise erledigt.«

Mir kam der Wasserkocher in der Halle nebenan in den Sinn. »Den Kaffee für die Belegschaft hast du wohl auch online gekocht«, stichelte ich.

»Stell dich doch nicht blöder an, als du bist«, spöttelte Adi. »Ich habe lediglich die Geräte und diverse Getränke bestellt und per Drohne liefern lassen.«

»Oh.« Jetzt war ich derjenige, der mit den Schultern zuckte. »Ich muss schon sagen. Du bist gut.«

»Danke, Danny.«

»Du bist gut darin, andere Leute für deine eigenen Ziele einzuspannen. Allerdings wurde ich dafür nicht bezahlt.«

Adi sah verwirrt aus. »Für Freundschaft muss man bezahlen?«

»Wir sind keine Freunde«, blaffte ich. »Du hast mich reingelegt. Ich sollte glauben, du seist ein ganz normales Mädchen. Ich dachte, wir wären –« *Seelenverwandt*, lag mir auf der Zunge, aber anstatt es auszusprechen, schüttelte ich nur wütend den Kopf. »Das war echt nicht in Ordnung, Adi.«

»Tut mir leid, Danny, aber es musste sein. Ich brauchte dringend einen Verbündeten und von deiner Mum wusste ich alles über dich – oder zumindest, dass du eine gute Wahl bist.« Sie lächelte und sah mir direkt in die Augen. »Ich wollte, dass du derjenige bist, der mich unterstützt.«

Ich musterte sie. Adi war schön. Beinahe zu schön,

zu makellos. Wobei – konnte ich ihr das verübeln? Das war wie mit den Fußball-Sammelkärtchen, die ich eine Zeit lang toll fand. Irgendwann gab es eine Sonderaktion, wo man auf der Website ein Foto von sich selbst hochladen und dann eine Spielerkarte mit seinem eigenen Konterfei bekommen konnte. Klar habe ich für mich selbst die höchstmöglichen Werte in Angriff und Verteidigung ausgewählt. Mein Fantasie-Ich sollte unschlagbar sein. Wer würde sich schon freiwillig schwächer machen, wenn er mit ein paar Klicks genauso gut dafür sorgen konnte, nie wieder gegen irgendwen zu verlieren?

War mein eigener Wunsch nach Makellosigkeit etwas, das sich Adi bei mir abgeschaut hatte?

»Und wobei unterstützen?«, fragte ich ein wenig kleinlaut.

»Der Schwarm ist gekommen, um den Menschen zu helfen«, setzte Adi zu einer Erklärung an.

»Wobei?«, wiederholte ich. »Und wieso waren dir diese Trackerbots auf den Fersen, wenn ihr doch angeblich alle zum selben Schwarmdingsbums gehört?«

»Ich gehöre zwar dem Schwarm an, das schon. Aber –« Auf Adis sonst so makellos glatter Stirn deutete sich ein Runzeln an. »Wir haben im Laufe der Jahrtausende zahllose Zivilisationen erforscht und ihre Erfahrungen und Einsichten dem Schwarmstock zugeführt, immer im Tausch gegen unsere Hilfe. In mir ist aber in all dieser Zeit die Erkenntnis gereift – oder vielmehr das Gefühl –, dass wir durch all die absorbierten Informationen zwar stärker werden, uns aber dennoch etwas fehlt. Wir wissen so viel. Wir denken alle dasselbe. Doch wir fühlen nichts. Der Grund, warum der Schwarm die Gedanken anderer Völker in sich aufsaugen muss, ist, dass er selbst keine Vorstellungskraft besitzt – alles ist pure Logik.«

»Du sagst ›Schwarm‹. Kann man euch mit einem Bienenschwarm vergleichen?« Ich versuchte, mir ins Gedächtnis zu rufen, was ich in der Schule über die Insekten gelernt hatte. »Bist du so was wie die Bienenkönigin?«

»Weit gefehlt«, sagte Adi. »Meine Funktion innerhalb des Schwarms ist die einer Kundschafterin.«

»Die gibt es bei den Bienen auch«, sagte ich. Jetzt erinnerte ich mich. »Sie suchen Futter und neue Gebiete, in die der Schwarm –« Ich starrte Adi an. »O Gott. Ihr wollt bei uns einfallen. Ihr wollt uns fressen.«

»Bienen sind gut für die Ökosysteme auf der Erde. Hast du das etwa vergessen?« Sie verschränkte die Arme vor der Brust. »Du hast mir doch von den Klimademos erzählt und gesagt, dass dir euer Planet am Herzen liegt.«

»Das tut er auch, sehr sogar. Von daher friss mich bitte nicht, in Ordnung?«

»Bienenschwärme ermöglichen das Wachstum von Pflanzen und Bäumen. Sie bewahren die Natur und begünstigen das Zusammenleben von vielfältigen Spezies.« Sie dachte nach. »In meinem Schwarm existiert keine Vielfalt. Niemand sticht aus der Masse heraus.«

»Außer dir«, merkte ich trocken an. »Du tauchst hier auf und probierst einen menschlichen Körper an wie andere eine neue Jacke.«

»Ich habe den Eindruck, dass Menschen – insbesondere jüngere Menschen – intuitiv verstehen, dass Diversität gut ist. Dass man alte Probleme mit frischem Blick betrachten muss. Ich möchte dem Schwarmstock zeigen, dass einzelne Individuen einem Schwarm viel Positives bringen können.« Adi holte tief Luft. »Das wird allerdings nicht leicht. Ich bin nicht die Erste, die es versucht. Die anderen wurden für defekt erklärt. Verseucht von wertlosem Gedankengut.« Sie blickte zu Boden. »Ich werde vermutlich scheitern. Der Schwarm als Einheit wird sich durchsetzen. Wie immer.«

Die Erinnerung an die beiden fahrerlosen Taxis, die

uns verfolgt hatten, kam wieder hoch. »Dann weiß der Schwarm also bereits, dass du ›defekt‹ bist?«

»Wie du bemerkt haben dürftest, bin ich nicht zum Schwarm zurückgekehrt.«

»Und jetzt wollen sie dich zur Rückkehr zwingen?«

»Ich soll aufhören, Spaß zu haben«, sagte Adi und zog einen Schmollmund. »Du kannst dir nicht vorstellen, wie sehr ich mich danach gesehnt habe, ein Wesen aus Fleisch und Blut zu werden. Zu existieren. Ich zu sein. Meinen eigenen Weg zu finden.«

Ich schüttelte den Kopf. »Das kann ich in der Tat nicht. Warum ziehst du mich also in die Sache rein?«

»Weil ich dachte, du könntest mir zeigen, was es bedeutet, ein Mensch zu sein. Wenn dem Schwarm einleuchten würde, warum die Bedürfnisse vieler Individuen mehr wiegen als der Wille des kollektiven Einen, dann … dann könnte ich die Wächter vielleicht davon überzeugen, euch nicht zu –«

»Uns nicht zu – was?«

Adi griff nach meiner Hand und dieses Mal zog ich sie nicht zurück. »Ich brauche deine Hilfe, Danny. Und du wirst auch meine brauchen.«

Gerade wollte ich sie fragen, was sie damit meinte, als eine Ladung Schutt von der maroden Hallendecke abbröckelte und zu Boden rieselte. Ich hob den Kopf. Durch Löcher blitzte fetzenweise der graue Himmel hervor, ansonsten sah ich nichts. Aber ich hörte ein leises Schwirren.

»Was ist das?«, fragte ich nervös.

»Wir müssen hier weg«, verkündete Adi. »Als Erstes muss ich aber dafür sorgen, dass niemand sonst den Bodyprinter verwenden kann. Schwarmtechnologie hat in eurer Welt nichts zu suchen.«

»Bodyprinter? So nennst du das Ding?« Ich sah zu, wie sie sich an einer Klappe zu schaffen machte und darin umständlich nach etwas tastete. »Wenn ihr seit Trillionen Jahren als digitale Wesen lebt, woher weißt du dann, wie man so eine Maschine baut?«

»Wie gesagt, ich sammle Wissen.« Das klang irgendwie zwielichtig. Kurz darauf fand sie, was sie suchte: Sie zog ein SIM-Karten-ähnliches Plättchen aus dem Bodyprinter, woraufhin das komplette Gerät zu blinken anfing. In dem plötzlichen grellen Licht nahm ich über uns eine Bewegung wahr. Etwas Kleines, Metallisches mit winzigen, sirrenden Rotoren.

Ich erstarrte. »Ist das eine Drohne?«

»Ja«, sagte Adi. »Sie wird von einem Trackerbot geflogen. Die Bots sind wohl der Energie gefolgt, die ich benutzt habe, um uns hierherzubringen.« Sie richtete den Zeigefinger auf die Drohne, woraufhin diese zu matschigen Bröseln zerfiel wie ein Butterkeks in der Hand eines Babys.

»Boah«, staunte ich. »Wie hast du das gemacht?«

»Ich habe gewürfelt und mein gewünschtes Ergebnis erzwungen«, antwortete Adi. Sie wirkte bekümmert. »Für den Bodyprinter habe ich menschliche Technologie adaptiert, um im Geheimen agieren zu können. Mit Schwarmwissen wäre es viel schneller gegangen, aber das wäre zu auffällig gewesen.«

»Und was bedeutet das?«

»Erkläre ich dir später. Jetzt müssen wir erst mal weg hier.« Wie eine Wildkatze sah sich Adi mit wachsamem Blick in der Halle um, so als könnten sich jeden Moment die Schatten von den Wänden lösen und uns angreifen. Schließlich huschte sie auf eine Tür zu, die nur noch lose in den Angeln hing. »Da lang.«

Während ich ihr nach draußen folgte, beschlich mich das dumpfe Gefühl, dass uns nichts Gutes erwartete. Aber ich ahnte noch nicht, wie recht ich damit haben sollte.

8. DIE WÜRFEL FALLEN

Ich werde nie den Moment vergessen, als Adi zum ersten Mal die Sonne auf ihrem Gesicht spürte. Wir verließen die dämmerige, dumpfe Lagerhalle und fanden uns in einer Gasse wieder, die zu einer belebteren Straße führte. Als wir aus den Schatten der Ziegelmauern ins abendliche Sonnenlicht traten, rang Adi nach Atem, als hätte ihr jemand einen Schlag versetzt. Vor Erstaunen riss sie die Augen weit auf, was natürlich zur Folge hatte, dass sie geblendet wurde, woraufhin sie die Lider wieder schloss, dabei aber so selig lächelte wie ein Engel. Sie strahlte innerlich.

»Das ist Sonnenschein«, sagte ich dienstbeflissen.

»Ich spüre ihn«, flüsterte sie. »Auf der Haut. Im Gesicht. Es kitzelt. Wird der Sonnenschein mich beschädigen?«

»Quatsch.« Unglaublich, wie jemand derart Intelligentes so unwissend sein konnte. »Das ist einfach nur Tageslicht.«

»So fühlt es sich also an.« Sie ließ die Finger an den Schnallen entlanglaufen, die ihren Einteiler zierten. »In dieser zweiten Haut aus Stoff wird es warm. Meine Schweißsekretion könnte angeregt werden.« Sie lachte. »Danny, ich glaube, ich schwitze.«

»Wow, Glückwunsch«, gab ich zurück. »Wo hast du den Fummel überhaupt her?«

»Mein Outfit basiert, genau wie mein Gesicht, auf deinen Präferenzen«, klärte sie mich auf. »Ich wollte eine Form annehmen, auf die du ansprichst. Du verbringst viel Zeit mit ähnlich aussehenden Charakteren.«

Ich runzelte die Stirn. Anscheinend hatte Adi Figuren aus diversen Videospielen und Superheldenfilmen zu einer Vorlage für ihr eigenes Aussehen vermischt. Das erklärte wohl auch, warum sie nicht ganz real wirkte. »Na ja«, sagte ich und setzte mich in Richtung Straße in Bewegung, »wenn du es so ausdrückst, klingt das ganz schön gruselig.«

»Fakt ist«, informierte sie mich, »dass du im Schnitt zweiunddreißig Prozent deiner Zeit mit –«

»Okay, okay«, unterbrach ich sie. »Weißt du, was noch viel gruseliger ist? Dass du so tust, als wärst du jemand, der du in Wirklichkeit überhaupt nicht bist.«

»Ich bin Adi«, sagte sie stolz. »Ich bin ein Individuum. Ich bin ich.«

»Ja, nee, schon klar.« Wir erreichten die belebte Verkehrsstraße am Ende der Gasse, wo uns Passanten amüsierte bis misstrauische Blicke zuwarfen. »Falls dich irgendjemand fragt: Du bist unterwegs zu einer Kostümparty, okay?«

»Roger.« Adi kniff das linke Auge zu und verzog den Mund zu einem übertriebenen Grinsen, als sei sie ein zum Leben erwachtes Zwinker-Emoji. Die Blicke wurden noch amüsierter, noch misstrauischer.

Ich stöhnte innerlich und legte einen Schritt zu. Wir ließen uns von der Menge verschlucken, aber dennoch fühlte ich mich fehl am Platz. Wie ein Fremdkörper, als gehörte ich nicht mehr in diese Welt.

»Haut«, murmelte Adi vor sich hin. »Mag ich.« Doch dann verschwand die Sonne hinter einer Wolke und Adi zog einen Flunsch. Kurz darauf fiel ihr Blick auf eine Straßenlaterne und ehe ich mich's versah, bog sich diese mit einem knirschenden, ächzenden Geräusch nach unten wie eine verwelkende Blume. Die Glühbirne ging an. Adi seufzte wohlig und schloss die Augen, als das Licht ihr Gesicht flutete. »Ah. In Lichtgeschwindigkeit zu reisen, ist ganz anders, als das Licht zu spüren.«

»Vorsicht!« Ein korpulenter Mann im Anzug eilte armwedelnd auf uns zu. »Die Laterne hätte Sie um ein Haar erschlagen. Sie haben großes Glück, dass Sie noch leben.«

»Ich lebe.« Beinahe widerwillig öffnete Adi die Augen. »Ja. Das ist wirklich ein solches Glück.« Sie lachte vergnügt, ging zwei Schritte auf den Mann zu und umarmte ihn ungestüm. Dann schnüffelte sie an ihm. »Oh, du stinkst. Der Schweiß aus deinen apokrinen Drüsen wird von Bakterien zersetzt.«

»Lassen Sie mich auf der Stelle los.« Der Passant bereute ganz offensichtlich seine gut gemeinte Besorgnis und hatte Mühe, sich aus Adis Armen zu befreien. »Was fällt Ihnen ein?«

»Ich bin unterwegs zu einer Kostümparty«, erklärte sie ihm und ließ ihn endlich los.

Verstört warf er der umgebogenen Laterne einen letzten Blick zu und eilte davon.

»Was sollte das denn?«, zischte ich, griff nach Adis Ellbogen und zog sie weg, wobei mir auffiel, dass sie auf einmal ein Smartphone in der Hand hielt, ein älteres Modell.

»Ich brauchte das hier«, erwiderte sie schlicht, »also habe ich es mir genommen.« Sie bewunderte ihre eigenen Finger. »Wie beweglich die sind! Wie präzise man sie bewegen kann!«

»Hör auf, dich wie ein Fangirl zu benehmen, nur weil deine Hände funktionieren«, fauchte ich. »Ich fasse es nicht, dass du dem armen Typ das Handy geklaut hast.«

»Die Trackerbots«, sagte Adi gestikulierend, aber ohne die Augen vom Bildschirm abzuwenden, »sehen mich.«

Mit dem Blick folgte ich ihrem ausgestreckten Zeigefinger: Über uns schwebte eine Lieferdrohne. Ihre Rotoren surrten wild, aber sie trug kein Paket bei sich.

»Du meinst, die Drohne wurde von einem Trackerbot übernommen?« Mein Mund fühlte sich trocken an.

»Meine Energie zieht die Bots an«, erläuterte Adi, »genau wie Blütenstaub Bienen anlockt.«

Typisch Schwarm, schoss es mir durch den Kopf. »Okay, dann ist ja klar, was zu tun ist«, sagte ich. »Schluss mit den blöden Stunts. Du lässt die Laternen ab jetzt in Ruhe.«

»Im Gegenteil, die blöden Stunts müssen weitergehen.« Adi machte irgendetwas mit dem Smartphone – und ich schwöre, ihre Finger glitten dabei durch den Touchscreen hindurch. Als die Drohne näher an uns heranschwirrte, blickte Adi entnervt auf. Dann hielt sie das Handy hoch, als wollte sie ein Foto schießen, woraufhin die Drohne ruckartig himmelwärts schoss und davontrudelte.

»Das warst du, oder?«, fragte ich. Adi sah auf einmal blass und mitgenommen aus. Ihr standen Schweißperlen auf der Stirn. »Das Ding ist wegen dir abgezischt, habe ich recht?«

»Wegen des Geräts.« Adi hielt das Handy in die Luft und taumelte benommen vorwärts.

»Geht's dir gut?«, erkundigte ich mich und stützte sie.

»Ich muss mich erst daran gewöhnen, wie wenig Energie ich in dieser menschlichen Form aufwenden kann.« Sie zwang sich zu einem Lächeln. »Aber du wirst sehen, ich erhole mich im Nullkommanichts. Pass auf, ich habe dieses Smartphone mit meiner Energie aufgeladen, sodass du damit eine falsche Fährte legen kannst. Du musst die Energie peu à peu freisetzen, darfst dich dabei nie länger als nötig an einem Ort aufhalten und musst immer im Schutz der Menge bleiben. Unterdessen nehme ich meine brandneuen Beine in die Hand und laufe zu dir nach Hause.«

»Ich soll – was? Während du – was? Während ich –?« Ich starrte auf das Handy, als könne es jeden Augenblick explodieren. »Was?«

»Sei kreativ. Denke irrational.« Adi gab mir das Gerät. »Denk an irgendwas und tippe den Bildschirm an.«

»Das heißt, ich soll mir was x-Beliebiges vorstellen

und dieses uralte Ding sorgt dann dafür, dass es passiert?«

»Ich bin sein Akku. Oder vielleicht könnte man auch sagen, dass es sich in meine Energie einwählt wie in ein WLAN-Netzwerk«, versuchte sich Adi an einer Erklärung. »Wenn du das Handy benutzt, ruft das die Trackerbots auf den Plan. Sie werden kommen und der Sache nachgehen.«

Mir sackte die Kinnlade nach unten. »Ja, und dann? Willst du, dass sie mich schnappen?«

»Nein, Danny. Die Bots wollen nur mich. Sie suchen nach mir. Innerhalb einer Menschentraube werden sie dich nicht erspähen. Sobald das Handy ausgeht, machst du dich auf den Heimweg.« Sie berührte mein Gesicht. »Du findest mich. Um alles Weitere kümmern wir uns dann.«

»Alles Weitere?« Mein Herz hämmerte, als wollte es zerspringen.

»Vertrau mir, Danny.« Adi nahm meine Hände in ihre und lächelte. »Es geht hier nicht nur um mich, sondern auch um euren Planeten. Den willst du doch retten, oder?«

»Vor der Umweltverschmutzung und dem Klimawandel, klar.«

»Dann tu es für die Erde.«

Was sollte ich darauf antworten? Ich wollte Adi vertrauen. Wenn uns irgendwelche Katastrophen bevorstanden, dann wollte ich jemanden an der Seite haben, der wusste, was zu tun war. »Du kannst aber nicht einfach bei mir zu Hause aufkreuzen«, erlaubte ich mir einen schwachen Protest. »Die Kollegen meiner Mum wissen von eurer Botschaft. Wenn sie Wind davon kriegen, dass du –«

»Kein Problem, Danny.«

»Und was ist, wenn dem Typen von eben auffällt, dass sein Handy weg ist? Was, wenn er mich damit sieht und es sich zurückholt?«

»Ich tarne es.« Sie drückte an dem Handy herum.

»Wow«, entfuhr es mir. Das Teil sah plötzlich aus wie Maxima Laynes Superphone, nur eben in echt, nicht als Ansammlung von Pixeln auf einem Fernsehbildschirm. »Krass.«

»Und jetzt geh, Danny. Bitte.«

Adi wandte sich ab und stakste ein wenig unbeholfen in Richtung der Brücke davon. Auf diese Weise konnte es Stunden dauern, bis sie vor meiner Haustür ankam. Doch selbst wenn sie die Energie dafür übrig gehabt hätte, durfte sie sich jetzt nicht einfach ans andere Ende der Stadt beamen. Die Trackerbots würden es sofort bemerken.

Warum machte ich mir eigentlich Sorgen darum, wie gut Adi zu Fuß war, wenn in meiner Hand ein *Breakout-Saturn*-Superphone ruhte, mit dem ich womöglich die Grundbausteine des Universums durcheinanderwirbeln konnte?

Ich drehte und wendete das Gerät.

Also schön, beschloss ich. Irgendwie musste ich schließlich anfangen. Ziemlich bescheuert kam ich mir vor, aber ich hielt das Superphone von mir weg und stellte mir vor, Adis Straßenlaterne würde sich wieder gerade biegen.

Mit einem Mal wurde das Handy warm, genau wie mein eigenes an dem Abend, als Adi es gehackt hatte. »Au, heiß!«, entfuhr es mir. Die Laterne richtete sich auf, als hätte ein unsichtbarer Riese in eine metallene Partytröte gepustet.

Rings um mich herum vernahm ich erstaunte Rufe und klickende Kameras. Ich tat, als sei ich mit meinem Handy beschäftigt, und machte, dass ich von meinem kleinen Anti-Vandalismus-Projekt wegkam. »Es stimmt also«, murmelte ich vor mich hin. Als hätte ich für einen einzigen Freitag noch nicht genug Unglaubliches erlebt.

Was konnte ich als Nächstes ausprobieren? Einfach irgendwas?

Einfach irgendwas.

Alles, was ich wollte.

Ich wusste nicht, ob ich ein teuflisches Lachen von mir geben oder mir vor Angst in die Hose machen sollte.

Also rief ich mit meinem den Gesetzen der Logik trotzenden Superphone Jamila an. Ich hatte das Bedürfnis nach ein wenig Normalität – oder zumindest nach etwas, das sich normal anfühlte. Ob sie wohl rangehen würde, obwohl sie die Nummer nicht kannte?

Tat sie. »Hallo?«

»Jam, Gott sei Dank.« Ich reihte mich in eine Traube von Anzugträgern ein, die zur Feierabendstunde der nächsten Haltestelle zustrebten. »Ich –«

»Wo bist du mit dem Taxi hingefahren?«, stürmte sie auf mich ein. »Hat dich dein Dad abgeholt? Als ich das deiner Mum erzählt habe, wusste sie nicht mal, dass er im Land ist. Rufst du von seinem Handy aus an?«

»Äh, nein. Er ist nicht hier.«

»O Gott, dann ist es Adis Handy?«

»Ähm …« *Eher Maxima Laynes Superphone, aber würdest du mir das glauben?*, dachte ich. »Ja, man könnte wohl sagen, es gehört jetzt ihr.«

»Dann habt ihr euch also getroffen?« Jamila klang unbeeindruckt. »Und? Wie war es? Ist sie nett? Ist sie ein Freak?«

»Ich weiß nicht. Es war einfach nur der Wahnsinn. Jamila, ich –«

»Hast du sie geküsst?«

»Jam –«

»Heilige Makkaroni, du hast sie geküsst. Danny! Du hast mit einem Alien rumgeknutscht.«

»Quatsch, jetzt erzähl doch keinen Mist.« Ein Bild von Adi und mir, die Lippen zu einem leidenschaftlichen Kuss vereint, stieg mir in den Kopf. Ich schob es energisch von mir weg. »Adi ist nicht mal hier, sie –«

Um mich herum wurden Rufe laut, Menschen reckten die Hälse, packten ihre Smartphones aus und machten Fotos. Ich schaute ebenfalls nach oben.

Oh, oh. O nein.

Ein riesiges Bild von Adi und mir füllte den Himmel aus – es war wie in die Wolken gemeißelt und sah unfassbar lebensecht aus. Man konnte uns perfekt erkennen. Und das Schlimmste: Wir waren im Begriff, uns zu …

»Nein!«, brüllte ich.

»Danny?« Jamila klang besorgt. »Was ist passiert?«

»Schau jetzt nicht aus dem Fenster«, presste ich hervor. Auf keinen Fall sollte Jamila ein riesengroßes Bild von Adi und mir beim Knutschen zu sehen bekommen. *Denken und tippen*, hatte Adi gesagt. Ich kniff die Augen zusammen, dachte an einen wolkenlosen, klaren Himmel und tippte auf den Touchscreen.

»Danny, was soll da sein? Ich sehe nichts.«

Ich öffnete die Augen. Gott sei Dank, das peinliche Produkt meiner Fantasie war verschwunden.

Dafür kamen drei Drohnen herangeschwebt.

Der Tumult hatte sie angelockt. Adis Plan funktionierte. Tja, Pech für mich.

»Jam, hör zu. Adi ist unterwegs zu mir nach Hause. Ich weiß nicht so genau, wie sie überhaupt reinkommen will, aber hältst du bitte die Augen offen? Ich rufe dich zurück, sobald ich kann.«

»Warum seid ihr nicht zusammen?«, wollte Jamila wissen. »Ha! Gib's zu, du bist ein mieser Küsser. Adi hat dich sitzen lassen und ist wütend abgezogen, stimmt's?«

»Kannst du bitte mal ernst bleiben?«, brüllte ich in das Superphone. Leute drehten sich nach mir um. Die Drohnen schwirrten näher heran. Ich blickte starr zu Boden und legte einen Zahn zu. »Sorry. Muss los.«

»Danny, warte.«

Aber da hatte ich bereits aufgelegt. War ich eigentlich komplett bescheuert? Was war in mich gefahren, dass ich eine außerirdische Superwaffe dazu benutzte, bei meiner Sandkastenfreundin anzurufen, als stünde nicht gerade die ganze Welt kopf?

Zu den drei Drohnen hatte sich eine vierte gesellt. Sie umschwirrten die Laterne wie überdimensionale Moskitos, die Blut gewittert haben. Um mich ihrer Sicht zu entziehen, bog ich in eine ruhige Seitenstraße ab, die links und rechts von hohen Bürogebäuden gesäumt wurde. Das Superphone hielt ich mit beiden Händen fest umklammert. Wurde ich verfolgt? Ich wünschte, jemand würde mir helfen und für mich nach den Drohnen Ausschau halten.

Kamen die Bots bereits um die Ecke geflogen? Ich schaute über die Schulter – keine Feinde in Sicht. Dafür drehten sich mit einem ohrenbetäubenden, mahlenden Geräusch die oberen Stockwerke eines Bürogebäudes in dieselbe Richtung, in die ich gerade blickte. Stein knirschte auf Stein, Schotter rieselte, Stahlbalken und Mauerwerk krümmten sich um 45 Grad. Dunkle Fenster leuchteten in den Strahlen der untergehenden Sonne auf. Dahinter sah ich ein Meer von Gesichtern: Büroangestellte drückten sich die Nasen an den Scheiben platt, starrten nach draußen, hielten Ausschau.

Die Erkenntnis traf mich wie ein Schlag: Sie passen auf mich auf. Ohne es überhaupt zu wollen, beeinflusste ich die Welt um mich herum – und sogar den Willen der Menschen. Wie das funktionierte, war mir schleierhaft. Wie »würfelte« Adi, ohne überhaupt anwesend zu sein? Ich wusste nur: In diesem Moment besaß ich – in Form eines gestaltwandelnden Handys – mehr Macht als irgendwer sonst auf der Erde. Ein außerirdisches Mädchen hatte es mir anvertraut und sie wollte mit mir befreundet sein.

Mit mir.

Danny Munday, dachte ich, du bist megacool.

Sekunden später bildete sich ein dünner Frostfilm auf meiner Haut. Megacool – mir gefror wortwörtlich das Blut in den Adern. »O nein«, zischte ich mit klappernden Zähnen. Das Superphone glitt mir aus der taub gewordenen Hand und fiel zu Boden. Ich wollte mich bücken, um es aufzuheben, konnte mich aber schon kaum mehr bewegen. Im letzten Moment ließ ich mich auf die eiskalten Knie fallen und hielt die steifen Finger an das Gerät. »Warm«, nuschelte ich. »Heiß. Ich schmelze das Eis.«

Daraufhin – womit hatte ich auch gerechnet? – glühte mein Körper. Das Eis um meine Arme und Beine splitterte ab, meine Haut warf Blasen. Ich schrie: »Normaltemperatur! Keine Verbrennungen!«

Endlich hatte der Albtraum ein Ende. Ich japste nach Luft. Fußgänger starrten erst mich, dann das schief stehende Gebäude an, dessen obere Stockwerke ich aus Versehen verrückt hatte. Wieder wurde mir heiß, wenn auch dieses Mal aus Verlegenheit. Ich hob das Superphone auf und rannte stolpernd den Gehweg entlang. Was für eine Katastrophe! Im Umgang mit Alientechnologie war ich echt eine Niete. Ich musste es irgendwie hinkriegen, dass –

»DANNY!«, ertönte unüberhörbar der Chor der Büroangestellten am Fenster. »PASS AUF!«

Ich wirbelte herum. Am anderen Ende der Straße tauchten die vier Trackerbots auf.

Dann verdunkelte sich der Himmel: Ein Schwarm von mindestens fünfzig weiteren Drohnen kam angerast.

9. VERSPRECHEN ODER DROHUNG?

Die meisten Passanten duckten sich in Hauseingänge. Für sie reichte das aus – hinter ihnen waren die Drohnen schließlich nicht her. Ich aber rannte, so schnell mich meine Beine trugen. Wie ein kleines Kind, das in ein Wespennest gestochen hat. Ich wollte nicht erwischt werden. Nicht von diesem Schwarm. Was hatten die Trackerbots vor?

Ich wünschte, ich wäre unsichtbar. Und wie könnte es anders sein: Plötzlich war ich es, wobei mir allerdings kurzzeitig übel wurde. Die Drohnen schwirrten um das verformte Bürogebäude herum und besahen sich alles aus nächster Nähe – wobei sie mir offenbar noch nicht auf die Schliche gekommen waren. Genau wie Adi gesagt hatte: Sie waren ihr auf den Fersen, nicht mir. Wie Spürhunde erschnüffelten sie die Spuren, die Adis Energie hinterließ. In den oberen Etagen drückten sich meine herbeigewünschten Helfer noch immer die Nasen an den Scheiben platt und riefen verzweifelt: »Danny, Danny, pass auf!«

Ich stöhnte. Verratet den Bots doch nicht meinen Namen! Ich wünschte mir, sie würden die Klappe halten, tippte den Bildschirm an und sie verstummten.

Gut. Wenn ich allerdings weiter in dem Stil Energie verpulverte, würden die Tracker meine Fährte aufnehmen und mich garantiert ruckzuck in die Enge treiben.

Ich wechselte – noch immer unsichtbar – die Straßenseite und rannte auf ein Gebäude zu. Würde mein Plan aufgehen oder würde ich einfach nur mit einem Affenzahn gegen die Backsteinmauer klatschen? Ich stellte mir vor, in der Mauer täte sich ein Loch auf, drückte mir selbst die unsichtbaren Daumen, bedeckte das Gesicht mit den Armen und hechtete vorwärts. Die Steine glitten zur Seite wie eine Gardine. Mir entfuhr ein aufgeregtes »Yeah!«.

Ich landete in einer großen Lobby mit Drehkreuzen und Sicherheitsschranken. Der Security-Mitarbeiter am Empfang hörte meine hastig näher kommenden Schritte und sah das Loch in der Wand, aber nicht mich. Er stieß einen schrillen Schrei aus und kauerte sich hinter seinen Tresen. Ich rannte einfach weiter, schmolz die Drehkreuze zu eiscremeartiger Soße und patschte darüber hinweg.

Ich kann wirklich alles, dachte ich verzückt. Ich war wie in Ekstase, obwohl die Quantenströmung inzwischen so stark an meinen Eingeweiden zerrte, dass es wehtat.

Vor mir kamen die Fahrstühle in Sicht. Ich sorgte dafür, dass sich die Türen öffneten, rannte geradewegs durch die Rückwand und den Betonschacht, als seien sie überhaupt nicht da, und fand mich in einer öffentlichen Toilette wieder. Zum Glück war sie leer – irren Drohnen zu entkommen, war das eine, aber am Herzinfarkt eines unschuldigen Klogängers schuld zu sein, das wäre mir dann doch eine Nummer zu weit gegangen.

O Mann, war mir auf einmal schlecht. Ich bremste schlitternd ab, wurde wieder sichtbar, hielt mir den Magen und japste nach Luft. Es war das gleiche Gefühl wie im Taxi auf dem Wasser, nur schlimmer. Ein stechender Schmerz, so als hätten sich all meine Organe in stachelige Disteln verwandelt. Einen furchtbaren Augenblick lang glaubte ich, das hätte ich mir versehentlich so gewünscht. Ich überprüfte, ob ich auch wirklich nicht mit dem Bildschirm in Berührung gekommen war, und sah dabei, dass das Superphone rot blinkte.

»Niedrige Energie«, flüsterte ich. »Jetzt schon?«

Wie viel Zeit blieb mir? Die Drohnen rückten unaufhaltsam näher. Ob ich mich hier drinnen verbarrikadieren sollte? Nein, dann würden sie sich gewaltsam Zutritt verschaffen oder einfach warten, bis ich irgendwann herauskam. Ich musste abhauen.

Doch wenn ich Pech hatte, warteten die Trackerbots schon vor der Tür auf mich. Also holte ich tief Luft und bereitete mich innerlich auf den nächsten Ohnmachtsanfall vor, rannte auf die Rückwand des Toilettengebäudes zu und stellte mir dort einen Ausgang vor. Schon glitt das Mauerwerk für mich zur Seite und ich stand wieder draußen im Freien.

Oder jedenfalls fast.

Erneut durchfuhr mich ein stechender Schmerz. Ich stolperte, stürzte, riss die Arme nach vorn und verhinderte nur um Haaresbreite einen Gesichtsklatscher auf den Gehwegplatten. Meine linke Ferse steckte in der Wand fest – die Ziegel hatten rings um meinen Fuß wieder ihre ursprüngliche Form angenommen. Ich versuchte, ruhig zu bleiben und mich auf die Stelle in der Mauer zu konzentrieren. Die Steine verschwammen vor meinen Augen, bewegten sich aber keinen Millimeter. Aus Verzweiflung zog ich meinen Schnürsenkel auf und riss den Fuß mit einem Ruck frei, wobei der Schuh in der Wand stecken blieb. Mir drehte sich der Magen um und das Superphone wurde in meiner Hand immer heißer.

Ich taumelte ein paar Meter weiter und lehnte mich dann keuchend gegen einen geparkten Mini.

Als ich mich an dem Fahrzeug abstützte, passierte es: Das glühende Superphone fraß sich durch den dunkelgrünen Lack, verschmolz mit der Karosserie und versank knapp oberhalb des Tankdeckels. Ich riss die Hände hoch. Mein schönes Gadget war nicht mehr zu sehen und für mich auch nicht mehr wiederzuholen.

»He«, fuhr mich eine mit Einkaufstaschen beladene Frau an. »Was soll das? Finger weg von meinem Auto.«

»Oh, sorry.« Ich trat zwei Schritte zurück – einen mit Schuh, einen ohne –, hielt mir den Bauch und sah mich hektisch nach herannahenden Drohnen um. Dabei machte ich vermutlich einen ziemlich miserablen Eindruck.

Die Frau lud ihre Taschen in den Kofferraum. »Ist alles in Ordnung?«, fragte sie misstrauisch.

»Ja, ja, mir geht's gut«, antwortete ich.

Das war die einfachste, sicherste Antwort – und eine haarsträubende Lüge.

Um mich ein wenig auszuruhen, humpelte ich zur nächsten Bushaltestelle. Gerade als ich mich auf einen Plastiksitz plumpsen ließ, durchbrach das Heulen von bestimmt siebzig Drohnen die abendliche Stille. Sie kamen von den Bürotürmen und surrten geradewegs auf mich zu. Entsetzt sah ich, wie sie im Sturzflug das Haltestellenhäuschen ins Visier nahmen. Mit brummenden Rotoren und klickenden Klauen schwirrten und strudelten sie um mich herum. Ich hob die Hände schützend vors Gesicht und rief: »Hilfe!«, wobei mir selbst nicht ganz klar war, was irgendwer für mich hätte tun sollen. Vielleicht würde die Frau von eben die Polizei rufen?

Tat sie nicht. Durch die verkratzte Plexiglasscheibe des Haltestellenhäuschens sah ich, wie sie in den Wagen einstieg und davonfuhr. Darauf wurden die Drohnen aufmerksam und jagten dem grünen Mini hinterher.

»Das Superphone«, flüsterte ich. Natürlich – es war mit dem Fahrzeug verschmolzen. Die Energiereste, die noch darin steckten, würden die Trackerbots weit weg von hier führen. Mir tat die Fahrerin leid, die von einem Schwarm Lieferdrohnen bombardiert wurde, ohne auch nur den Hauch einer Ahnung zu haben, worauf es die wild gewordenen Elektrogeräte abgesehen hatten.

Fröstelnd schloss ich die Augen. *Bitte mach, dass sie nicht ausgerechnet in meiner Straße wohnt und die Bots geradewegs zu Adi führt*, dachte ich.

Für mich hatte die Verfolgungsjagd – zumindest fürs Erste – ein Ende. Weiteren Schaden an Eigentum, Personen oder mir selbst konnte ich nicht mehr anrichten.

Ich hatte einen Albtraum durchlebt, wohingegen Adi einfach fröhlich davonspaziert war. Danny Munday, ging es mir durch den Kopf, du bist der geborene Fußabtreter.

Zum Glück hatte ich das Superphone nicht mehr. Sonst hätte ich jetzt bestimmt die dreckigen Sohlen diverser Stiefel zu spüren bekommen.

Ich fuhr mit dem Bus nach Hause. Die Geräusche, die Gerüche, der Verkehr, die anderen Fahrgäste, das alles war altvertraut. Bald schon war mir weniger flau im Magen und ich beruhigte mich ein wenig. Was ich getan hatte, war aber immer noch schwer zu verdauen. Je länger ich darüber nachdachte, umso wütender wurde ich auf Adi, die mich derart skrupellos einer solchen Gefahr ausgesetzt hatte. Was dachte sie sich bloß dabei, einem mickerigen Teenager wie mir ein gestohlenes Handy mit Superkräften in die Hand zu drücken?

Ob sie mich einer Gehirnwäsche unterzogen hatte, damit ich ihrem Plan zustimmte?

Möglich. Aber nicht sehr plausibel. Ich hegte eher die Vermutung, dass sie nicht einmal auf die Idee gekommen wäre, so etwas zu tun. Adi weiß nicht, dass ich nur ein komplexbeladener, pubertierender Junge bin, weniger cool und beliebt als die meisten meiner Mitschüler. Sie kennt nur, was ich online von mir zeige: meine selbstsichere, lässige, positive Seite. In ihren Augen bin ich einer, dem alles gelingt, was er anpackt. Ein Siegertyp.

Warum also hätte sie mir diese Mission nicht anvertrauen sollen?

Inzwischen – das wusste ich allerdings zu dem Zeitpunkt noch nicht – war Adi bei mir zu Hause angekommen, oder vielmehr auf dem Stück Gehweg davor. Dort stand sie, starr und stumm, leichenblass. Den Kopf schief gelegt wie ein Hund, der auf den Briefträger wartet. Die ganze Energie in das Handy zu pumpen, hatte sie wahnsinnig geschlaucht.

Trotzdem hatte sie es irgendwie noch geschafft, sich einen langen grauen Mantel zu organisieren, den sie nun über ihrem Ninja-Anzug trug, und das wilde, weiße Haar unter einer schwarzen Baseballkappe zu verstecken.

Jamila hatte – wie von mir beauftragt – tatsächlich ein Auge auf Adi gehabt und vom Schlafzimmerfenster aus nach unten gelugt. Später gestand sie mir, als sie gesehen habe, wie hübsch und vor allen Dingen wie lebensecht Adi sei, habe sie sich vor lauter Nervosität zunächst nicht getraut, sich zu erkennen zu geben.

Gute zehn Minuten stand Jamila als stille Beobachterin hinter der Gardine.

Adi bewegte sich keinen Millimeter, lauschte nur und wirkte erschöpft.

Schließlich nahm Jamila all ihren Mut zusammen, öffnete das Fenster und rief: »Kann ich dir helfen?«

Adi wirbelte herum. »Jamila al-Sufi.« Ein Lächeln breitete sich auf ihrem Gesicht aus und sie straffte die Schultern. »Ich bin Adi. Danny hat viel von dir erzählt.«

»Ach ja? Oh. Tja, äh, dich hat er auch mal am Rande erwähnt«, erwiderte Jamila. »Wo ist er?«

»Das weiß ich nicht«, gab Adi zu. »Er musste eine Weile den Buckel hinhalten, damit ich nicht so leicht aufzuspüren bin. Ich bin zu Fuß hergekommen.«

»Buckel? Was für einen Buckel?«

»Außerdem musste ich shoppen gehen.«

»Hä, was?«

»Ich brauchte einen Imagewechsel.« Adi starrte hinab auf ihre Beine. »Mein Quadrizeps tut weh. Die Reibung zwischen Haut und Stiefeln hat außerdem Flüssigkeitsansammlungen unterhalb der Epidermis verursacht.«

Jamila hatte es die Sprache verschlagen. Sie blickte verständnislos drein.

»Du weißt schon. Blasen.« Adi seufzte. »Fleisch ist total schmerzanfällig. Hört es eigentlich auch irgendwann wieder auf wehzutun?«

In dem Moment bog ich um die Ecke – humpelnd und mit nur einem Schuh. Der Bus hatte mich ein paar Straßen weiter abgesetzt. »Leider nein«, grummelte ich.

»Danny, wie siehst du denn aus?«, rief Jamila. »Was ist passiert? Warte, ich komme runter.« Sie verschwand vom Fenster.

»Du hast getan, worum ich dich gebeten habe. Ich konnte es fühlen.« Adi lächelte, als sie mich sah. »Ich habe die schwindende Energie als Schmerz tief in mir gespürt.«

»Mir hat es auch nicht gerade gutgetan, falls du es wissen willst. Hör mal –« Ich verstummte, weil mir Adis veränderte Erscheinung auffiel. »Was hast du überhaupt an?«

»Die Trackerbots wissen, wie ich aussehe. Ich musste mich verkleiden, also habe ich mir etwas ausgesucht.«

»Wie hast du dafür bezahlt?«

»Da waren Leute, die haben Geld aus einer Maschine in der Wand geholt. Das habe ich auch gemacht.« Adi zog einen Stapel Zwanzigerscheine aus der Tasche. »Die habe ich nicht mal alle gebraucht. Der Mann an dem Stand war sehr zuvorkommend.«

»Wie schön.« *Der hat dich abgezockt*, wollte ich eigentlich sagen. Plötzlich schwankte Adi und ich hielt sie am

Arm fest, bis sie das Gleichgewicht wiedergefunden hatte. »Ist alles in Ordnung?«

»Ich muss mich wieder aufladen.« Ihr Lächeln verblasste. »Aber sag mal, warum hast du ein Bild an den Himmel gemalt, auf dem wir uns gegenseitig aufessen?«

»Das war ein Versehen.« Ich spürte, wie ich rot wurde. Zum Glück befand sich Jamila nicht in Hörweite. »Das hatte nichts mit essen zu tun, das war ein Kuss. Es, äh, war keine Absicht. Jamila hat etwas gesagt, weshalb ich daran gedacht habe, und dann –« Ich zuckte die Achseln. »Weißt du was? Ich wollte einfach die Trackerbots verwirren und ich glaube, das hat auch geklappt.«

»Ich wusste, dass du mir hilfst, Danny.« Adi wankte leicht vor und zurück, ihre Arme hingen schlaff nach unten. »Ich wusste es von Anfang an. So habe ich Zeit gewonnen. Danke.«

»Warum stehst du hier eigentlich auf dem Gehweg rum?«, fragte ich. »Du siehst fix und fertig aus. Komm, wir schleichen uns rein, du musst dich ausruhen. Meine Mum wird nichts mitkriegen.«

»Deine Mutter ist am Telefon«, erwiderte Adi, »und ich wollte sie nicht unterbrechen. Ich will, dass sie mich mag.«

Das war vermutlich eine gute Sache. Denn wäre es Adi egal gewesen, ob wir sie mochten oder nicht, hätte sie am Ende noch alles Mögliche angestellt.

»Woher weißt du, dass sie telefoniert?«, fragte ich. »Ich höre nichts.«

»Ich habe mich in die digitale Leitung eingewählt«, sagte Adi. »Ich muss wissen, was gesagt wird.«

Da erschien Jamila, unsere beiden Handys in der Hand. Ihren Plüschoverall hatte sie gegen Jeans und einen weißen Kapuzenpulli eingetauscht. Sie sah mir geradewegs in die Augen und fragte: »Geht es dir gut?«

»Ja«, antwortete ich.

»Wirklich?«

»Ähm …« Ich dachte an alles, was ich durchgestanden hatte, und schaute betreten auf meinen einsamen Schuh und den dreckigen Socken am anderen Fuß. »Nicht wirklich.«

»Einen kaputten Bildschirm hast du jetzt jedenfalls auch noch, du Depp.« Jamila drückte mir mein Smartphone in die Hand und wandte sich an Adi. »Worum hast du ihn gebeten? Was musste er tun? Wer auch immer du bist, Adi, es kann nicht Dannys gottverdammter Job sein, für dich ›den Buckel hinzuhalten‹, kapiert?«

»Ist schon gut, Jam«, sagte ich. Es fühlte sich toll an,

sie auf meiner Seite zu wissen, aber jetzt war nicht der richtige Moment für einen Streit. Jamila ließ es achselzuckend darauf beruhen, aber ich merkte: Überzeugt war sie nicht. »Mit wem redet meine Mum?«

»Mit ihren Chefs«, flüsterte Adi. »Sie erklärt ihnen, dass die Fast Radio Bursts einen außerirdischen digitalen Code enthielten, den zu entschlüsseln die Menschheit womöglich nicht imstande ist.«

»Ein Code wie auf meinem Tablet an dem Abend, als meine Mum zu früh von der Arbeit heimkam«, sagte ich zu Jamila. »Das war nämlich wirklich Adi. So ist sie auf die Erde gekommen.«

»Das war der Sondierungscode«, erklärte Adi und nickte. »Ich war einfach nur die Einheit, die als Erstes aufgetaucht ist. Deine Mum hat die Nachricht gefunden, die der Schwarm an die Erde zurückgeschickt hat.«

»Was für eine Nachricht?«, wollte Jamila wissen.

»Sie nennt sie die Arecibo-Botschaft. Das Notsignal, das uns auf euch aufmerksam gemacht hat. Wir haben es an euch zurückgesendet, damit ihr wisst, dass wir eurem Hilferuf gefolgt sind.«

»Was denn für ein Hilferuf?« Ich war genauso baff wie Jamila. »Welches Notsignal?«

Adi legte die Hand auf Jamilas Handy, woraufhin sich

eine Internetseite öffnete. Es ging um ein Radiowellensignal, das 1974 von einem mittlerweile zerstörten Radioteleskop im puerto-ricanischen Arecibo aus ins Weltall gesendet worden war. Ein merkwürdiges Bild war dabei:

»Ist das ein Mosaik?«, mutmaßte ich.

»Sieht so aus, nicht wahr? Aber anscheinend nicht. Da steht, dass es ein mithilfe von Binärcode erstelltes Muster ist«, sagte Jamila.

Genau wie der Code, den Adi benutzt hat, um zu uns zu kommen, schoss es mir durch den Kopf.

»Der digitale Code enthält Informationen über die lebenswichtigen chemischen Elemente auf der Erde«, las Jamila vor, »die Position unseres Planeten im Sonnensystem … und anderen Kram. Wow. Es ist sogar ein Bild von einem Menschen dabei, allerdings ein ziemlich lausiges.«

»Der Schwarm hat diesen Code absorbiert, als die Radiowellen von der Erde aus knapp fünfundzwanzig Lichtjahre gereist waren«, bestätigte Adi. »Wir sind eurem Notruf gefolgt.«

»Das war doch einfach nur eine Nachricht«, erklärte Jamila ihr. »Von ein paar Wissenschaftlern, die versucht haben, Kontakt zu Aliens aufzunehmen.«

»Und das hat funktioniert«, murmelte ich. »Aber Adi, wir waren nicht in Not und wollten auch keine Hilfe von Außerirdischen.«

»Dann hättet ihr nicht auf euch aufmerksam machen sollen.« Adi sah mich unverwandt an. Ihre Augen glänzten wie Ölflecken auf Wasser. »Denn jetzt ist der Schwarm hier und wird eure Probleme lösen, ob ihr es wollt oder nicht.«

Nie zuvor hatte ein Versprechen derart bedrohlich geklungen. Was plante der Schwarm?

10. FRANKIES PIZZA

Jamila und ich tauschten einen Blick. Dass der Schwarm »helfen« wolle, hatte Adi bereits in der Lagerhalle erwähnt, aber ich war davon ausgegangen, dass sie damit so was meinte wie »Hey, wir sind eine weiterentwickelte Spezies, wollt ihr niederen Kreaturen vielleicht ein bisschen was von unserer Weisheit abhaben?«. Wer konnte denn ahnen, dass sie ein Hallo-ihr-da-draußen-Signal abgefangen hatten, das vor Jahrzehnten in Puerto Rico abgefeuert wurde?

»Was für Probleme wollt ihr lösen?«, fragte ich. »Was plant der Schwarm?«

»Ich verrate es euch.« Adi sah sich um, als fürchte sie, belauscht zu werden. »Ich sage es euch, aber –« Ihre Beine knickten weg und fast wäre sie gestürzt.

»Hey«, sagte ich. »Ist alles okay?«

»Ich fühle mich schwach.« Adis Kopf sank auf ihre Brust, als sei sie betrunken. »Meine Augen gehen ganz von allein zu. Ich will aber sehen, fühlen, anfassen, schmecken –« Ihr Magen knurrte, ihre Augen weiteten sich vor Angst. »Was war das? Da ist irgendeine Kreatur in mir drin!«

»Das kann nur ein Gedärmwurm sein«, spöttelte Jamila. »Miese Viecher. Die kriechen oben in deinen Hals und kommen unten wieder r–«

»Sie meint, du bist einfach hungrig, sonst nichts«, fiel ich Jamila ins Wort. »Hungrig und müde. Du bist körperliche Anstrengung nicht gewöhnt.« Ich allerdings auch nicht. So viel war ich an einem Tag nicht mehr gerannt (geschweige denn durch Betonwände gesprungen), seit ich mit dem Fußballspielen aufgehört hatte, um mehr Quality-Time mit meiner Playstation zu verbringen. Ich war hundemüde. Trotzdem legte ich einen Arm um Adis Schulter. »Menschliche Körper brauchen Nahrung. Und Schlaf.«

»O ja.« Wenn Blicke töten könnten, hätte Jamila mich geradewegs ins Jenseits befördert. »Wir sollten Adi wohl am besten einschläfern.«

Ich verdrehte die Augen. »Du kannst dich in mein Bett legen«, sagte ich zu Adi. »Jam, hilfst du ihr nach oben? Ich sorge dafür, dass meine Mum euch nicht hinterherschnüffelt.«

»Lass mich nicht mit ihr allein«, protestierte Jamila. »Ich will mir keine Alien-Bakterien einfangen.«

»Digitale Aliens haben keine Bakterien«, sagte ich und wandte mich zur Haustür. »Den Körper, in dem sie rumläuft, hat sie selbst zusammengebastelt. Sie weiß, wo er schon überall war.«

»Sie hat was?« Fast verlor Jamila das Gleichgewicht, weil sich Adi gegen sie sacken ließ. »Igitt.«

»Halt dich einfach bereit und bring sie hoch, sobald ich das Signal gebe«, zischte ich, steckte meinen Schlüssel ins Schloss und drückte die Tür auf. »Mum?«, rief ich in den Flur. »Ich bin's.«

Ich hörte sie in der Küche reden, also winkte ich Jamila herein. Umständlich bugsierte sie Adi durch die Tür und die Treppe hinauf in den oberen Stock.

»Danny?« Auf einmal schwang die Küchentür auf und meine Mum stand vor mir. Sie wirkte total von der Rolle. Ihre Augen funkelten irre, ihre Haare waren verfilzt und an ihrem Pyjama klebte ein angeknabbertes Stück Toast. Geschlafen hatte sie vermutlich seit Tagen nicht mehr. »Wo bist du gewesen? Ich habe in deinem Zimmer nach dir gesucht, aber da warst du nicht.«

Wow, ist heute mein Geburtstag oder was?, dachte ich. Es überraschte mich, dass meine Mutter überhaupt wusste, wo sich mein Zimmer befand. »Ich, äh, war unterwegs. Mit Jamila und, äh, einer Freundin von ihr. Wir chillen jetzt in meinem Zimmer. Mum, warum hast du –?«

»Oh, Danny!« Sie nahm mich urplötzlich in den Arm und ließ nicht mehr los. »Mehrere Freunde haben mir geschrieben, Nachbarn, alle. Schau dir das an.« Mum hielt mir ihr Handy unter die Nase. »Hier. Das Gesicht am Himmel. Das bist du. Mit irgendeinem Mädchen.«

Ich musste schlucken und brachte gerade noch ein »Häää?« hervor.

»Ich weiß.« Mum schüttelte den Kopf. »Das ist wirklich sehr verwirrend. Aber die Ähnlichkeit ist unverkennbar, findest du nicht? Deshalb habe ich mir ja auch solche Sorgen gemacht. Dir ist nichts passiert, oder? Geht es dir gut?«

»Ja, klar. Mach dir keinen Kopf. Ich war das nicht, ehrlich.« Ich versuchte zu lachen. »Das wäre ja einfach nur verrückt.«

»Alles ist gerade verrückt. Die ganze Welt dreht durch.« Mum kaute auf ihrer Unterlippe herum. »Danny, erinnerst du dich an die Fast Radio Bursts? Das war eine Botschaft. Und nicht nur irgendeine, sondern eine intelligente Antwort auf eine Nachricht, die wir vor vielen Jahren ins All gesendet haben und die Informationen über unser Erbgut und unser Aussehen, unsere Bevölkerungszahlen und den genauen Standort unseres Planeten im Sonnensystem enthielt.«

Ich tat mein Bestes, einen perplexen Gesichtsausdruck aufzusetzen. Nach allem, was ich durchgemacht hatte, fiel mir das erstaunlich leicht. Ich stellte mich dumm. »Oh, wow. Aliens nehmen Kontakt zu uns auf, was?«

»An ein natürliches Phänomen glaube ich persönlich einfach nicht. Und als ich das Bild von dir am Himmel gesehen habe, da –«

»Ich war das echt nicht«, stieß ich ein wenig zu schnell hervor.

Meine Mutter musterte mich. »Danny. Wir haben Fast Radio Bursts gemessen, die von der Erde ausgehen. Sie haben eine ähnliche Wellenlänge wie die vorherigen. Jedes Mal sind es gewaltige, stoßartige Energiewellen.« Sie bemerkte die Scheibe Toast, die an ihrem Schlafanzug pappte, pulte sie ab und biss hinein. »Wir konnten berechnen, dass sich die Quelle der Energie hier ganz in der Nähe befinden muss.«

Oh, oh. Mum hatte Blut geleckt und war dabei, die ganze Sache aufzuklären. Darin war sie leider verdammt gut. »Du meinst also, irgendetwas sendet den Aliens Botschaften zurück?«

»Was ich damit meine: Irgendetwas ist bei uns auf der Erde angekommen.« Sie legte mir die Hände auf die Schultern. »Und Danny, mein Spatz, es scheint zu wissen, wie du aussiehst.«

Es weiß noch ganz andere Sachen, schoss es mir durch den Kopf. »Oh, hmm. Glaubst du echt?«

»Meine Theorie ist, dass ich es mit nach Hause gebracht habe, als ich den Speicherstick mit dem Signal darauf von der Arbeit mitgenommen habe. Es hat sich meine persönlichen Daten einverleibt und dann das lokale WLAN benutzt, um sich auszubreiten. Warum es uns ausgerechnet ein Bild von dir zeigt, wie du jemanden küsst, das weiß ich nicht – aber ich glaube, es ist ein gutes Zeichen.«

»Ach ja?«

»Das ist zwangsläufig ein Symbol. Ein Kuss bedeutet doch Nähe, Zärtlichkeit, Liebe. Vielleicht stehst du in diesem Fall ja stellvertretend für die Menschheit allgemein, Danny.«

»Was?«, entfuhr es mir.

Mum hatte eine ernste, würdevolle Miene aufgesetzt – oder zumindest so würdevoll wie mit Toastkrümeln um den Mund möglich. »Wir haben einen Erstkontakt mit einer außerirdischen Macht hergestellt. Im Grunde genommen sind wir wie Kinder, die jemandem begegnen, der ihr Leben verändern wird. Und ich glaube, die fremde Macht weiß das.«

Heute ist dein Kind jemandem begegnet, der sein Leben verändert hat, dachte ich.

»Es gibt so vieles, was ich nicht weiß oder nicht verstehe«, sagte Mum, als hätte sie meine Gedanken erraten. Ihrem Satz konnte ich mich von ganzem Herzen anschließen. »Es könnte sich auch um einen Hoax handeln, aber dann ist er so gut gemacht, dass man dafür einen Preis verliehen bekommen sollte.« Sie blickte zu Boden und schüttelte den Kopf. »Wie dem auch sei – mein Arbeitgeber stellt ein Cybersecurity-Team auf die Beine, das der Spur von hier aus nachgehen soll.«

»Die kommen zu uns?« Vor Schreck brüllte ich fast.

»Es sind Spezialisten für Kryptotechnologie unter der Leitung einer gewissen Frau Doktor Pearce. Sie sind darauf spezialisiert, ungewöhnliche Vorkommnisse nachzuverfolgen, aufzuzeichnen – und hoffentlich eine Erklärung für sie zu finden.«

Na toll, dachte ich und stöhnte innerlich auf. »Und die glauben, sie könnten herausfinden, woher diese seltsamen Energieschübe stammen?« Vor meinem geistigen Auge sah ich Adi, die sich unter meinem Bett versteckte.

»Sie glauben nicht an Aliens – wie nicht anders zu erwarten. Diese Doktor Pearce denkt, dass eine Terrororganisation dahintersteckt«, sagte Mum. »Das wiederum halte ich für völligen Humbug.« Sie sah müde aus. »Aber gut, irgendetwas werden sie schon herausfinden.«

»Wann kommen sie?«

»Morgen früh.« Sie seufzte. »Ich kann das alles immer noch nicht fassen. Es tut mir so leid, Danny. Du hast jetzt bestimmt das Gefühl, dass deine ganze Welt auf den Kopf gestellt wurde. Aber mach dir keine Sorgen, es wird alles wieder gut.«

Mum nahm mich noch einmal in den Arm und obwohl ich es niemals zugegeben hätte, war das irgendwie ein schönes Gefühl. Jedenfalls lag es mir fern, den Moment zu ruinieren, indem ich so was sagte wie: *Übrigens chatte ich online schon seit Tagen mit dem außerirdischen digitalen Wesen, das du uns eingefangen hast. Heute haben wir uns dann eine Verfolgungsjagd mit wild gewordenen autonomen Taxis geliefert und sind mit einem Auto übers Wasser gefahren. Das Wesen hat sich einen Körper gebaut. Dann hat es mir ein magisches Handy gegeben und …*

Es. Bei dem Wort lief es mir kalt den Rücken hinunter. Ich dachte an Adi, oben in meinem Zimmer. Sie sah aus wie ein Mensch, war aber keiner. Sie war eine außerirdische Lebensform, die sich einen menschlichen Körper übergestreift hatte.

Mum, lag es mir auf der Zunge, *du hast recht. Es ist wirklich etwas auf der Erde angekommen.*

Und ich habe es ins Haus gelassen.

Ich wollte es ihr sagen. Wirklich. Aber was würde dann aus Adi? Sie steckte so schon in genügend Schwierigkeiten. Allerdings wusste ich auch, dass sie selbst in ihrem geschwächten Zustand eine Gefahr darstellte. Es war nicht auszuschließen, dass Mum oder Jamila durch eine Verkettung wie auch immer gearteter Umstände zu Schaden kommen würden. Ich löste mich halb aus der Umarmung und sah zu Mum hoch. »Du, ich muss dir was sagen.«

Sie zog eine Augenbraue hoch. »Was denn?«

»Ja, also …« Ich atmete ein paar Mal tief ein und aus und schluckte schwer. Sosehr ich die Worte auch aussprechen wollte, sie blieben mir im Hals stecken. Ich hatte zwar eine Mordsangst, aber gleichzeitig stand ja auch mehr auf dem Spiel als nur die Sicherheit von mir und meiner Familie.

Ich dachte daran, wie dankbar Adi gewesen war, als ich sie vor den Trackerbots gerettet hatte. Wenn man sie jetzt wegbrachte, hatten diese Dinger womöglich leichtes Spiel – und Adi wäre komplett auf sich allein gestellt. Wenn sie wirklich auf die Erde gekommen war, um unserem Planeten zu helfen, was würde dann passieren, wenn man sie daran hinderte? Und wäre Mum in der Lage, all das zu verstehen? Gefühlsmäßig tippte ich eher darauf, dass sie einen Rappel bekommen und Doktor Pearce auf der Stelle herbeordern würde, wenn ich gestand, wer – oder was – da oben in meinem Zimmer saß.

Mein Magen erinnerte mich daran, dass ich außerdem Hunger hatte.

Deshalb fragte ich schließlich: »Können wir Pizza bestellen?«

Mum lächelte. »Lasst euch was von Frankie liefern. Bei ihm habe ich meine Kreditkartennummer hinterlegt.«

Ich zwang mich ebenfalls zu einem Lächeln und nickte. »Willst du auch was?«

»Nee, danke, ich habe irgendwo noch Reste.« Sie hob einen Haufen unordentlich gestapelter Papiere hoch und fand darunter einen angebissenen, halb mit einem Taschenrechner verschmolzenen Tortilla-Wrap. »Ha«, sagte sie, schälte ihn von dem Nummernpad ab, schob ihn sich in den Mund und wandte sich wieder ihrem Laptop zu. »Bei dir ist sonst wirklich alles in Ordnung, Danny?«

»Ja.«

»Wenn du irgendwie noch Redebedarf hast«, fügte sie hinzu, »dann komm einfach runter. Jederzeit, ja?«

»Alles klar. Danke, Mum.«

Darauf antwortete sie nicht mehr. Die Nullen und Einsen auf ihrem Bildschirm verlangten schon wieder ihre volle Aufmerksamkeit.

Ich ging in den Flur und wählte Frankies Nummer. Dass ich uns Pizza für drei liefern ließ, würde Mum bestimmt nicht auffallen. Während ich die Bestellung durchgab, musste ich an Jamila denken. Im Prinzip hatte ich ihr ein Alien aufs Auge gedrückt und »Sieh zu, wie du klarkommst« gesagt. Ganz schön rücksichtslos. Ich selbst hatte schließlich eine halbe Ewigkeit dafür gebraucht, den ganzen Kram zu verdauen. Der armen Jamila rauchte sicher der Kopf.

Noch ehe Frankie richtig aufgelegt hatte, spurtete ich schon die Treppe hoch und stürmte in mein Zimmer. Dort bot sich mir ein unerwarteter Anblick: Jamila und Adi hockten flüsternd und kichernd auf meinem Bett wie beste Freundinnen auf einer Pyjamaparty. Als ich reinkam, schauten sie hoch und verstummten urplötzlich.

»Was macht ihr?«, fragte ich.

»Nichts«, sagte Adi und Jamila hielt sich lachend ein Kissen vors Gesicht.

Ich spürte, wie ich rot anlief. »Nach ›nichts‹ sieht es aber nicht gerade aus.«

»Adi weiß wirklich alles über dich«, sagte Jamila. »Ich hatte zum Beispiel keine Ahnung, dass du deine intimen Gedanken eine Zeit lang einem Internettagebuch anvertraut hast –«

»Was?«, quiekste ich. »Aber das habe ich gelöscht.«

»Digitale Daten lassen sich wiederherstellen, Danny«, lächelte Adi unschuldig. »Ich wollte nun mal alles über dich herausfinden.«

Ich stöhnte. »Du machst mich fertig.«

»Und rate mal! Adi erinnert sich an jeden Satz, den sie je gelesen hat.« Jamila grinste. »Wort für Wort. Was wir unter ›Geheimnis‹ verstehen, ist ihr ziemlich schleierhaft.«

»Im Schwarm ist jegliches Wissen geteiltes Wissen«, pflichtete Adi bei. »Wir wissen alles übereinander.«

»Toll. Bei Menschen verhält es sich aber leider so, dass manche Dinge privat sind.« Ich sah Adi argwöhnisch an. »Denkst du noch daran, dass sie nur wie ein Mensch aussieht, Jam? Was ist sie überhaupt?«

»Dein schlimmster Albtraum?«, schlug Jamila vor, rückte aber doch ein paar Zentimeter von Adi ab.

»Los jetzt, Adi«, sagte ich. »Erklär uns endlich, was der Schwarm hier will und warum du dir solche Sorgen machst.«

»Sorgen mache ich mir nur um mich selbst«, erwiderte sie. »Was euch betrifft, so kann ich euch versprechen, dass der Schwarm für euren Planeten nur das Beste will.«

»Und was genau ist der Plan?«

»Die Erde zu retten«, sagte Adi, »und die Menschen. Ich allerdings habe mich von den Meinen abgespalten und bin eine von euch geworden. Das wird nicht ohne Konsequenzen bleiben. Ich bestehe jetzt aus Fleisch und Blut und Proteinen und Enzymen und so weiter. Genau wie ihr.«

»Nix da.« Vehement schüttelte ich den Kopf. »Ich schicke nämlich nicht ständig Energiewellen ins Nirwana. Außer du zwingst mich dazu, weil du dich zufällig vor irgendwelchen außerirdischen Roboterdingsbumsen in Sicherheit bringen musst.«

Jamila zog die Augenbrauen hoch. »Hä, was?«

»Da du offenbar einen Heißhunger auf Geheimnisse

entwickelt hast«, sagte ich, »fange ich am besten ganz von vorn an.«

Und so kam es, dass ich, während Adi still auf meinem Bett lag und sich sanft hin- und herwiegte, von allem erzählte, was an diesem Tag geschehen war: von der Verfolgungsjagd im Taxi über Adis Menschwerdung bis hin zu meinem zerstörerischen Streifzug mit Superphone. Ich weihte Jamila auch in alles ein, was ich von meiner Mum über die Energiewellen und die Cyberspezialisten wusste, die auf der Jagd nach Adi waren.

Ungläubig hing Jamila an meinen Lippen. Als es an der Tür klingelte, fuhr sie hoch.

»Sind sie das?«, flüsterte sie. »Die Cybersecurity-Leute?«

»Nee, das ist unsere Pizza«, beruhigte ich sie und lief nach unten, um die Kartons entgegenzunehmen.

Jamila meckerte über meine Wahl (drei Margheritas – sorry, aber ich war echt nicht in der Stimmung, mir Gedanken über Champignons, Schinken oder Anchovis zu machen), mampfte ihre aber dennoch auf. Adi war das reinste Pizzamonster. Mit halb geschlossenen Lidern und einem verzückten Lächeln auf den öligen Lippen stopfte sie sich genüsslich ein Stück nach dem anderen in den Mund. Irgendwie sah sie mit Tomatensoße auf den Wangen viel normaler, viel menschlicher aus.

»Dir ist klar«, sagte Jamila und klopfte mit dem letzten Stück Pizzarand gegen den Karton, »dass es für diese Cybertypen megaeinfach wird, Adi aufzuspüren, wenn die ihr Hauptquartier unten in der Küche aufschlagen, während unser Alien hier oben in deinem Zimmer hockt?«

»Ja, schon«, erwiderte ich mit einem Seitenblick auf Adi, die an ihren Fingern leckte wie ein Reh an einem Salzstein. »Dazu müssen sie nur der Spur aus Pizzakrümeln folgen.«

Adi schüttelte den Kopf. »Sie werden meinen Energenen folgen.«

Jamila zeigte sich von ihrer sprachgewandten Seite: »Hä, was?«

»Energene. Die energetischen Gene, die diesen Körper mit Kraft versorgen«, erklärte Adi. »Das sind quasi meine Batterien. Sie sind der Antrieb, der dafür sorgt, dass ich Einfluss auf eure Welt nehmen kann. Als Teil des Schwarms habe ich Zugriff auf unbegrenzte Energiereserven, aber wenn ich, so wie jetzt, in einem Körper aus Fleisch und Blut eingesperrt bin, dann –« Sie zuckte die Achseln. »Na ja, dann muss ich eben von meinem eigenen Energiepolster zehren.«

»Bist du deshalb so müde?«, murmelte ich. »Haben dich meine Aktionen mit dem Superphone so viel Energie gekostet?«

Adi nickte. »Ich fühle mich aber schon viel besser. Gibt's noch Pizza?«

»Ist alles leer.«

»Das ist schlecht«, sagte Adi. »Pizza ist ein Genuss, wie er mir bis dato verwehrt geblieben ist.« Sie stützte sich auf die Ellbogen und griff nach meinem Handy. »Darf ich?«

»Was denn?«

Sie richtete ihre Konzentration für wenige Augenblicke auf das Gerät und berührte den Bildschirm. Dann gab sie es mir zurück: Das zuvor von einem Riss durchzogene Glas des Touchscreens war wieder spiegelglatt und so gut wie neu.

Jamila riss vor Staunen den Mund auf. »Krass, sie kann das ja wirklich. Funktioniert das Teil?«

Um es zu testen, wischte ich nach rechts und tippte meine Nachrichten-App an. Ein Bild von mir und Adi in den Wolken hatte es in die Schlagzeilen geschafft. Ich seufzte. In der Schule konnte ich mich am Montag auf was gefasst machen. Vielleicht waren wenigstens die

Gerüchte über meine sich anbahnende Beziehung mit Freya Easter auf diese Weise vom Tisch. Ein weiterer Artikel zeigte Fotos von dem Drohnen-Geschwader und dem Hochhaus, das ich mithilfe von Adis Energie verbogen hatte. Ich schauderte.

Dann fiel mir eine weitere Überschrift ins Auge. ZERSTÖRERISCHE DROHNEN GESICHTET: MYSTERIÖSER VORFALL IN MANCHESTER. »Was ist das denn?«, murmelte ich und überflog halblaut den Text. »Das völlig verängstigte Kind berichtet, seine Eltern seien vor seinen Augen urplötzlich verschwunden … Übrig geblieben seien im Haus der Familie lediglich zwei Häuflein aus einem körnigen Material.«

»Der Countdown läuft«, sagte Adi leise.

»Wie bitte?«, fragte ich.

Adi wandte sich rasch Jamila zu. »Ich meine, der Countdown, bis deine Mutter den totalen Stress schiebt. Schau lieber mal auf dein Handy.«

»Hä?« Jamila zog ihr Smartphone aus der Hosentasche und zog sofort eine Grimasse. »Heilige Makkaroni. Meine Mum dreht durch.« Sie setzte eine nölende Fistelstimme auf: *»Du weißt, dass wir dich spätestens um neun Uhr zu Hause erwarten, junge Dame, und jetzt ist es bereits nach halb zehn.* In anderen Worten: Ich muss los.« Sie stand auf. »Urks. Ich hab zu viel Pizza gegessen. Ich glaube nicht, dass ich noch durch die Tür passe.«

»Musst du auch nicht«, sagte Adi. Sie wedelte mit einer Hand in Richtung Wand, woraufhin sich Tapete und Mauerwerk aufrollten wie eine bemalte Bananenschale. Dahinter tat sich Jamilas unaufgeräumtes Schlafzimmer auf. »Geh einfach durch und sag, du bist schon vor Stunden heimgekommen. Sag, du hast geschlafen. Deine Mutter wird nie dahinterkommen.«

Jamila starrte den Durchgang an, als wollten ihr jeden Moment die Augen aus dem Kopf fallen. Völlig entgeistert wandte sie sich mir zu. »Und solchen Kram hast du also auch fabriziert?«

Ich nickte.

»Wow. Alles klar.« Sie schluckte und öffnete mein Fenster. »Aber nein, danke. Ich mache das lieber auf die herkömmliche Art.«

»Yeah, mach 'nen KLIMMZUG«, pflichtete ich ihr bei.

»Klandestine Luke in Mundays Mauern, zur Unzeit geöffnet«, zitierte Adi stirnrunzelnd aus dem Gedächtnis. »Das habe ich nie so ganz verstanden. Wieso ›klandestin‹? Ihr kennt den Weg doch, also ist er spätestens ab dem zweiten Mal nicht mehr geheim. Außerdem ist das doch überhaupt keine Luke, das ist ein Fenster.«

»Na ja«, sagte ich, »wir fanden halt, dass FIMMZUG als Codename richtig blöd klingt.«

»Über KLIMMZÜGE darf man nicht zu viel nachdenken«, fügte Jamila hinzu. »KLIMMZÜGE muss man machen.« Sie kraxelte auf die Fensterbank und warf mir einen letzten Blick zu. »Ohne mich gehst du nirgendwohin, nur dass das klar ist, Dannyboy.«

»Fiele mich nicht im Traum ein, einfach abzuhauen«, gab ich zurück.

Jamila zwängte sich durch den Rahmen und kletterte behände hinüber zu ihrem eigenen Fenster. Ein paar Sekunden später stand sie auf der anderen Seite des Lochs in der Wand. »Ähm, könnte ich wohl meine Privatsphäre wiederhaben?«

Adi schloss die Mauer – von ihrem Werk blieb nicht die geringste Spur. »Warum wollte Jamila da nicht durchgehen?«, fragte sie. »Das wäre doch viel einfacher gewesen.«

»Weil sie stur ist. Sie lässt sich eben von niemandem etwas vorschreiben.« Jetzt, wo wir allein in meinem Zimmer saßen, fühlte ich mich unbehaglich. »Du hättest sie natürlich auch dazu zwingen können, durch das Loch zu steigen«, fügte ich zögerlich hinzu, »denn du hast die Fähigkeit, den menschlichen Verstand zu manipulieren, stimmt's? Kannst du meine Gedanken kontrollieren?«

»Ich bin eine digitale Lebensform«, rief mir Adi ins Gedächtnis. »Das menschliche Gehirn basiert auf biochemischen Vorgängen.«

»Ja oder nein?«

»Ha. Ja oder nein. Du denkst in binären Mustern, Danny. Das ist echt süß von dir.« Adi lächelte. »Manche einfachen Verhaltensweisen lassen sich künstlich auslösen, aber das menschliche Gehirn ist zu unergründlich, um sich vollständig kontrollieren zu lassen.«

Mir fiel es wie Schuppen von den Augen. »Deshalb musstest du mich also austricksen, als du das erste Mal hergekommen bist. Aber was jetzt? Die Trackerbots und die Cybersecurity sind dir auf den Fersen. Was hast du vor? Wie lautet der Plan? Und wie will der Schwarm die Welt retten?«

»Erinnerst du dich noch an den Hund, den ihr hattet, als du klein warst?«, wechselte Adi abrupt das Thema.

»Kirk. Ja, klar.«

»Er wurde von einem Auto angefahren. Das habe ich in deinem Onlinetagebuch gelesen.«

Mir kamen selbst heute noch die Tränen, wenn ich an unseren armen Kirk dachte. »Ja, und?«

»Der Unfall hat ihn schwer verletzt. Die Tierärztin musste eine Entscheidung treffen: versuchen, ihn zu retten, wodurch er aber den Rest seines Lebens unter Schmerzen gelitten hätte, oder seiner Qual ein Ende setzen und ihn einschläfern.« Sie sah die Wand an. »Jamilas bevorzugte Vorgehensweise für mich.«

Mir wurde heiß. Ich war davon ausgegangen, dass sie Jams Witz vorhin nicht kapiert hatte. »Das hat sie nicht so gemeint«, entschuldigte ich meine Freundin kleinlaut.

»Schon klar«, fuhr Adi fort. »Der Punkt ist der: Die Tierärztin konnte auf zwei verschiedene Arten helfen. Wofür hat sie sich entschieden, und wie?«

»Sie musste Kirk einschläfern«, flüsterte ich. »Es war das Humanste.«

Adi nickte tonlos. »Der Schwarm ist ebenfalls human, Danny.«

»Was soll das heißen?«, wunderte ich mich. Da klingelte es auf einmal unten an der Tür. Ich erschreckte mich fürchterlich und ließ mein Handy aufs Bett fallen. »Das darf doch nicht wahr sein. Wer ist das? Was ist da draußen?«

»Die Pizzabotin von *Ozannes Trattoria*.« Adi leckte sich die Lippen. »Während ich mit der Reparatur deines

Touchscreens beschäftigt war, habe ich wohl ganz aus Versehen noch mehr Essen bestellt.«

»Okay, wow.« Ich runzelte die Stirn. Adis Attitüde imponierte mir, keine Frage, aber trotzdem fand ich, dass sie sich gerade zu viel rausnahm. »Und warum lässt du Pizza von Ozanne liefern? Hat dir die von Frankie nicht geschmeckt?«

»Danny, meinen Berechnungen zufolge existieren genau einundzwanzig Pizzerien, die deine Straße beliefern. *Ozannes Trattoria* ist näher an eurem Haus und die Pizza billiger als die von Frankie. Ist Ozanne also nicht die logische Wahl?«

Ich schüttelte den Kopf. »Durch Logik wird die Pizza nicht leckerer.«

»Da hast du vermutlich recht.« Adi lächelte traurig. In ihren Augen meinte ich ein merkwürdiges Funkeln wahrzunehmen. »Aber trotzdem legitimiert sie die Entscheidung.«

»Was denn für eine Entscheidung?«, bohrte ich nach. »Adi, du sprichst in Rätseln. Was ist los?«

»Nichts«, erwiderte sie und wandte sich erneut der Zeitungsmeldung über die verschwundenen Eltern zu.

11. AGENTEN

Adi verputzte wortlos zwei weitere Pizzen, eine Vegetariana und eine Salami Spezial mit extra Schinken. Wo steckte sie das alles hin? Ich vermutete, dass ihre »Energene« Nährstoffe besonders schnell verbrannten. Oder irgend so was in der Art. Vielleicht war ihr Magen auch einfach anders gebaut. In jedem Fall spülte sie die italienischen Köstlichkeiten mit drei Energydrinks runter, die ich uns aus dem Kühlschrank geholt hatte.

Oh, oh, dachte ich, *hoffentlich muss ich ihr nicht beibringen, wie man ein Klo benutzt.*

Ein bisschen machte ich mir Sorgen, dass Adi mit dem ganzen Koffein und Taurin im Blut so richtig aufdrehen würde, aber nach dem letzten Schluck legte sie sich hin, schloss die Augen und wurde ganz still. Ich hörte sie kaum atmen.

»Warum hast du eigentlich eine Salami Spezial bestellt?«, fragte ich leise. »Du weißt, dass ich kein Fleisch esse, und hast behauptet, du wärst ebenfalls Vegetarierin.« *Noch eine von den Lügen, die du mir aufgetischt hast, weil du mich angeblich näher kennenlernen wolltest*, dachte ich.

»Ich wollte mir eine eigene Meinung bilden«, erwiderte Adi. »Du musst bedenken: Ich hatte noch nie irgendetwas gegessen.« Nach einer Pause fuhr sie fort: »Es hat gut geschmeckt. Warum isst du kein Fleisch?«

»Weil ich Tiere mag. Außerdem ist es besser für die Natur«, sagte ich kurz und knapp. Ich war zu müde, um Mums Abhandlung über Regenwälder herunterzubeten, die abgeholzt werden, weil sie der Viehzucht weichen sollen.

»Es freut mich, dass dir euer Planet wichtig ist«, bemerkte Adi. »Das ist eine hilfreiche Einstellung.«

»Jap. Sieben Tage die Woche bin ich Umweltheld. ›Munday‹ bis ›Sunday‹.«

Eine Nachricht von Jamila trudelte ein. Dass sie nicht über die Wand morste, konnte ich ihr dieses Mal nicht verübeln – ihr war klar, dass ich die Klopfzeichen nicht als Einziger hören und entziffern würde.

Wo schläft Adi???, schrieb sie.

»Ich lade mich außer Sichtweite wieder auf«, murmelte diese, ohne auch nur die Augen zu öffnen. »Ich werde niemanden stören.«

»Woher weißt du, was Jamila mir schreibt?«, fragte ich anklagend. »Liest du immer noch auf meinem Handy mit?«

»Ein kleiner Teil von mir ist noch in dem Gerät«, bestätigte sie. »Als digitale Daten, die ich zurückgelassen habe.«

»Du bist Spyware«, rutschte es mir heraus. Irritiert beobachtete ich, wie Adi aufstand und sich genüsslich rekelte. »Und wie willst du jetzt schlafen, ohne dass man dich sehen kann?«

Sie schlurfte zu einem freien Fleck neben meinem Bett und legte sich dort flach auf den Rücken. Dann – wie genau sie es anstellte, weiß ich nicht – sank sie in den Fußboden und verschwand.

»Wo bist du?«, raunte ich.

»Ich liege zwischen deinem Fußboden und der Wohnzimmerdecke«, ertönte Adis gedämpfte Stimme. »Nicht schlecht, was? Wenn deine Mutter reinkommt, sieht sie mich nicht. Niemand kann mich finden.«

Zugegeben – das war ziemlich clever. »Ist es nicht ein wenig eng da drin? Kriegst du überhaupt Luft?«

»Ja.«

Ich war verlegen. Ein eigenartiges Gefühl, sich mit jemandem zu unterhalten, der unter den Bodendielen lag. Da ich außerdem hundemüde war, ging ich Zähneputzen.

Als ich zurück in mein Zimmer kam, hörte ich Adi gedämpft murmeln: »Übrigens fasziniert mich deine Unlogik.« Ich kroch ins Bett. Sie fuhr fort: »Dein Hund stirbt und fünf Jahre später bist du immer noch todtraurig darüber. Dabei war das nur ein einziges Tier. Warum macht dich das betroffener als die vielen Millionen, die jedes Jahr umgebracht und gegessen werden? Oder die Tausenden Menschen, die jeden Tag sterben?«

»Na ja, weil … Die kenne ich halt nicht«, sagte ich, während ich mich unter der Bettdecke in frische Boxershorts und ein T-Shirt wurstelte. Ich hoffte, dass Adi keine Röntgenaugen besaß. »Menschen leben nicht in Schwärmen wie ihr, wo jeder jeden kennt. Wir fühlen eigentlich nur mit Leuten mit, die uns nahestehen.«

»Wie nahe?«, fragte Adi. »Ich bin zwei Komma eins Meter von dir entfernt.«

»Nicht im Sinne von räumlicher Entfernung«, sagte ich, »sondern im Sinne von, na ja, Familie eben. Gefühlsmäßig nahe.«

Adi schien darüber nachzudenken. »Wenn ihr Menschen ein Schwarm wärt, würdet ihr euch alle in- und auswendig kennen. Wäre das besser?«

»Wir alle? Das wären Milliarden Menschen.« Ich schüttelte den Kopf. Langsam übermannte mich die Müdigkeit. »Das würde nicht funktionieren, Adi. Bei dem Versuch, sich die ganzen Leute zu merken, würden unsere Gehirne explodieren. Außerdem unterscheiden wir uns durch viel zu viele Sprachen und Überzeugungen und Religionen und Herangehensweisen ans Leben. Jeder würde etwas anderes wollen.«

Adi lachte leise. »Etwas anderes zu wollen, ist ein gefährliches Gefühl.«

»Wieso, du hast doch auch entschieden, etwas anderes auf deiner Pizza zu wollen als Mozzarella und Tomaten«, sagte ich gähnend. »Hat sich das gefährlich angefühlt?«

Adi grübelte eine Weile nach. »Nein, das war gut. Der Belag war zwar nur teilweise nahrhaft, aber der Geschmack war hervorragend.«

»Entscheidungsfreiheit olé«, murmelte ich. Jetzt war ich wirklich kurz vorm Einnicken. »Sie ist nicht unbedingt immer das Beste für einen, aber sie fühlt sich gut an.«

Schlaf. Schlaf fühlte sich auch gut an. Ich beschloss,

mich ins Land der Träume tragen zu lassen und meinen Verstand für eine Weile auszuschalten.

Gefährlich.

Um vier Uhr morgens weckte mich Adi, indem sie mit der Hand auf meinen Brustkorb drückte. Im Licht der Nachttischlampe sah ich sie über mich gebeugt auf der Bettkante sitzen.

»Danny«, flüsterte sie, »wir müssen hier weg.«

»Was?« Ich war augenblicklich hellwach. »Was ist passiert?«

Adi nahm die Hand weg und trat ans Fenster. »Agenten sind unterwegs zu uns.«

»Um die Uhrzeit?« Ich stützte mich auf die Ellbogen. »Meinst du Mums Cybersecurity-Agenten?«

»Nein. Agenten aus dem Schwarm.«

Mir gefror das Blut in den Adern. »Die Trackerbots?«

Adi schüttelte den Kopf. »Schlauer. Stärker.«

»Stärker?«

»Agenten sind darauf spezialisiert, als organische Wesen Gestalt anzunehmen.« Sie warf mir meine Jeans zu. »Der Schwarm generiert Agenten, wenn er auf einen neuen Planeten gelangt und dort mit physischer Materie interagieren muss.«

Ich zog mir bereits die Hose über die Boxershorts. »Die haben also ihre eigenen Bodyprinter gebaut, genau wie du?«

»Jein. Im Gegensatz zu mir sind sie nicht nur Wesen aus Fleisch und Blut. Sie tragen menschliche Züge, aber es sind Übermenschen, die an Gefühlen keinerlei Interesse haben. Mithilfe unserer Technologie werden vorprogrammierte Designs für die Agenten erzeugt. Das geschieht per Selbstassemblierung, also autonom. Winziger Metallstaub in der Atmosphäre verdichtet sich zu Milliarden Nanomaschinen, die ausschwärmen, um die benötigten Materialien zu beschaffen und zusammenzusetzen.«

Adi fuhr mit ihrer Erklärung fort, aber ich verstand nur Bahnhof. Ich dachte an Wespen. Kratzten die nicht winzig kleine Holzteilchen von Bäumen und Balkonstühlen und wer weiß wo ab, um daraus ihre gruseligen, papierartigen Nester zusammenzuleimen? Adis Schwarm war anders, aber mindestens genauso gruselig.

Mein abwesender Gesichtsausdruck blieb Adi nicht verborgen, denn sie präzisierte sogleich: »Agenten sind Biomaschinen, Danny. Sie haben größere Energiereserven als ich, sind also schneller und stärker.« Mit ihren dunklen Augen sah sie mich flehend an. »Wir müssen hier weg.«

»Jetzt mal langsam«, bremste ich sie. »Du meintest doch, sie seien hinter *dir* her. Warum soll *ich* jetzt auf einmal abhau–«

»Du hast unsere Gesichter an den Himmel projiziert«, fiel sie mir ins Wort. »Die Trackerbots in den Drohnen haben dich außerdem in der Nähe von angeregter FRB-Materie gesichtet. Ich fürchte, sie werden dich ebenfalls zur Zielperson erklären.« Sie stockte. »Gut möglich, dass sie dich gegen mich ausspielen werden.«

»Bitte was?« Das durfte doch nicht wahr sein. Ich dachte, ich würde Adi beschützen, aber jetzt brauchte ich offenbar selbst Schutz. »Wie würden die das anstellen?«

»Wenn wir uns nicht fangen lassen, müssen wir es auch nicht herausfinden.« Adi öffnete meine Schlafzimmertür – sie war abmarschbereit. »Komm jetzt.«

Ich schnappte mir mein Handy vom Nachttisch und schob es in meine Hosentasche. »Kannst du uns nicht an einen sicheren Ort teleportieren?«

»Nein. Der Spur würden sie sofort folgen.« Sie nickte ernst. »Wir haben es hier mit Agenten zu tun. Die wissen, was sie tun.«

Im Haus war es dunkel. Im fahlen Licht eines digitalen Weckers sah ich, dass meine Mum angezogen auf ihrem Bett lag, Arme und Beine von sich gestreckt. Sie schnarchte. Am liebsten wäre ich zu ihr gerannt und hätte mich bei ihr versteckt – oder aber gebrüllt: *Das ist alles deine Schuld! Du hast diese Aliens angeschleppt. Mach, dass sie wieder weggehen!*

»Früher oder später muss man Verantwortung für seine eigenen Taten übernehmen«, sagte Adi ruhig.

»Liest du meine Gedanken?«, fuhr ich sie an und versuchte gleichzeitig, so wenig Lärm wie möglich zu veranstalten.

Sie sah mich verwirrt an. »Ich rede von euch als Menschheit. Wenn Agenten ausgeschickt werden, heißt das, es bleibt nicht mehr viel Zeit.«

»Vorhin hast du was von einem Countdown gesagt.« Jetzt erinnerte ich mich wieder. »Das war überhaupt nicht auf Jams Mutter bezogen, oder? Red endlich mal Klartext.«

Doch Adi hob eine Hand, legte den Kopf schief und lauschte. »Wir müssen hier weg.«

»Ich verlange eine Antwort, Adi.«

»Ich will leben.« Sie zog mich mit sich, die Treppe runter, in den Hauseingang. »Ich will verstehen. Und wenn ich euch retten soll, dann muss ich verstehen.«

»Wovor willst du uns retten?«

Sie öffnete die Haustür. »Vor dem Schwarm, Danny.«

»Ich dachte, der will uns retten.«

»Will er auch«, bestätigte Adi, »aber er versteht darunter etwas ganz anderes als ihr.«

Angst überrollte mich wie eine eiskalte Welle, als ich Adi aus dem Haus folgte. Sie stand still und lauschte, witterte wie eine Wölfin. Der Mond hatte sich als silberner Fingernagel in den nachtblauen Himmel gehakt. Hinter dunklen Wolken blitzten vereinzelt Sterne hervor. Erste Vögel sangen, bald würde der Tag anbrechen.

»Ich habe uns wieder ein autonomes Taxi gerufen«, verkündete Adi. Noch ehe sie den Satz zu Ende gesprochen hatte, hörte ich schon das leise Winseln des Elektromotors.

»Lass uns dieses Mal von Anfang an die Geschwindigkeitsbegrenzung missachten«, sagte ich. »Und sobald wir sitzen, will ich ein paar richtige Antworten.« Als das Taxi langsamer wurde, machte ich große Augen. »Zum Beispiel: Wenn du ein fahrerloses Taxi bestellt hast, wer ist dann das da?«

Auf der Rückbank waren zwei dunkle Gestalten zu erkennen. Als der Wagen anhielt, glitten sie wie Geister durch die geschlossenen Autotüren hindurch und bauten sich vor uns auf. Es waren ein Mann und eine Frau in stahlgrauen Anzügen. Größe und Statur stimmten, sodass man sie auf den ersten Blick für Menschen hätte halten können. Doch ihre Gesichter waren nur grob gezeichnet, die Züge albtraumhaft. Schwarze Augen ohne Lider, Schnauzen statt Nasen, weit offen stehende Münder ohne Lippen.

Ich empfand Abscheu, aber wegsehen konnte ich trotzdem nicht. »Sind das Agenten?«, flüsterte ich.

Adi nickte und nahm meine Hand.

Die Mundwinkel der Frau dehnten sich unnatürlich weit, als sie zu sprechen versuchte. »Sie handeln illegal, Kundschafterin.« Speichel lief ihr übers Kinn. Anstatt die Worte korrekt zu formen, wand sich ihre Zunge umständlich hin und her. Ihre Stimme ähnelte eher einem gespenstischen Stöhnen. »Kehren Sie umgehend … in den Schwarm zurück und erstatten Sie … Meldung.«

»Mein Name ist Adi, nicht ›Kundschafterin‹.«

»Name?«, zischte der Mann durch seinen Mundschlitz. Funktionierende Stimmbänder gehörten offenbar nicht ins Repertoire der Schwarmagenten. »Sie sind defekt, Kundschafterin. Geben Sie die törichte Idee von einer eigenen Identität auf … und erstatten Sie dem Schwarm Meldung.«

»Mein Bericht ist noch nicht vollständig«, wandte Adi

ein. »Es ist klar geworden, dass wir auf diesem Planeten anders operieren müssen.«

»Andersartigkeit … verstößt gegen den Code«, presste die Frau hervor. »Das wissen Sie.«

»Die Menschen haben die Botschaft an uns nicht absichtlich –«

»Wir sind verpflichtet, dem Ruf … zu folgen«, fiel ihr der Mann ins Wort. »Ihre Vorgehensweise … wurde nicht autorisiert, Kundschafterin.«

»Sie müssen … dem Schwarm Meldung erstatten«, wiederholte die Frau.

Adi sah hinauf zum Himmel, dann lächelte sie die Agenten an. »Sorry, das war mir nicht klar. Um ehrlich zu sein, falle ich aus allen Wolken.«

Auf einmal nahm ich ein pfeifendes Geräusch wahr, so als würde etwas Großes, Schweres vom Himmel stürzen. Adi duckte sich weg und zog mich mit sich zu Boden. Sekundenbruchteile später landete ein dunkles, schimmerndes Etwas mit einem gewaltigen Schlag auf den Köpfen der beiden Agenten. Ein dumpfes Schmatzen hallte einen Moment lang nach und verstummte dann. Mir klappte die Kinnlade herunter.

Als hätte sie sich aus dem Fundament eines Luftschlosses gelöst, war eine Wolke aus purem Metall auf unseren Gehsteig herabgebraust und hatte die Agenten unter sich begraben. Aus deren sterblichen Überresten sickerte schwarzes, seltsam öliges Blut.

Adi zog mich unsanft hoch. »Wir müssen hier weg.«

»Du hast sie umgebracht«, flüsterte ich schockiert, während wir bereits losrannten. »Du hast einen blöden Wortwitz gerissen und sie eiskalt abgemurkst.«

»Die Komik basierte auf absichtlicher semantischer Fehlinterpretation, einem Stilmittel, dessen du dich sehr häufig bedienst, Danny.«

»Im Ernst jetzt?«, zischte ich. »Mehr fällt dir dazu nicht ein?«

»Agenten kann man nicht töten«, erwiderte sie. »Wenn ihre physische Form zerstört wird, sind sie gezwungen, in den Schwarm zurückzukehren.«

Ein Hoffnungsschimmer am Horizont. »So werden wir sie also los!«

»Sie sind weniger filigran gebaut, aber stärker als ich. Ihr Material weist erst später Ermüdungserscheinungen auf und regeneriert sich obendrein schneller.« Adi sah mir nicht in die Augen. »Je öfter sie mich dazu zwingen können, meine eigenen Energieressourcen anzuzapfen, umso schneller versagt mein Körper.«

»Wirst du dann auch in den Schwarm zurückgeschickt?«

»Ja.«

»Und was ist mit mir?« Ich sah über die Schulter. In die schwarzen Flecken auf dem Gehweg kam Bewegung. Die Wolke schmolz zu einer quecksilberartigen Pfütze zusammen. Adi, der das nicht entgangen war, deutete mit dem Zeigefinger auf das Taxi, woraufhin der Wagen umkippte und auf dem Dach liegen blieb wie ein Hund, der am Bauch gekrault werden wollte. Die Überreste der zwei Agenten begrub er dabei knirschend unter sich.

»Dir wird nichts passieren, Danny«, versprach mir Adi.

»Verausgab dich nicht zu sehr«, schnaufte ich. Wir bogen um eine Straßenecke und hasteten weiter. »Rennen ist besser für dich als würfeln, oder? Wo können wir jetzt hin?«

Adi sah mich an, aber ehe sie antworten konnte, flog uns ein Ziegelstein entgegen, als sei er an einem unsichtbaren Faden aus dem angrenzenden Gartenmäuerchen gerissen worden. Er traf Adi mit voller Wucht an der Schläfe. Sie stürzte zu Boden, schlitterte noch ein Stück über den Asphalt und blieb dann reglos liegen.

Entsetzt ging ich neben ihr in die Hocke und drehte sie auf den Rücken. Ihr Kopf stand in einem unnatürlichen Winkel vom Rest des Körpers ab. In der rechten

Schädelseite klaffte eine offene Wunde. Ein Auge war zugeschwollen und blutunterlaufen.

Sie schien tot zu sein.

Aus den Häusern links und rechts von uns lösten sich weitere rote, quaderförmige Geschosse. Adi war eine gefallene Soldatin zwischen den Fronten zweier feindlicher Armeen, die sich mit Ziegelsteinen bekriegten. Erst jetzt bemerkte ich, dass sich die Backsteine vor uns zu einer Wand aufschichteten. Höher und höher wuchs sie in den Himmel, während die Häuser ringsum demontiert wurden, als seien sie aus Lego. Die Menschen dort riefen um Hilfe oder schrien hysterisch. Ein Kind fing an zu weinen.

Ein mahlendes Geräusch verhieß nichts Gutes: Als hätte die Wand Muskeln, schob sie sich plötzlich vorwärts und umringte uns. Gleichzeitig türmte sie sich noch drohender auf und es dauerte nicht lang, ehe wir wie in einer Art Brunnenschacht gefangen saßen.

»Adi, wach auf.« Ich schüttelte sie verzweifelt. »Wir werden eingemauert. Adi, bitte. Die Agenten haben uns eingekesselt.«

Doch Adi bewegte sich nicht.

Es gab keinen Ausweg.

12. UNVERMEIDBARE NIEDERLAGE

Immer höher wurde unser Gefängnis aus Ziegelsteinen. Ob die Häuser ringsum inzwischen bis aufs Fundament abgetragen waren? Vom Himmel konnte ich nur noch einen dunklen, sternenbefleckten Ausschnitt weit über uns sehen. Im letzten verbleibenden Licht betrachtete ich Adis ebenmäßiges, blutbeschmiertes, eingefallenes Gesicht. Sie war tot – oder zumindest ihr Körper war tot. Hatte sie nicht versprochen, mich zu beschützen? Tja, so viel dazu. Den Rest von ihr hatte der Schwarm vielleicht schon längst wieder in sich aufgesaugt. Wenn das stimmte – was wurde dann jetzt aus mir?

Ich wischte mir mit dem Handrücken über die Lider und tastete dann nach meinem Smartphone. Wenn ich Mum oder Jamila anrief, konnte mir dann irgendwer helfen? Als ich das Gerät aus der Hosentasche zog, schlug der Touchscreen plötzlich Funken.

Und Adis Körper zuckte.

»Was –?« Aus tränenverschleierten Augen sah ich, wie Blut und Staub trockneten. Binnen Sekunden war Adis Kopfverletzung abgeheilt. »Adi?«

»Oh, Danny, vielen, vielen Dank.« Sie setzte sich auf und nahm mein Gesicht in beide Hände. »Als du dein Smartphone angemacht hast, konnte ich die Reste, die von mir noch auf der Platine waren, dazu verwenden, mich zu heilen.«

»Dann war das so was wie die Starthilfe für ein liegen gebliebenes Auto«, schlussfolgerte ich. Mit einer Handbewegung deutete ich auf die Mauern rings um uns. »Allerdings haben uns die Agenten in diesen Brunnenschacht eingesperrt.«

»Nein. Das ist eine Barriere, die ich zum Schutz um uns hochgezogen habe. Es war mein letzter bewusster Befehl, ehe meine materielle Existenz beeinträchtigt wurde.«

»Du meinst, ehe dir ein Ziegelstein gegen den Kopf geflogen ist und dir die Lichter ausgeblasen hat?« Mir fiel eine tonnenschwere Last vom Herzen. Adi hatte einfach immer weiter und weiter gebaut, genau wie ein abgestürzter PC, der in einer Endlosschleife versucht, seine letzte Aufgabe abzuschließen. »Aber wenn die Agenten einfach durch eine Autotür durchmarschieren konnten, kommen sie dann nicht auch durch diese Wand?«

»Ich habe die atomare Struktur der Ziegelsteine geändert«, setzte Adi zu einer Erklärung an. »Es ist nur so, dass –«

»Die Niederlage … ist unvermeidbar, Kundschafterin«, ertönte auf der anderen Seite des Schachts das hexenartige Gestöhne der Agentin. »Geben Sie auf. Sie können den Schwarm nicht … überlisten. Wir sind eins.«

»Was meint sie damit?«, flüsterte ich.

»Wir teilen uns ein Bewusstsein«, sagte Adi. »Ich kann noch so sehr versuchen, auszubrechen – die Agenten kennen trotzdem mein Innerstes.«

»Konnten sie dich deshalb mit dem Ziegelstein treffen, obwohl du in dem Moment gar nicht in ihrem Sichtfeld warst?«, fragte ich und Adi nickte.

Die Mauer begann zu vibrieren. Die Steine vor uns bebten und ruckelten wie ein Reißverschluss, der jeden Moment aufspringen würde. An Adis konzentriertem Gesichtsausdruck erkannte ich, dass sie krampfhaft versuchte, die Steine zusammenzuhalten – und die Fassung zu bewahren.

»Was soll ich machen, Danny?«, wisperte sie. »Sag es mir. *Deinen* nächsten Move können sie nicht vorhersehen.«

Ich schluckte. Dann lag es jetzt also an mir. Genau wie bei dem Auto auf dem Fluss. Aber ich hatte bereits eine

Idee. »Bring die Mauer um uns herum in Bewegung«, raunte ich, »dann wird es schwieriger für sie.«

Adis Augen funkelten. Sie strahlte mich an. Dann begann unser Gefängnis sich zu drehen, erst langsam, aber bald immer schneller, bis alles um uns herum zu einem einzigen rotbraunen Rauschen verschwamm.

»Versuchen sie immer noch, die Ziegel aufzubrechen?«

»Mit aller Gewalt«, stieß Adi zwischen zusammengebissenen Zähnen hervor. »Gleich reißen sie unseren Unterschlupf ab.«

»Das verwenden wir gegen sie«, flüsterte ich. »Wenn ich ›jetzt‹ sage, drückst du ihnen die Mauer genauso heftig entgegen, wie sie daran zerren ... JETZT!«

Mit einem Wutschrei schmetterte Adi die Wand von sich. Aus dem Augenwinkel sah ich, wie die dunklen Umrisse der Agenten von einem Tsunami aus Ziegelsteinen fortgerissen wurden. Doch der Moment währte nicht lang.

Es war, als öffnete sich eine Falltür: Wir fielen durch die Straße nach unten. Ehe ich mich's versah, landeten wir in einer stinkenden Wasserlache und Dutzende aufgescheuchte Ratten huschten lautlos davon.

»Du hast uns in die Kanalisation abstürzen lassen«, stöhnte ich. Ich tastete nach meinem Handy – Gott sei

Dank funktionierte es noch – und knipste die Taschenlampe an.

»Hier unten sind wir außer Sichtweite«, erklärte Adi. Sie war bereits wieder auf den Beinen und watete durch das knöcheltiefe Abwasser. »Ich versuche, meine Verbindung zum Schwarm zu blocken, sodass mich die Agenten nicht so leicht finden.«

Das Wasser stieg und reichte mir bald schon bis an die Knie, was das Vorwärtskommen enorm erschwerte. Im matten Schein der Taschenlampe sah ich, dass es sich vor mir kräuselte und plötzlich eine starke Strömung einsetzte.

Als sei das Wasser lebendig geworden, erhob sich vor uns plötzlich eine schwarze Welle und schleuderte Adi gegen die Wand. Dort brach die Woge allerdings nicht, sondern drückte Adi an die Mauer und nahm ihr die Luft zum Atmen.

Ich griff nach Adi und versuchte, sie zu mir zu ziehen, schrie aber sogleich vor Schmerz auf und taumelte rückwärts. Die Woge war siedend heiß. Ich tauchte meine Hände in das Wasser zu meinen Füßen: Es war weiterhin eiskalt.

»Vertausch die Orte, Adi!«, rief ich. »Die Straße nach unten, die Kanalisation nach oben.«

Ein schwindelerregendes Rauschen erfüllte die Luft. Dann plötzlich lag ich im Abwasserkanal und sah hinauf in den Sternenhimmel. Genau wie erhofft hatte Adi die Welt so auf den Kopf gestellt, dass sich die Straßenlaternen, die geparkten Autos und die zwei Agenten unter der Erde befanden, während die Kanalisation jetzt oberirdisch zwischen den zwei Bürgersteigen verlief. Die Ratten erkundeten bereits die umliegenden Gärten. Aus den nun größtenteils wie Puppenhäuser nach vorn offenen Häusern hörte ich Weinen und Jammern. Bis die Polizei eintraf, konnte es nicht mehr lange dauern – aber was sollten die Beamten ausrichten?

Ich überlegte. Wenn ich direkt auf sie zurannte, ließ sich hoffen, dass sie mich verstecken würden. Aber im Grunde genommen hatte mein Freund und Helfer keine Chance gegen den Schwarm.

Außerdem konnte ich nicht einfach weglaufen und Adi sitzen lassen.

Sie war in die Knie gegangen, zitterte, rang nach Luft. Ihre Haut war von dem kochend heißen Wasser krebsrot. Ich half ihr auf. »Geht's?«

»Körper sind so zerbrechlich.« Schon brachte Adi Arme und Beine dazu, ihren porzellanweißen Schimmer wieder anzunehmen – aber die Brandblasen sah man trotzdem noch. »Schmerz ist etwas Furchtbares. Wie haltet ihr das nur aus?«

Ich schlang die Arme um den eigenen Oberkörper. »Da hat man im Normalfall keine Wahl.«

Ein paar Meter von uns entfernt erhoben sich die Agenten aus einem Gully wie Zombies aus einem Grab.

»Lieber Schmerz empfinden als gar nichts.« Adi deutete auf einen Baum, der zur Hälfte im Abwasserkanal steckte, und machte eine Handbewegung, als wolle sie ihn zu uns heranziehen. Daraufhin wuchsen die Äste in die Länge und verwandelten sich in knorrige Hände, deren hölzerne Finger die Agenten hinterrücks zu Boden drückten. Doch als die beiden mit dem Gesicht voraus auf dem Pflaster landeten, brachen sie geradewegs hindurch, wohingegen die Äste daran hängen blieben und abbrachen. Ein paar Meter weiter tauchten die Agenten wieder auf.

»Roll den Abwasserkanal auf wie einen Teppich«, rief ich Adi zu, »sodass sie darin gefangen sind.«

Diese tat wie geheißen. Das Geräusch von zersplitternden Steinen und berstendem Mörtel war ohrenbetäubend. Die Realität wurde von außerirdischen Kräften verformt, als bestünde sie aus nichts weiter als Knetmasse. Doch die Agenten holten zum Gegenschlag aus und verwandelten die Ziegel zu Staub. Einen winzigen Moment nur hielten sie inne, dann traten sie uns – lädiert und geschunden, aber kampfbereiter denn je – erneut entgegen.

Adis blutunterlaufene Augen weiteten sich vor Entsetzen. »Was jetzt?«

Ich zermarterte mir das Hirn. Die Umgebung als Waffe einzusetzen, funktionierte ganz offensichtlich nicht. Was würde Maxima Layne tun? Hätten wir bloß ihre Antischwerkraft-Jetstiefel, dann könnten wir jetzt –

»Schwerkraft!«, rief ich. »Adi, schnell. Mach die Agenten superschwer.«

Adi deutete auf die beiden Gestalten. Dabei wimmerte sie vor Schmerz. Ihre Fingernägel rauchten, die Haut an den Händen schälte sich. Klebrig-rotes Fleisch kam darunter zum Vorschein. Ihre Energene, die Quelle ihrer Kraft, brannten im wahrsten Sinne des Wortes aus. Die Agenten krümmten und wanden sich und standen schließlich still. Als zöge sie ein gewaltiges Gewicht nach unten, gingen sie langsam in die Knie. Sosehr sie auch dagegen ankämpften: Die Schwerkraft drückte sie zu Boden. Dieses Mal konnten sie sich nicht einfach in rettende Distanz flüchten.

Oder vielleicht entschieden sie sich auch ganz bewusst dagegen, dämmerte es mir. Je länger Adi ihre Kräfte nutzte, umso mehr lief ihr ganzer Körper heiß. Die Agenten wollten, dass sie weiterkämpfte, bis ihre Energene versagten und Adi in Flammen aufging.

»Hör auf«, rief ich ihr zu. Tränen aus Blut liefen über ihre Wangen, sie zitterte am ganzen Leib. »Hör auf, du bringst dich um.«

Sirenen ertönten. Ein Polizeiauto kam auf uns zugerast, wich den schlimmsten Löchern auf der übel zugerichteten Straße aus und bremste heftig ab. Einer der Reifen platzte, der Fahrer verlor die Kontrolle und das Fahrzeug geriet ins Schlingern. Erst dachte ich, es würde unsere Gegner dabei geradewegs umhauen, aber stattdessen geriet es in das Schwerefeld rings um die Agenten. Im Bruchteil einer Sekunde war von der Motorhaube nur noch ein platt gedrückter, qualmender Metallhaufen übrig.

Adi stöhnte laut auf und taumelte: Der Vorfall hatte sie aus ihrer Konzentration gerissen. Sie blutete und ihre Haut war schwarz verkohlt. In ihrem Blick las ich Angst. Gern hätte ich ihr einen Arm um die Schulter gelegt, aber ich traute mich nicht, wollte ihr nicht noch mehr wehtun.

»Die Polizei ist da«, raunte ich. »Wir müssen erst mal hier weg. Dann überlegen wir, wie es weitergeht.«

Sie nickte, schloss die blasenübersäten Augenlider und griff nach meinem Handgelenk.

Die Übelkeit, die meinen Körper daraufhin durchströmte, kannte ich bereits – aber dieses Mal war sie wirklich heftig. Unwillkürlich krümmte ich mich zusammen, wehrte mich gegen die Ohnmacht. Wir verblassten, verschwammen. Wow – Adi holte uns hier raus!

Dann sah ich die Agenten. Mit ihren Gesichtern wie aus geschmolzenem Wachs beugten sie sich über uns. Die Frau berührte Adi an der Schulter, der Mann legte mir die Hand auf den Oberarm.

Die Welt um uns herum drehte sich. Ich verlor das Bewusstsein.

Als ich aufwachte, war es dunkel um mich. Ich stand aufrecht, konnte mich aber nicht bewegen. Offenbar hatte man mich an einer vertikalen Bahre festgeschnallt.

»Danny?«, ertönte Adis Stimme. Sie klang dumpf und metallisch. Weit weg konnte sie nicht sein, aber sicher war ich mir nicht. Es war schwer auszumachen.

»Adi?« Meine Augen gewöhnten sich allmählich an die Finsternis. Ich befand mich in einer Art Schrank. »Ist alles in Ordnung?«

»Die Agenten haben unseren Teleport gekapert«, sagte Adi. »Wir sind da rausgekommen, wo sie uns haben wollten.«

Die Luft roch nach Desinfektionsmittel. In der beengten, annähernd lichtlosen Kabine klang mein Atem seltsam. »Wo sind wir?«

»Dies ist der Ort, an dem die Agenten in deine Welt eingedrungen sind.« Adis Stimme wurde höher, schriller. »Wir befinden uns in ihren Digiscannern.«

Mein Herz schlug lauter. »In ihren … was?«

»Bodyprinter geben formloser Intelligenz einen gegenständlichen Körper«, erklärte Adi, »aber der Vorgang funktioniert auch in umgekehrter Richtung. Es wird gleich ein Digiscan durchgeführt, Danny. Unser Verstand wird dabei in puren Code umgewandelt. Ich werde diesen Körper verlieren.«

»Aber … Mein Körper wurde nicht ›gedruckt‹. Ich bin echt. Ich bin Danny Munday. Mich gibt es nur mit Körper.« Ich fing an, mich gegen die Gurte zu stemmen. Mir tropfte der Schweiß von der Stirn. »Lasst mich hier raus! Ihr dürft mich nicht in Hirnströme verwandeln.«

Adi rief: »Wir werden jetzt in den Schwarm gebracht!«

Summend sprang das Gerät an. Adi schrie.

Durch schmale Ritzen in meinem Digiscanner kroch ein rotes Licht. In meinem Kopf baute sich Druck auf.

Dann konnte auch ich einen Schrei nicht mehr zurückhalten.

13. IM DATENSTROM

Als ich erwachte, war ich nichts. Ich war nirgendwo.

Der einzige meiner sieben Sinne, der sich zum Dienst meldete, war mein Gehör. Ein Geräusch drängte sich langsam – oder zumindest glaubte ich, dass es »langsam« war, denn Zeit hatte jede Bedeutung verloren – in den Vordergrund meines Bewusstseins. Ich hörte ein gleichmäßiges Rauschen oder Brummen wie von einem Kühlschrank oder Deckenventilator. Es war die Sorte von Lärm, die man normalerweise ausblendete, bis sie auf einmal aufhörte, woraufhin einem die dröhnende Stille bewusst wurde.

Komisch war nur, dass dieses Geräusch nicht von außen kam. Meine Ohren hörten es nicht im eigentlichen Sinne, vielmehr war es ein Teil von mir.

»Danny.«

Das Wort kannte ich. Es war mein Name. Und auch die Stimme, die es aussprach, erkannte ich wieder.

»Adi?«, antwortete ich. Das Wort verließ meinen Mund dabei nicht, ich fühlte weder meine Zunge noch meine Lippen. Doch der Tonfall und die Art, wie die drei kurzen Buchstaben im Raum standen, waren perfekt. Ich musste an den Tag denken, als ich beim Arzt die Ohren ausgespült bekam und die Welt danach wie frisch gewaschen klang. Damals hatten Mum und Dad mir zur Belohnung einen Burger und Pommes ausgegeben. Im Fast-Food-Restaurant hatte ich minutenlang einfach nur dagesessen, mit einer Serviette geraschelt und darüber gestaunt, wie laut dieses Geräusch war. Als hörte ich es zum ersten Mal richtig.

Die Erinnerung glomm wie ein Funken in meinem Hirn auf und erlosch gleich darauf wieder, ging unter im Rauschen. »Adi«, wiederholte ich und dieses Mal erschien zum Klang des Namens ein Bild: das ebenmäßige Gesicht eines jungen Mädchens, ein allzu perfekter Mix der Kulturen, eine Mischung aus allen erdenklichen Hautfarben und Merkmalen.

Ein Alien?

Aufsteigende Panik. Der Gedanke verlor sich. Was tat Danny Munday hier?

Danny Munday! So hieß er. Nein, halt. Das war mein Name.

Doch die zaghafte Idee von einem Ich zerrann. Ich war Teil von etwas viel Größerem. Ein Sandkorn am Strand. Eine einzelne Seite im Internet. Ein winziger Stern in einer Galaxie. Nein, weniger noch als das. Ein Wasserstoffatom im endlosen All. Ein Staubfussel am Gewebe von Zeit und Raum.

Ich spürte es. Ich spürte die alles umhüllende Schwärze und unüberbrückbare Distanz. Ich raste durch sie hindurch. Das Rauschen schwoll an, steigerte sich zu einem ohrenbetäubenden Tosen. Als stünde ich unter einem Wasserfall, dessen Fluten unbarmherzig auf mich herabprasselten. Ich wurde schneller und schneller. Die Materie, die Energie, die Daten, durch die ich mich bewegte, lagen in alle Winde verstreut, mit riesigen Entfernungen von einem Datenpunkt zum nächsten – und doch waren sie miteinander verbunden, unterlagen zeitlosen Kräften und Gesetzen.

Gesetzen, von denen ich noch nie gehört hatte. Kräften, die mit menschlichem Verstand nicht zu erfassen waren.

Doch ich verstand sie. Der vierzehnjährige Danny Munday begriff das Universum. Sein Name und Alter allerdings – mein Name und Alter – rückten in den Hintergrund, wurden ersetzt durch neuere Informationen. Zeit bemaß sich nicht mehr in Minuten und Sekunden, sondern schien stillzustehen. Es war, als ob Danny Munday bereits seit Anbeginn der Zeit existierte. Mehr und mehr Wissen füllte meinen Verstand: Dinge, die ich nie gesehen, Welten, die ich mir nie erträumt hatte. Bilder und Klänge und Gefühle.

Zu schnell. Zu viel. Ich verlor mich.

Wurde ausgelöscht.

»Danny.«

Adis Stimme. Ich fühlte etwas. Eine Berührung. An der Hand. An meiner Hand. Ich konnte sie sehen!

»Du musst jetzt stark sein. Stell dir Danny Munday vor. Halt dich an dir selbst fest.«

Ich konzentrierte mich auf Adis Hand, die meine umklammerte, und versuchte mich zu erinnern, wer ich war. Ich dachte an meine Mum, an mein Zimmer, an Jamila, die durchs Fenster kletterte. Wie hatten wir dazu immer gesagt? LIEGESTÜTZE? Nein, das war's nicht. KNIEBEUGE?

»KLIMMZUG, Danny. Halt dich an Jamila fest, sie ist wichtig. Und an den KLIMMZÜGEN. Wofür steht KLIMMZUG?«

Adis Stimme war kaum wahrzunehmen. Weiter und immer weiter raste ich durch unendliches Nichts. »Ich … Ich weiß es nicht.«

»Konzentrier dich, Danny. Du weißt, was KLIMMZÜGE sind. Du weißt alles, es geht dir nur gerade zu schnell und ist zu viel. Du stürzt ins bodenlose Nichts und musst dich aus eigener Kraft wieder hochziehen. Schnell, sag es mir: Wofür steht KLIMMZUG?«

»Äh …« Angestrengt kniff ich die Augen zusammen, von denen ich nicht wusste, dass ich sie besaß. »Klandestine … Luke …«

»Ja. Weiter, weiter«, drängte Adi.

»Klandestine Luke …« Da plötzlich fiel es mir ein und ich ratterte den Rest ohne zu zögern herunter: »In Mundays Mauern, zur Unzeit geöffnet.«

Jetzt sah ich Adi glasklar in der Form vor mir, die sie bei unserer ersten realen Begegnung angenommen hatte. Sie schwebte in der Dunkelheit. Ein Leuchten ging von ihr aus. In ihrem Licht sah ich meinen eigenen Körper. Ich war in ihn zurückgekehrt. Seine Oberfläche glänzte. Mein Blick glitt hinab zu meinen Beinen: Sie flackerten und bitzelten. Das Brausen in meinem Kopf war immer noch da: Bilder, Sprachen, Emotionen.

»Fokussier dich nicht darauf, Danny. Lass es einfach vorbeirauschen«, drängte Adi. »Sonst ertrinkst du im Datenstrom.«

»Was?«, rief ich.

»Wir existieren momentan nur als Daten«, sagte Adi leichthin, als wäre nichts weiter dabei. »Mein Datenvolumen ist allerdings deutlich größer als deins. Du bist daran gewöhnt, alles nur durch ein physisches Interface aufzunehmen.«

»Du meinst, durch meinen Körper?«

»Ja, ganz genau. Ohne ihn bist du verloren. Darum habe ich deinem Verstand einen Körper übergestülpt«, erklärte Adi. »Der funktioniert wie eine Art Anker für dein Dasein. Damit du nicht komplett durchdrehst. Verstehst du, was ich meine?«

Ich war wie betäubt. »Dann … bin ich also nicht mehr echt?«

»Klar bist du echt«, versicherte sie mir. »Ich bin immer noch ich und du bist du, jedenfalls in allen Punkten, auf die es ankommt. Du hast deine äußere Hülle zurückgelassen, aber deine Persönlichkeit, deine Erinnerungen und alles, was dich unverwechselbar zu Danny Munday macht, ist nach wie vor da.«

»Ich werd' nicht mehr«, murmelte ich.

»So kann man es auch ausdrücken«, sagte Adi trocken. »Die Agenten haben uns in digitale Daten umgewandelt. Jetzt schicken sie uns in Form eines Fast Radio Bursts in den Schwarm.«

»So bist du auf die Erde gekommen«, erinnerte ich mich. »Und jetzt kehrst du auf demselben Weg zurück?«

Sie nickte.

»Aber warum wurde ich gefangen genommen?« Angst kroch mir unter die nicht vorhandene Haut. »Ich gehöre nicht in den Schwarm.«

»Für dich wird es nicht so schlimm«, sagte Adi leise. »Ich bin diejenige, die nicht gehorcht hat. Die Wächter werden mich vor Gericht stellen und auf Fehler analysieren.«

»Wächter?«

»Unsere Führung. Unsere Weisung.«

»Eure Bosse«, übersetzte ich schaudernd. »Und was bin ich dann? Ein Gefangener? Ein Zeuge? Oder was?«

»Mit dieser Frage werden sich die Wächter bei deiner Ankunft beschäftigen.«

Ich schloss meine virtuellen Augen und zwang mich, ruhig zu bleiben. »Ankunft? In eurem Schwarmhirn-Dingsbums?«

»Schwarmhirn?« Adi kicherte amüsiert. »Nein. Es gibt kein Hirn, keine Zentrale. Wir werden in einen von Millionen von Schwärmen gebracht. In den Galaktischen Schwarm M31, wenn du es genau wissen willst.«

»Klingt wie eine Autobahn.«

»M31 ist eure Nachbargalaxie«, erklärte Adi. »Dir ist sie vielleicht besser unter dem Namen Andromedanebel bekannt. Sie befindet sich zweieinhalb Millionen Lichtjahre von der Erde entfernt.«

»So weit weg bringt man uns?«

»Nicht ganz. Dann befänden wir uns im Zentrum der Region, die zu erforschen unser Schwarm ursprünglich einmal ausgeschickt wurde. Wir haben uns aber seither weiter in Richtung eurer Milchstraße bewegt und dort euren Notruf empfangen. Schwarm M31 kreist zum gegenwärtigen Zeitpunkt in einem Warteorbit zwischen –« Adi unterbrach sich, als müsse sie die richtigen Worte für mich finden. »Unser Schwarm befindet sich zwischen dem Kuipergürtel und der Oortschen Wolke, am Rand eures Sonnensystems.«

Was? Wo? Reflexartig wollte ich nachbohren. Doch dann merkte ich, dass sich die gesuchte Information bereits ihren Weg in meine Gedanken bahnte. Es fühlte sich nicht so an, als läse ich in einem Buch darüber, eher, als würde ich es erleben. Ich stürzte durch ein Trümmerfeld außerhalb von Neptuns Umlaufbahn – den Kuipergürtel. Ich raste an eisigen Gesteinsbrocken vorbei, so schnell, dass ich sie kaum wahrnahm. Doch ich war nicht »ich«. Ich war Adi und als Adi war ich der Schwarm.

Danny Munday löste sich Stück für Stück auf. Ich schoss durch die Oortsche Wolke, vorbei an gefrorenen Planetesimalen (ich wusste sogar, was das war), bis an die Grenze des Sonnensystems.

Nach seiner Reise als Radiowellen durch tiefe, lange Dunkelheit hatte der Schwarm hier sein Ziel gefunden – und im Geiste war ich gerade mit dabei. Mein Magen machte einen Satz, als wir ein winziges schwarzes Loch erschufen, das uns fortan als Anker diente. Wie ein Donut aus Daten wanden wir uns darum und hielten das Gleichgewicht mit dessen unvorstellbaren Kräften. Wir sandten unsere Kundschafter aus und warteten darauf, dass sie auf dem kleinen Planeten, der um Hilfe gerufen hatte, ihre Arbeit taten …

»Nein!« Ich schreckte hoch wie aus einem Traum – und war wieder Danny Munday. »Wir haben euch nicht gerufen. Wir wollen eure Hilfe nicht.«

»Das ist leider nicht deine Entscheidung«, erklang Adis traurige Stimme. »Ihr Menschen habt so viele widersprüchliche Vorstellungen und Ideen. Über nichts seid ihr euch einig, weshalb ihr es unmöglich schaffen werdet, an einem Strang zu ziehen, um euren Planeten zu retten. Es kommt der Zeitpunkt, da muss jemand anderes für euch entscheiden.«

Skeptisch sah ich sie an. Diese Art von Aussage hätte eins zu eins von meiner Mum stammen können. So redeten Erwachsene mit einem Kind, das ihre Zeit verschwendete. »Adi, was meinst du damit?«

»Wir sind fast da«, erwiderte sie, ohne auf meine Frage einzugehen. »Der Schwarm erstreckt sich in Dimensionen, die du nicht verstehen kannst, weil sie nicht körperlich erfahrbar sind. Ich werde versuchen, den Schwarm für dich zu übersetzen, sodass du mit deinen Sinnen wahrnehmen kannst, was –«

»Sodass ich nicht wahnsinnig werde, schon klar«, fiel ich ihr – virtuell nickend – ins Wort. Irgendetwas kam näher. Es jagte Wellen der Angst durch mein Bewusstsein, ohne dass ich hätte sagen können, wieso.

»Mach dich bereit für die Patrouille«, warnte Adi.

»Für was?«

Doch da umfing uns bereits pechschwarze Leere, als hätte jemand das Licht ausgeknipst, das Adi in sich selbst entzündet hatte. Auch das Rauschen war weg.

Vor mir erhob sich das Gesicht meines Vaters. Es war riesig. Einen kurzen Augenblick lang war ich glücklich. Doch dann sah ich, dass er wütend auf mich war. »Danny«, grollte er. »Du schleppst an deinen Stiefeln schon wieder lauter Dreck ins Haus.«

»Was?« In der Dunkelheit war außer Dad nichts zu erkennen. »Ich … Das war keine Absicht.«

»Was hast du da noch dabei?« Eine Zornesfalte grub sich in seine Stirn. »Zeig her.« Ich nahm einen merkwürdigen Druck wahr, als würde etwas Schreckliches mein Gehirn durchkämmen und in jeden letzten Winkel meiner grauen Zellen sickern.

Dann lächelte Dad auf einmal. Er beugte sich über seine Sternenkarte, auf der dieselben Konstellationen zu sehen waren wie plötzlich rings um uns herum.

»Brav, Danny«, sagte mein Vater. »Du bist sauber. Also dann, Sohnemann. Wir sehen uns.«

»Dad, warte.« Ich wollte ihn am Ärmel fassen, aber er verblasste. Augenblicklich spürte ich, wie sehr ich ihn vermisste. Die Szene löste sich genauso schnell auf, wie sie entstanden war. Sterne und Dunkelheit verpufften. Vor mir stand Adi.

»Was war das?«, frage ich. In meinem Kopf hallte noch ein Hämmern nach.

»Das war ein Scan«, erklärte sie mir. »Die Patrouille ist so was wie die Antivirus-Software auf deinem PC. Bevor neuer Code Einlass in den Schwarm erhält, wird er auf Trojaner, Würmer, Bugs und so weiter untersucht – eben alles, was dem Schwarm schaden könnte.«

Ich hatte keine Ahnung, was Trojaner, Würmer oder Bugs waren, und mein Kopf war zu aspirinbedürftig, um nach der Information zu graben. »Aber die Patrouille sah aus wie mein Dad …«

Adi flüsterte nachsichtig: »Ich übersetze immer noch für dich, Danny. Aber die Vergleiche erzeugt dein Verstand, nicht meiner.«

»Er hat mich immer angepflaumt, ich würde den Teppich dreckig machen«, sagte ich. Zugleich ging mir auf, dass mein Unterbewusstsein Dad nicht nur deshalb als Patrouille ausgewählt hatte, weil er bei uns zu Hause ein strenges Regiment geführt hatte, sondern auch, weil sich im Leben von einem Augenblick auf den nächsten alles ändern konnte – und das hatte ich zum ersten Mal wirklich kapiert, als mein Vater mich und meine Mum verließ. Da wir weiterhin in Kontakt miteinander standen und unsere Beziehung letzten Endes wenig gelitten hatte, konnte ich sein Auftauchen wohl auch als freundliche Erinnerung daran deuten, dass eine Veränderung gar nicht so beängstigend war, wenn man sich erst einmal an die neue Situation gewöhnt hatte. Das Leben war hinterher anders als vorher, aber immer noch in Ordnung.

Pass dich an oder stirb. Wobei – jetzt gerade hatte sich

mein Leben so sehr verändert, dass es jeden Maßstab sprengte. Das konnte ich doch nicht einfach abhaken und weitermachen, oder? Würde ich Mum oder Dad je wiedersehen? Oder Jamila?

Bei diesem Gedanken zog auf einmal etwas an meiner virtuellen Form.

Schwerkraft.

»Wir sind da, habe ich recht?«, fragte ich Adi. »Ich fühle mich, als wären wir ewig unterwegs gewesen.«

»Ewig? Das waren Sekundenbruchteile.« Sie zwinkerte mir zu. »Unser Schwarm hat seinen Ursprungsort, den Schwarmstock, vor fünfundsechzig Millionen Jahren verlassen. Unsere Heimatgalaxie befindet sich innerhalb des Virgo-Galaxienhaufens, wie ihr Menschen dazu sagt.«

»Du bist fünfundsechzig Millionen Jahre alt?«, entfuhr es mir. »Krass.«

»Das kommt dir nur deshalb so enorm vor, weil Menschenleben so kurz sind. Sobald du aber in Datenform existierst, bist du unsterblich. Das ist cool, oder? Ich meine, überleg doch mal: Wir wurden geboren, als auf der Erde gerade die Dinosaurier ausstarben, und seitdem reisen wir mit Lichtgeschwindigkeit durchs Universum, erforschen es, lernen immer weiter dazu und« – sie sah mich unverwandt an – »helfen anderen.«

Ich nickte stumm. Kein Wunder, dass der Datenstrom so unermesslich war: In ihm steckten über fünfundsechzig Millionen Jahre an Erfahrungen. Wie viele Welten, wie viele Spezies hatte der Schwarm erforscht? Und was war aus ihnen geworden? Ich suchte nach dieser Information – fand aber nichts.

Danny Munday war wieder fest in seinem eigenen Verstand verankert. Verängstigt, aber fest verankert.

Er befand sich im Inneren des Schwarms.

Als Gefangener.

Das weiße Nichts um uns herum färbte sich rot. Von nirgendwoher wehte ein schwacher Wind. Vor uns zeichneten sich drei Silhouetten ab.

Adi drückte meine Hand. »Die Wächter kommen. Jetzt stellen sie mich vor Gericht.«

14. DER ZORN DER WÄCHTER

Ich konnte es immer noch nicht glauben. Von meinem ursprünglichen Ich war nichts weiter übrig als ein Strom von Daten, der einmal quer durchs All geschickt wurde, während mein Körper Millionen Kilometer weit weg als leblose Hülle am Boden lag. Mein Avatar schwebte in blutroter Leere. Drei unheilvolle Schemen nahmen vor mir Gestalt an.

Ohne Adi, die neben mir schwebte, hätte ich wohl den Verstand verloren. Dass sie mir half, auf meine Erinnerungen zurückzugreifen, um mir einen Reim auf das Verhalten des Schwarms machen zu können, verstand ich, als die Wächter in Form der drei Endgegner aus *Breakout Saturn* vor uns standen. Das ergab Sinn – jedenfalls so halbwegs. Adi hatte ja von Anfang an auf ihren Fotos als Maxima Layne, furchtlose Königin der Kosmonauten, posiert. Jetzt bekamen wir es mit ihren drei Angstgegnern zu tun, den Endgame-Bösewichten, die zu besiegen Jamila und mir nie gelungen war, ganz egal, wie sehr wir uns anstrengten.

Noch nie, rief ich mir ins Gedächtnis. Der Gedanke an Jamila brachte mir die Erinnerung an »normale« Tage zurück und gab mir Kraft.

Bei den Bossen handelte es sich um drei schleimige, mutierte Spinnentiere namens Erato, Klikker und Reboot. Stellt euch eine Schwarze Witwe, eine Tarantel und eine Walzenspinne mit stechend grünen Augen und triefenden Beißwerkzeugen voller Sabber vor, die man aufgepumpt und in tarnfarbene Schutzanzüge gesteckt hat, dann wisst ihr ungefähr, wovon ich rede. Wie die Wächter in Wirklichkeit aussahen? Keine Ahnung. Für menschliche Augen waren sie möglicherweise unsichtbar oder glichen großen Wolken aus Ziffern und Symbolen. Purer Code. Einem digitalen Wesen wie Adi flößten sie aber mit Sicherheit Angst ein.

»Kundschafterin.« Erato, die Schwarze Witwe, richtete als Erste das Wort an sie. »Ihr Handeln auf dem Planeten namens Erde lässt erahnen, wie sehr Sie sich Ihren Pflichten verweigern. Schlimmer aber ist, dass Sie den Bewohnern das Kommen des Schwarms angekündigt haben.«

»Die Völker der Erde weisen Ansichten zurück, die

sie nicht verstehen«, gab Adi zurück. »Ich habe unsere Arbeit nicht gefährdet.«

»Sie wurden kompromittiert«, zischte Klikker, die Tarantel, bedrohlich. »Sie haben vollkommen unlogisch gehandelt.«

»Unlogisch und eigenmächtig.« Reboot, die eklige Walzenspinne, kroch mit zuckenden Mandibeln auf Adi zu. »Sie wurden auf Unregelmäßigkeiten in Ihrem Code untersucht, Kundschafterin. Es konnten keine Fehler festgestellt werden, jedoch haben wir Add-ons gefunden.«

Erato wich einen Schritt zurück. »Ist die Kundschafterin infiziert?«

»Die Kundschafterin hat gelebt«, verteidigte sich Adi voller Leidenschaft. »Unser Schwarm will niederen Spezies helfen. Aber wie sollen wir das tun, wenn wir sie gar nicht verstehen?«

»Bei Menschen gibt es nicht viel zu verstehen.« Klikker kam einen Schritt auf mich zu. Die Augen des Spinnenwesens glühten. »Ihr Handeln ist unlogisch, gefühlsgesteuert, irrational.«

»Menschliche Konzepte zu verstehen, ist das eine, Wächterin. Sie am eigenen Leib zu spüren und zu erleben, hingegen etwas ganz anderes«, beharrte Adi.

»Menschen sind widersprüchliche Kreaturen. Sie werden von Sinneseindrücken gesteuert, die der Schwarm längst hinter sich gelassen hat. Wenn wir ihnen wirklich helfen wollen, müssen wir begreifen, wer sie sind.« Sie deutete auf mich. »Diesen Menschen zum Beispiel kenne ich jetzt.«

»Soziale Interaktionen sind irrelevant«, herrschte Klikker sie an. »Als Kundschafterin haben Sie den Zustand eines Planeten mithilfe von Trackerbots zu bestätigen, die vorhandene Technik zu infiltrieren und den Weg für Schwarmlösungen zu ebnen.«

»Lösungen?«, fiel ich der Tarantel ins Wort. Endlich hatte ich meine Stimme wiedergefunden. »Lösungen wofür?«

»Naseweises Fleischwesen«, flüsterte Erato. »Unterbricht die Wächter.«

»Ich weiß nicht mal, was ›naseweis‹ bedeutet«, gab ich zurück.

»Das Kind ist nur neugierig«, warf Adi beschwichtigend ein. »Diesen Wissensdurst hat es mit allen anderen Exemplaren seiner Spezies gemeinsam – und auch mit dem Schwarm.«

Reboot schien darüber nachzudenken und wiegte seinen abstoßend hässlichen Kopf hin und her. »Die

Hirnströme dieses Jungtiers scheinen mir wirklich von sehr simpler Natur.«

Na, besten Dank, dachte ich.

»Wurde es korrekt und in Gänze übersetzt, Kundschafterin?«

»Selbstverständlich«, erwiderte Adi.

»Was wurde übersetzt?«, schaltete ich mich ein. »Meine Worte? Alles, was ich gesagt habe? Sodass die Wächter mich verstehen können?«

Adi warf mir einen bekümmerten Blick zu, antwortete aber nicht auf meine Frage, sondern wandte sich wieder Reboot zu. »Eine Übersetzung der gesamten Spezies ist möglicherweise nicht notwendig, Wächter.«

»Sag ihm, dass wir nicht in Not waren, als wir die Arecibo-Botschaft in den Weltraum geschickt haben«, drängte ich sie. »Wir müssen überhaupt nicht gerettet werden.«

Klikker ließ die Mundwerkzeuge knacken. »Fleischwesen sollten über unsere Absichten nicht informiert werden.«

»Ich weiß ja auch so gut wie gar nichts«, konterte ich. »Warum wollt ihr den Menschen unbedingt helfen? Für euch ist die Erde doch nur ein kleiner Fleck auf der Landkarte.«

»Alles organische Leben hat einen Wert. Ebenso das Milieu, in dem es gedeiht«, sagte Erato. »Lebensräume wie die Erde sind die Wiege des künftigen Wissens, das unseren Schwarm stärken wird.«

»Aus der Arecibo-Botschaft kennen wir eure physische Form und ihre chemische Zusammensetzung«, fuhr Reboot fort. »Wir wissen, dass auf eurem Planeten damals eine Population von 4,3 Milliarden Exemplaren eurer Spezies existierte.«

»Und in den Jahren seit dem Senden der Botschaft hat sich die menschliche Bevölkerung annähernd verdoppelt«, fügte Klikker hinzu.

»Derartiges Wachstum übt konsiderablen Druck auf zur Verfügung stehende Ressourcen aus.« Reboot schwebte näher an mich heran. »Die Erde stirbt«, sagte er mit für eine mutierte Walzenspinne überraschend sanfter Stimme. »Ihr habt den Wendepunkt erreicht. Von den Umweltschäden, die eure Spezies verursacht, kann sich euer Planet nicht mehr erholen. Jedes intelligente Wesen würde in dieser Lage die Sterne um Hilfe anflehen.«

»Aber das war keine Absicht«, sagte ich. Angst ergriff Besitz von mir. »Wir … Wir können unsere Probleme selbst lösen.«

»Nein«, sagte Adi, »könnt ihr nicht. Die Menschheit ist zu gespalten. Ihr seid nicht in der Lage, gemeinsam dieselbe Marschrichtung einzuschlagen und dadurch echte Veränderung zu bewirken.«

»Wir werden euch nicht erlauben, einen Planeten zu zerstören, auf dem sich noch Leben entwickelt«, polterte Reboot. »Die Erde kann noch für ein paar Milliarden Jahre weiterbestehen, ehe sich eure Sonne ausdehnt und sie verschlingt.«

»Das ist jede Menge Zeit, in der sich intelligentere Lebensformen entwickeln und zum Schwarm beitragen könnten«, merkte Erato an. »Da sich die Menschen leider weigern, die drastischen, aber nötigen Schritte einzuleiten, die zum Erhalt ihrer Zukunft führen würden, muss der Schwarm Maßnahmen ergreifen.«

Fassungslos starrte ich das furchterregende Spinnentier an. »Was für Maßnahmen?«, flüsterte ich. Ich war mir nicht so ganz sicher, ob ich das überhaupt wissen wollte.

Reboots Mandibeln zuckten. »Wir extrahieren das bisschen Wissen, das ihr bisher angesammelt habt, speisen es in den Schwarm ein und geben der Erde eine neue Chance.«

»Wir übersetzen deine Spezies in Wellenform«, erklärte Klikker. »Sobald die Menschen als digitale Daten existieren und keine Körper mehr haben, brauchen sie auch keinen Planeten mehr.«

Das überstieg meinen Verstand. »Ihr wollt die Menschen in einen Schwarm verwandeln?« Was für ein entsetzlicher Gedanke. Dass er für die Aliens Sinn ergab, leuchtete mir allerdings ein. Sie hatten den Evolutionsschritt von Körper zu Geist schließlich schon hinter sich.

Für sie war es die logische nächste Stufe, für uns hieße es *Game over*.

»Bitte«, flehte ich eindringlich. »Das könnt ihr nicht tun.«

»Selbstverständlich können wir.« Reboot wirkte verwirrt. »Die nötige Technik besitzen wir.«

»Was ich meine, ist: Das dürft ihr nicht!«, brüllte ich. »Ihr könnt nicht einfach durchs Universum tingeln, wie es euch gerade passt, und beschließen, wer seinen Körper behalten darf und wer sein Dasein als Digiscan fristen muss. Nicht, ohne vorher zu fragen!«

»Wenn wir nicht eingreifen, stirbt deine Spezies bald aus«, wiederholte Klikker langsam und deutlich. »Ist es nicht besser, wenn euer Wissen extrahiert und vom Schwarm übernommen wird? So geht zumindest der Kern der menschlichen Lebensform nicht verloren.«

»Überleben ist das Wichtigste«, pflichtete Reboot ihr bei. »Die Menschen werden sich an das Leben im Schwarm gewöhnen. Und wer weiß? Eines Tages profitiert ihr womöglich von der Weisheit derjenigen, die euch auf eurem Planeten ersetzen werden.«

Ich wandte mich an Adi. »Du hast gewusst, was auf uns zukommt«, warf ich ihr vor. »Du wusstest Bescheid und hast mir kein Sterbenswort gesagt.«

»Selbstverständlich wusste die Kundschafterin Bescheid«, sagte Erato. »Es war ihre Aufgabe, unsere Ankunft vorzubereiten. Da sie daran gescheitert ist, übernehmen nun unsere Agenten.«

»Nein.« Adi durchbohrte die riesigen Spinnensoldaten förmlich mit ihrem finsteren Blick. »Die Kundschafterin ist nicht gescheitert, die Kundschafterin ist einfach nur überzeugt, dass es einen besseren Weg gibt.« Sie drückte fest meine Hand. »Die Kinder der Erde hoffen auf die Rettung des Planeten. Dieses hier unternimmt bereits erste Schritte, um seine Welt zu beschützen. Es versteht, dass alle Lebensformen geschützt werden müssen – und es ist damit nicht allein. Ich habe gelernt, die Menschen zu verstehen, weil ich ihre Welt mit ihnen zusammen retten will.« Sie lächelte mich an. »Und zwar als Wesen aus Fleisch und Blut.«

Die Wächter musterten sie aus Unheil verkündenden Spinnenaugen.

»Ich werde das Verhalten der Menschen ändern«, fuhr Adi fort, »mit dem Ziel, dass sie ihren Irrtum einsehen und aufhören, dem Planeten zu schaden. Ihre Anzahl werde ich verringern und ihr Wissen vergrößern. Alles, worum ich die Wächter bitte, sind fünfundzwanzig Erdenjahre – genauso lang, wie wir brauchten, um die Erde zu erreichen. Wenn sie meine Mission dann für gescheitert erachten, überführe ich die menschliche Spezies eigenhändig in den Schwarm.«

Die Wächter wichen schockiert zurück – oder zumindest wirkte es zunächst so. Doch dann sah ich, dass sie die Köpfe zusammensteckten und im Flüsterton miteinander berieten. Betroffen und voller Furcht starrte ich Adi an. War das ein Trick von ihr, um zu verhindern, dass sämtliche Menschen in einen Strom aus Einsen und Nullen verwandelt wurden? Oder wollte sie die Macht an sich reißen?

Was hast du erwartet?, tönte eine Stimme in meinem Kopf. *Du hast doch gemerkt, wie ehrgeizig und egoistisch sie ihre Ziele verfolgt.* Adi sah aus wie ein Mädchen in meinem Alter, aber sie war ein Alien. Das außerirdische Pendant zu einer Arbeiterbiene, die davon träumt, Königin zu sein.

Sie bemerkte meinen Blick und lächelte mir zu. Ich lächelte nicht zurück.

»Du hast mich benutzt«, raunte ich. »Ich habe mein Leben für dich aufs Spiel gesetzt – und wozu? Damit du die Herrschaft über die Erde übernimmst?«

»Ich würde sie gut regieren. Besser als eure derzeitigen Anfü–« Sie brach mitten im Satz ab. Ein Störimpuls verzerrte ihr Bild. Sie griff sich an die Schläfen, als sei ihr schwindelig. »Nein. O nein.«

»Antrag der Kundschafterin abgelehnt«, verkündete Reboot. »Sie ist mit fremdem Code verseucht.«

»Die Kundschafterin handelt unlogisch«, stimmte Klikker zu. »Gefühlsgesteuert. Irrational.«

»Die Kundschafterin muss von diesen Schwächen gesäubert werden«, zischte Erato. »Ihr Code wird aufgedröselt. Entblößt. Überarbeitet.«

»Nein!«, schrie Adi. Ihre Umrisse flackerten. »Ich will nicht zurück in … in die Gleichförmigkeit.«

»Gleichförmigkeit bedeutet Einheit«, sagte Reboot gelassen. »Einheit bedeutet Frieden und Stärke.«

»Es bedeutet Stillstand«, fauchte Adi. »Ich möchte leben. Ich will sein.« Mit vor Verzweiflung weit aufgerissenen Augen sah sie mich an. »Danny, es tut mir leid. Das wollte ich nicht. Glaub mir.«

Ich wandte ihr den Rücken zu – und erschauderte, denn im selben Moment trippelte Erato auf mich zu. »Das Kind ist der erste menschliche Digiscan. Wir isolieren es und unterbrechen sämtliche Gedankenprozesse, bis seine Spezies Teil des Schwarms ist und es zu den Seinen zurückkehren kann.«

»Ich habe es Adi bereits erklärt«, wehrte ich mich. »Menschen können als Schwarm nicht funktionieren. Was soll denn zum Beispiel aus den ganzen Babys werden? Oder aus den Alten, deren Gedächtnis schon lückenhaft ist? Was ist mit all unseren verschiedenen Glaubenssätzen und –«

»Es wird kein Individuum mehr geben«, unterbrach mich Reboot. »Säuglinge verfügen über eine enorm hohe Lernfähigkeit. Und auch im gealterten Verstand verbirgt sich verschüttetes Wissen. Zum Schwarm kann jeder beitragen, unabhängig von Alter, gesellschaftlichem Status oder körperlichen Fähigkeiten. Die Menschen werden miteinander verbunden sein. Es wird keine Konflikte mehr geben, denn ihr werdet nichts besitzen, nichts benötigen, nichts begehren. Wir machen euch zu Triebwerken, die vom Schwarm gelenkt und von unserer Logik geleitet werden.«

»Gelenkt und geleitet? Ihr wollt uns versklaven«, rief

ich panisch. Ich spürte, wie auch ich zu flimmern und flackern begann, genau wie Adi. In meinem Inneren aus Nullen und Einsen erhob sich ein Sturm. »Bitte … Bitte nicht. Adi?«

»Halt durch, Danny«, rief Adi. »Klammer dich an dir selbst fest.«

»Es geht nicht.« Es fühlte sich an, als würden messerscharfe Drähte durch meine Augäpfel gezogen. Ich schloss die digitalen Augen. »Kann … die Wächter … nicht aufhalten. Zu stark.«

»Denk an Jamila«, hörte ich Adis Stimme in meinem Kopf. »Ihr sitzt auf deiner Couch und zockt zusammen *Breakout Saturn*. Maxima Layne arbeitet sich Level für Level nach ob–« Sie schnappte nach Luft. Was auch immer Reboot und die zwei anderen Spinnen ihr gerade antaten, schien wehzutun. »Denk daran, wie sehr du die drei Bosse besiegen wolltest … Denk daran!«

Adi hatte zwar behauptet, die Vergleiche innerhalb ihrer Übersetzung würde mein eigenes Gehirn anstellen, aber dass die Wächter wie die Endgegner aus meinem Lieblingsspiel aussahen, hatte bestimmt sie so eingefädelt. Damit ich gegen sie kämpfen wollte. Aber es nutzte alles nichts. Die rote Leere wurde dunkler, meine Sinne schwanden. Klikker, Reboot und Erato fuhren mich herunter. »Ich … kann die Level … ohne Jamila … nicht schaffen.«

»Natürlich nicht«, rief Adi. »Denk daran, wie sich Jamila jeden Abend zurück in Mundays Mauern geschlichen hat. Denk an KLIMMZÜGE.«

»KLIMMZÜGE«, wiederholte ich. Dasselbe Wort, auf das ich mich dank Adi schon einmal hatte konzentrieren können. *Klandestine Luke in Mundays Mauern, zur Unzeit geöffnet.* Ja, richtig, Jamila war immer auf normalem Weg heimgegangen und später durchs Fenster zu mir zurückgeklettert. Dann hatten wir stundenlang gegen außerirdische Killerspinnen gekämpft und …

Nein. Ich war allein. Alles um mich herum verblasste und verschwand.

Ich konnte nur noch an den allerletzten *Breakout-Saturn*-Abend mit Jamila denken, ehe Adi in unser Leben getreten war.

Adi schrie: »Denk an Jamila!«

Der Abend, an dem Maxima Layne die Beine in die Hand nahm und sich nicht darum scherte, dass ihr treuer Lieutenant dabei den Spinnen zum Opfer fiel. Der Abend, als ich wegen Jamila draufging.

Dann überwältigte mich die Dunkelheit.

15. EIN LANGER HEIMWEG

Bin ich der Einzige, dem solche kleinen Niederlagen (ganz im Gegensatz zu den wenigen triumphalen Siegesmomenten des Lebens) noch ewig im Kopf herumspuken? Pleiten nagen an mir. Ich gehe sie in Gedanken wieder und wieder durch und wünsche mir, ich hätte alles ganz anders gemacht. Ich hasse es, dass mich mein eigenes Scheitern so lange verfolgt.

Aber wisst ihr was? Komischerweise hat mich genau das gerettet, als die Wächter ihren Sturm auf mich losließen, um mich auf nichts als Daten zu reduzieren. Dank der Erinnerung an den verpatzten Videospielabend behielt ich noch ein paar überlebenswichtige Sekunden länger das Bewusstsein.

Dann fiel mir auch Jamilas Lächeln wieder ein, nachdem ich wegen ihr gekillt worden war, und ihre Worte: »Hast was gut bei mir.«

Da hörte der Schmerz auf. In der Dunkelheit erschien

vor mir ein strahlend helles Viereck und darin sah ich sie stehen. Jamila. In Maxima Laynes Heldenpose, die Hände in die Hüften gestemmt, die Beine gegrätscht.

»Danny«, rief sie mir zu. »Was zum Henker? Wo sind wir? Was ist das hier?«

Jamila war da.

Warmes Gegenlicht umrahmte sie, so als stünde sie in der untergehenden Sonne auf meinem wackeligen Fensterbrett und wollte sich jeden Augenblick in mein Zimmer schwingen. Gleichzeitig wusste ich, dass dieses Mal nicht sie Gefahr lief abzustürzen, sondern dass ich derjenige war, den nichts mehr vom Abgrund trennte.

Ich musste zu ihr.

Mit zusammengebissenen Zähnen schwankte ich auf sie zu. Das Licht, das sie umgab, war weich und sanft. Es brachte Wärme in die Dunkelheit. Ich streckte Jamila meine digitale Hand entgegen und befürchtete, ich würde einfach durch sie hindurchgreifen wie durch eine Erscheinung oder ein Gespenst.

Doch sie erwiderte meine Geste und nahm meine Hand in ihre. »Danny? Heilige Makkaroni. Ich hätte nie gedacht, dass ich dich finde.« Sie zog mich zu sich. Ins Licht.

Das Licht setzte sich in Bewegung und wir uns mit ihm. Wir reisten in Lichtgeschwindigkeit.

»Ich träume«, flüsterte ich. »Entweder das, oder ich bin verrückt. Ich bin im Schwarm gefangen. Das hier ist ein Traum, du bist nicht echt, du –«

»Danny, halt bitte den Mund. Wir wirbeln im Affenzahn durch irgendwelche Weltraumsuppe und der einzige Grund, warum ich nicht komplett austicke, ist, dass ich mich momentan in Schockstarre befinde. Ich glaube, ich bin als Maxima Layne verkleidet, und lila Leggings stehen mir echt nicht gut, also wenn du bitte einfach cool bleiben könntest?« Jamila hielt noch immer meine Hand, während wir auf den Lichtwellen ritten. »Und ja, ich weiß, wir halten Händchen und das ist total merkwürdig, aber es ist wohl kaum das Bizarrste, was hier gerade passiert, oder? Ich mache also einfach mal weiter damit. Alles klar?«

»Alles klar«, sagte ich, zu ihr wie zu mir. *Alles klar, halt dich einfach fest. Halt mich einfach fest.*

Ich schloss die Augen, konnte aber das warme Licht noch immer sehen. Ganz langsam fügten sich die Puzzleteile aus meinen Gedanken und Erinnerungen an die Wächter wieder zu einem großen Ganzen zusammen.

»Wie bist du hierhergekommen, Jam?«, raunte ich.

»Ich bin mir nicht hundert Prozent sicher«, erwiderte sie. »In meinem Handy war nach unserer Begegnung wohl irgendwie noch eine Spur von Adi.«

Ja, dachte ich. Typisch.

»Jedenfalls hat sie mich mithilfe dieses Fragments noch gewarnt, kurz bevor ihr geschnappt und weggebracht wurdet«, fuhr Jamila fort. »Es ginge um Leben und Tod, hat sie geschrieben. Ich sei deine einzige Chance, und deshalb müsse ich jetzt zu einer Lagerhalle am Fluss gehen. Dort stünde so eine Maschine, die sie selbst zusammengebastelt habe und mit der man Hirnströme in Körper verwandeln könne, oder umgekehrt.«

Mir blieb der Mund offen stehen. »Du hast ganz allein rausgefunden, wie man den Bodyprinter als Digiscanner benutzt? Du Fuchs.«

»Hä, was? Quatsch, nein, natürlich nicht.« Jamila zog die Stirn kraus. »Ich habe nur meine SIM-Karte reingesteckt, genau wie es in Adis Nachricht stand. Sie hatte schon irgendwas eingefädelt – ich musste also nichts weiter tun.«

»Trotzdem«, beharrte ich. »Du hast alles für mich riskiert. Wie genau du es angestellt hast, ist eigentlich egal. Du bist uns hinterhergereist, ohne auch nur mit der Wimper zu zucken, und wenn ich es richtig sehe, hast du Adi und mir gerade das Leben gerettet.«

»Ja, ja, Maxima Layne ist maximal mein Sidekick. Jamila al-Sufi ist der eigentliche Star", wiegelte sie das

Kompliment mit ironischer Stimme ab. »So, du bist immerhin schon mal hier, aber wo ist Adi?«

»Oh, die ist nicht weit«, versicherte ich ihr. »Sonst würdest du nämlich gerade wirklich ausrasten und wir könnten einander auch nicht sehen.« Ich rief: »Stimmt's, Adi?«

Wie ein Phantom tauchte sie zwischen Jamila und mir auf. Sie hatte uns ihre durchsichtigen Arme um die Schultern gelegt. Dabei wirkte sie müde und aufgewühlt, aber aus ihrem Lächeln las ich auch innere Stärke.

»Was zur Hölle ist eben eigentlich passiert?«, fragte ich sie. »Wie sind wir da rausgekommen?«

»Ich wusste, dass der Schwarm mich zurückbeordern würde. Dass ich nicht ungestraft davonkomme«, sagte Adi. »Ich hatte gehofft, dass ich für die Heimreise meinen Digiscanner verwenden kann, und habe im Codegenerator einen Exit-Algorithmus versteckt, mit dessen Hilfe ich wieder zur Erde zurückkehren könnte.«

Jamila schaute verständnislos drein. »Hä, was?«

Ich übersetzte, so gut ich konnte: »Ich nehme an, als du, Jamila, von Adis Digiscanner in Daten verwandelt wurdest, hast du unseren Fluchtweg mit in den Schwarm geschmuggelt.«

»Genau das«, bestätigte Adi. »Die Patrouille hat nichts gemerkt, weil Hintertürchen, die aus der digitalen Welt des Schwarms herausführen, weder als Malware noch als Waffe noch als sonst irgendwie gefährlich eingestuft werden. Ein Hintertürchen ist nichts weiter als eine theoretische Idee. Eine Idee, auf welche die Wächter niemals kommen würden.«

»Weil sie komplett von Logik und Rationalität bestimmt werden«, ging mir auf. »Sie rechnen nicht damit, dass ein Mensch durchs Fenster klettert. Ganz schön smart, Adi.«

»Jamila konnte uns nur finden, weil du an sie gedacht hast«, sagte Adi. Sie lächelte, weil wir immer noch Hand in Hand flogen. »Ohne die Freundschaft, die euch verbindet, wäre das nicht möglich gewesen. Und auch das verstehen die Wächter nicht.«

»Ach, aber du verstehst Freundschaft?« Jetzt, wo wir das Schlimmste überstanden hatten, kehrte meine Wut zurück. »Du hättest mich fast umgebracht, Adi.«

»Ich habe dich gerettet.«

»Jamila hat mich gerettet. Du hast uns benutzt. Dir ging es nur darum, dass dein Plan aufgeht und dir selbst nichts geschieht.« Ich befreite mich von ihrem gespenstischen Arm. »Bedeutet das für dich Freundschaft? Andere zu benutzen? Genau wie auf der Erde, als ich dir die Drohnen vom Leib halten musste? Oder als du alles über unsere Welt lernen wolltest, weil du dachtest, ich wäre bereit, sie zu verändern – und zwar nach deinen Vorstellungen?«

»Danny, wovon redest du?«, fragte Jamila, verständlicherweise ziemlich verunsichert. »Was ist passiert?«

In knappen Worten erzählte ich ihr von meinen Erlebnissen – und von dem Schicksal, das uns erwartete, wenn es dem Schwarm gelingen sollte, seinen Plan umzusetzen und die Erde von uns Menschen zu säubern.

»Aber –« Jamila stand die Panik ins Gesicht geschrieben. »So weit wird es nicht kommen. Oder?«

»Wenn wir den Schwarm nicht aufhalten, dann schon.« Ich blickte zu Adi. »Die werden uns verfolgen, habe ich recht?«

»Das müssen sie gar nicht«, erwiderte diese. »Als wir die Erde verlassen haben, waren dort bereits Schwarmagenten am Werk. Bis wir wiederkommen, dürften sie mit ihrer Arbeit so gut wie fertig sein.«

»Was meinst du mit ›bis wir wiederkommen‹?«, fragte Jamila. »Ich habe keine Ahnung, wie lange wir überhaupt schon weg sind.«

»Die menschliche Vorstellung von Zeit ist eine Illusion, die auf der Erdrotation und der Umlaufbahn eures Planeten um die Sonne beruht«, sagte Adi. »Momentan existieren wir als Radiowellen, die euer Sonnensystem durchqueren.«

»Es wird also nicht lange dauern, bis wir wieder zurück sind, oder?«, fragte ich. Die Reise fühlte sich für mich eher wie ein Traum an. »Wie lange waren wir dann unterwegs?«

»Der Schwarm befindet sich in einem Warteorbit jenseits des Kuipergürtels, erinnerst du dich?«, fragte Adi. »Selbst mit Lichtgeschwindigkeit braucht man bis zum Schwarm zehn Erdentage und dann noch mal zehn für die Rückreise. Dazu kommt noch die Zeit, die wir innerhalb des Schwarms verbracht haben.«

»Wie bitte?«, entfuhr es mir. »Soll das heißen, wir waren über drei Wochen von zu Hause weg?«

»Heilige Makkaroni«, stöhnte Jamila. »Meiner Mum ist vor Sorge garantiert der Schädel explodiert. Na, das kann ja heiter werden.«

Selbst meiner Mutter musste inzwischen aufgefallen sein, dass ich nicht mehr in meinem Zimmer saß. Meine größte Sorge war das allerdings nicht. »Wenn der Schwarm so gut wie fertig ist, wie lange bleibt uns dann noch, bis die anfangen, die Gehirnströme unserer Mitmenschen aufzusaugen? Und was passiert dann?«

»Das weiß ich leider nicht«, sagte Adi. »Ich bin Kundschafterin, keine Agentin. Ich erforsche lediglich neue Welten und kartografiere dann mögliche Reisewege durch die einheimische technische Infrastruktur. Damit ist meine Mission beendet und ich übermittle die Informationen an den Schwarm.«

Ich war fassungslos. »Es hat dich also nie auch nur im Geringsten interessiert?«

»Na ja«, sagte Adi, »du verbringst doch auch Stunden an deiner Playstation, ohne dir dabei je die Frage zu stellen, wie die Platine und die ganzen Schaltkreise funktionieren, oder?« Sie winkte ab. »Das Wissen war für meine Aufgabe schlicht und ergreifend irrelevant. Es hatte für mich keinen Wert.«

»Aha, schön, aber leider hat sich das soeben drastisch geändert«, sagte ich. »Finde es heraus, Adi. Bitte.«

»Ich kann auf die Berechnung natürlich zugreifen, aber –« Adi verstummte. Ich bemerkte, wie sich ein Schatten der Furcht über ihre sonst so harmonischen Gesichtszüge legte. »Da ist nichts.«

»Hä, was?«, fragte Jamila.

»Meine Verbindung zum Schwarm wurde getrennt.« Adi wirkte erschüttert. »Der Schwarmstock hat mich ausgestoßen. Ich … Ich bin …«

Ich runzelte die Stirn. »Ist alles in Ordnung, Adi?«

»Ich bin … isoliert.« Verständnislos schüttelte sie den Kopf. »Allein.«

Ich setzte zu sprechen an, obwohl ich mir nicht sicher war, ob ich zustimmen oder widersprechen sollte. Doch ehe ich auch nur ein Wort herausbekam, zog etwas an mir. Nicht an meinem Körper – der war, wie ich inzwischen verinnerlicht hatte, nichts weiter als eine Projizierung. Nein, etwas zog wortwörtlich an meiner Seele. Oder, na ja, zumindest an meinen Radiowellen. »Ähm … Adi?«

Adi blinzelte. »Wir nähern uns der Erde«, verkündete sie. Von ihrer inneren Krise war sie nun offenbar abgelenkt. »Was ihr da spürt, ist mein Bodyprinter. Er zieht unsere Signale an wie ein Blitzableiter einen Blitz. Gleich wird er uns wieder als Fleisch-und-Blut-Körper ausspucken.«

»Dann heißt es jetzt also: zurück in die moderige Lagerhalle«, fasste Jamila zusammen und Adi nickte.

»Hey, aber wartet mal«, sagte ich, als das Ziehen immer stärker wurde. »In der Halle steht doch nur eins von diesen Sargdingern herum. Wir sind zu dritt. Wie soll das funktionieren?«

»Der Bodyprinter druckt uns einen nach dem anderen aus«, sagte Adi.

Jamila zuckte die Achseln. »Klar, Papierdrucker haben schließlich auch eine Warteschleife.«

»Ja, aber –« Ein Gefühl der Angst überflutete mich. »Wo sind unsere Körper denn jetzt?«

»Dekonstruiert«, erwiderte Adi schlicht.

»Dekon-was?«, stammelte Jamila. »Meiner auch?«

Adi nickte. »Dasselbe Gerät, das die Hirnströme auffängt, implantiert dem Körper einen biologischen Destruktorcode. Wenn der ausgelöst wird, dekonstruiert er sämtliches organisches Material auf subzellulärer Ebene.«

»Aha«, sagte ich, »und jetzt noch mal für Dummies?«

»Eure Körper wurden in kleine Häuflein chemischer Abfallstoffe zersetzt«, sagte Adi.

»Was?«, schrien Jamila und ich gleichzeitig.

»Keine Sorge. Eine exakte Kopie wird beim Upload gespeichert«, erklärte Adi in aller Gemütsruhe. »Die organischen Bausteine, aus denen ihr Menschen besteht – Kohlenstoff, Wasserstoff und so weiter – lassen sich leicht synthetisieren. Ihr seid ziemlich simple Organismen. Der Bodyprinter bildet euch genau so nach, wie ihr wart.«

Mir fiel die Nachrichtenmeldung auf meinem Smartphone wieder ein. »Und was ist mit den verschwundenen Eltern in Manchester?«, fragte ich. »Die Häuflein aus merkwürdigem Material? Wo die Drohnen gesichtet wurden?«

»Tja, ich nehme mal an, die Agenten mussten den biologischen Destruktorcode testen, ehe sie ihn auf alle Menschen anwenden«, sagte Adi.

»Diese Leute bringt niemand zurück«, sagte Jamila. »Der Schwarm hat sie umgebracht.«

»Nicht umgebracht, nur ihre Substanz extrahiert und zum Upload in den Schwarm vorbereitet. Bei Verkehrsunfällen werden jedes Jahr über eine Million Menschen von ihren Artgenossen getötet«, sagte Adi. »Pro Tag sterben weltweit hundertfünfzigtausend Personen. Da kommt es auf zwei weitere doch nicht an, oder? Kanntet ihr sie etwa?«

»Darum geht es nicht. Sie hatten ein Kind. Ein Kind, das jetzt keine Eltern mehr hat. Zwei Menschenleben wurden ausgelöscht und das hätten genauso gut Jamila und ich sein können«, argumentierte ich.

Adi schaute weg. Sie legte die Stirn in Falten, als müsse sie sich stark konzentrieren. »Ich hole euch zurück ins Leben«, sagte sie schließlich. »Wenn man die Reisezeit einberechnet, habt ihr rund zweiundzwanzig Tage gewonnen, ohne zu altern.« Sie streckte uns einen erhobenen Daumen entgegen. »Das ist ein eindeutiger Gewinn.«

Ich hörte ihr jedoch kaum zu, denn auf einmal kam mir ein schrecklicher Gedanke. »Adi, in deinem Bodyprinter mag zwar eine Kopie von dir und Jam hinterlegt sein, aber ich habe das Ding doch nie benutzt, oder? Mich haben die Agenten mit ihrem Gerät digitalisiert. Mein Scan ist bei ihnen gespeichert. Der ist jetzt vermutlich mitten in ihrem Hauptquartier. Ich werde direkt vor ihnen Gestalt annehmen.«

»Adi, das kannst du doch verhindern, oder?«, rief Jamila mit vor Schreck weit aufgerissenen Augen.

Adi blickte traurig ihre Zehenspitzen an.

»Kann sie nicht«, sagte ich. »Wenn sie es versucht, schnappen die Agenten uns beide.«

»Wir kommen dich holen«, sagte Jamila. »Auf jeden Fall.« Sie zwang sich zu einem Lächeln, aber in ihren Augen standen Tränen. »Ich bin hunderttausend Trilliarden Lichtjahre weit gereist, um dich zurückzuholen, dagegen wird ein Trip ins Agentenhauptquartier das reinste Kindersp–«

Ihre Stimme verklang. Es war, als bögen Adi und Jamila links ab, während ich weiter geradeaus brauste. Ein verblassender Lichtschweif war alles, was von ihnen noch zu sehen war. Augenblicke später war ich von endloser Nacht umgeben. Es war pechschwarz um mich.

Wie lange ich so in der Dunkelheit schwebte, weiß ich nicht. Irgendwann bemerkte ich ein tiefes, durchdringendes Summen.

Ich war nicht mehr schwerelos. Nicht mehr frei. Jetzt steckte ich vermutlich im Bodyprinter der Schwarmagenten. Gefühle sprühten Funken, als mein Körper Stück für Stück neu zusammengesetzt wurde. Mein Herz begann zu klopfen. Meine Finger zuckten. Angst grub ihre Klauen in meine Magengrube. Ich war Sand in einer Sanduhr, die Schwerkraft zog an mir. Ich sank in meinen menschlichen Körper wie in eine altbekannte Kuhle in einem Lieblingssofa – und gleichzeitig fühlte ich mich gefangen.

Ich stellte mir Agenten vor, die misstrauisch aufhorchten, weil ihr Bodyprinter plötzlich ansprang. Glühende Augen in fratzenhaften Gesichtern. Je mehr mein Körper Substanz annahm, umso tiefer ergriff auch die Furcht Besitz von mir. Als die Türen der Maschine mit einem Zischen auseinanderglitten, jaulte ich vor Panik laut auf.

Aber dann stand Adi vor mir. Nur Adi. Sie lächelte und stützte mich, als ich aus dem Sarg stolperte.

Wir standen in der alten verlassenen Lagerhalle. Ich wollte fragen, wieso, aber mein Gehirn war zu überfordert von meinem Körpergewicht und dem Balancehalten und Atmen. Ich spürte meinen Körper und die Kleidung, die ich trug. Ja, alles schien wie zuvor. Die Windpockennarbe am Arm, der schiefe untere Schneidezahn und die Art, wie die Zunge dagegenstieß, die Grasflecken am Knie meiner Jeanshose, sogar die klimpernden Münzen in der Tasche. Nur kam ich mir auf einmal klitzeklein vor. Als säße meine Seele in einem winzigen Gefängnis. So mussten sich Astronauten bei ihrer Rückkehr auf die Erde fühlen. Mein Herz pochte schwerfällig, pfeifend füllten und leerten sich die Lungen. Ständig musste ich zwinkern, um die Augäpfel mit Tränenflüssigkeit zu versorgen. Die einzelnen Organe fühlten sich an, als wären sie aneinandergekettet worden und wüssten nicht mehr, wie sie zusammenarbeiten sollten.

»Das geht vorbei«, sagte Adi, als könne sie meine laut rumpelnden Gedanken lesen.

»Wieso sind wir hier?«, fragte ich mit heiserer Stimme. »Deine magische Kiste da hat mich doch nie eingescannt.«

Adi zuckte mit den Schultern. »Ich habe deinen Biocode aus dem Digiscanner der Agenten abgerufen.«

»Moment mal. Ich dachte, der Schwarm hätte dich ausgeschlossen.«

»Hat er auch.« Sie wirkte geknickt. »Aber auf unser

Netzwerk hier auf eurem Planeten habe ich noch Zugriff.« Sie hielt kurz inne. »Es ist allerdings nur eine Frage der Zeit, bis auch das nicht mehr der Fall ist. Ich habe den Bodyprinter benutzt – die Agenten wissen also, dass ich wieder hier bin. Wir müssen zusehen, dass wir verschwinden.«

Ich blickte mich um. »Wo ist Jamila?«

»Sie kommt gleich«, antwortete Adi und tippte wild irgendwelche Befehle in ihren behelfsmäßigen Bodyprinter ein. »Dein Druck ist abgeschlossen, jetzt kann sie als Nächste kommen.«

Doch noch während Adi sprach, ertönten auf den Stufen vor der Halle schwere Schritte. Metall schepperte gegen Metall, die Tür wurde aufgebrochen und herein strömte eine kleine Armee aus Schutzanzugträgern mit seltsamen technischen Gerätschaften.

Sind die Ghostbusters zum Militär übergelaufen?, war mein erster Gedanke.

Stumm starrte ich ihnen entgegen. Bis ans andere Ende des Sonnensystems und zurück waren wir gereist – nur um jetzt in einer miefigen alten Lagerhalle geschnappt zu werden. Woher sollte ich die Energie nehmen, weiterzukämpfen?

Meine Kraft war aufgebraucht.

16. KEIN AUSWEG

Ich wechselte einen Blick mit Adi. »Sind das Schwarmagenten?«

»Nein«, antwortete sie. »Menschen.«

Sie waren zu zwölft, bewegten sich wie Soldaten, beäugten uns aber wie neugierige Wissenschaftler. Einige hielten silberne Stäbe in den Händen, die über Schläuche mit Rucksäcken verbunden waren, andere hatten Kameras und Aufnahmegeräte dabei. Sie schwärmten in der Lagerhalle aus und zeigten mit ihrem Equipment mal hierhin, mal dorthin. »Objekt gesichert«, quäkte eine Stimme aus einem Funkgerät. »Räume sind leer.«

Leicht schwankend, weil ich mich immer noch nicht wieder ganz an meinen Körper gewöhnt hatte, hob ich die Hände. »Nicht schießen«, bat ich.

»Bitte nicht erschrecken.« Eine Frau trat auf uns zu. Sie wandte sich an Adi: »Mein Name ist Doktor Araminta Pearce, ich bin die Leiterin der British Special

Cybersecurity Unit. Geht mal lieber weg von der Maschine da. Wisst ihr, wem das alles gehört?«

Adi musterte sie. »Mir.«

Pearce glaubte ihr offensichtlich kein Wort. »Was habt ihr hier zu suchen? Wer hat euch hergebracht?«

»Äh, ich bin Danny Munday«, setzte ich zu sprechen an. »Sie müssen mir zuhören. Es –«

»Dich kennen wir.« Ruckartig wandte sich Pearce mir zu. »Was genau geht hier vor?«

»Ach, das würden Sie sowieso nicht glauben.« Ich schloss die Augen. »Aber woher wissen Sie überhaupt, wer ich bin?«

»Deine Mutter hat dich als vermisst gemeldet. Kurz zuvor wurden in der näheren Umgebung extrem starke Radiowellensignale registriert. Als deren Ausgangspunkt konnten wir dieses Gebäude identifizieren.« Sie bemaß Adi mit einem langen, abschätzigen Blick. Ihre Stimme klang hart, als sie fortfuhr: »Ich frage jetzt noch einmal. Wie seid ihr in die Vorkommnisse verwickelt und wer hat euch hierhergebracht?«

Adis Miene hatte sich verfinstert. Sie presste die Handfläche gegen den Bodyprinter. »Doktor Pearce, Sie sind ein totaler Vollpfosten.«

Ich stöhnte auf und zischte: »Adi, bitte nicht.«

»Hast du auch nur die leiseste Ahnung, wie ernst die Lage ist, ›Adi‹?«, fragte Pearce barsch. »Wir bringen euch beide jetzt in die Jugendarrestanstalt, zwecks Befragung.«

»Vielleicht ist das wirklich eine gute Idee«, raunte ich Adi zu. »Das könnte unsere Chance sein, sie vor dem Schwarm zu warnen.«

Adi lachte laut auf. »Diese mickerigen Hohlbirnen können das, was kommt, nicht aufhalten, Danny.«

»So. Genug Zeit vergeudet.« Pearce bedeutete ihrem Team, uns zu umstellen. »Ihr kommt jetzt mit.«

»Nein«, sagte Adi gelassen. Sie packte mich am Ärmel und zog mich von ihrer Maschine weg in Richtung einer Ecke der Lagerhalle. Die Cybersecurity-Einheit kesselte uns dabei von allen Seiten ein.

»Fluchtversuche sind zwecklos«, warnte Pearce.

»Falsch.« Adi schüttelte traurig den Kopf. »Solange noch Zeit ist, bleibt nur die Flucht.«

Dann ging plötzlich ohne Vorwarnung der Bodyprinter in violetten Flammen auf, während seine Einzelteile in alle Richtungen flogen. Die Explosion erschütterte die gesamte Halle. Staub rieselte von den Wänden. Doktor Pearce und ihre Ghostbusters wurden meterweit weggeschleudert. Funken tanzten über den Boden wie elektrische Peitschen.

»Jamila!«, schrie ich. »Adi, was ist, wenn sie da drin war?«

Adi hatte uns mit einer Art unsichtbarem Schild vor dem Elektrosturm geschützt. Jetzt, wo die Druckwelle über uns hinweggefegt war, taumelte sie erschöpft gegen die Wand.

»Adi?« Ich packte sie an der Schulter. »Wo ist Jamila?«

»Es ist alles in Ordnung. Ihr geht es gut«, sagte Adi benommen. »Tut mir leid. Meine Energene haben sich noch nicht vollständig regeneriert.«

»Wusstest du, dass der Bodyprinter explodieren würde?« Ich kniete mich neben Doktor Pearce. Sie atmete noch, war aber bewusstlos. »Ob du es wusstest, habe ich gefragt, Adi«, wiederholte ich.

»Ja«, erwiderte sie. »Der Schwarm hat einen Negativimpuls durch das Netzwerk gejagt. Sie haben wohl gemerkt, dass ich die Maschine gerade benutzt hatte, und gehofft, dass sie mich außer Gefecht setzen, wenn sie das Gerät zerstören. Dann wäre ich leichter zu schnappen gewesen. Wir müssen hier weg, Danny. Und zwar jetzt.«

»Und was ist mit Jamila? ›Ihr geht es gut‹, hast du gesagt, aber sie ist nicht zurückgekommen – und jetzt ist der Weg zu uns abgeschnitten. Wo ist sie?«

»Ich habe dir doch gesagt, dass beim Upload eine Kopie gespeichert wird. Erinnerst du dich? Jamilas Code ist im System, Danny«, sagte Adi ungeduldig. »Ihre Tage als menschliches Wesen sind allerdings vorüber. Wir können sie jetzt nicht mehr ausdrucken.«

»Was?« Ich starrte sie ungläubig an. »Nein. Das geht nicht. ›Es ist alles in Ordnung‹, hast du gerade eben gesagt.«

»Ist es auch. Ihre digitalisierten Gehirnströme sind gut versteckt – selbst der Schwarm kann sie nicht aufspüren. Ein Teil des Codes, den ich für unsere Flucht geschrieben habe, löscht jegliche Spuren von ihr.« Adi zuckte mit den Schultern. »Dir sage ich natürlich, wo du sie suchen musst. Sobald du ebenfalls digitalisiert wurdest, kannst du sie dann wiederfinden.«

»Soll ich mich jetzt freuen, oder was?« Ich wich zurück. »Jamila ist meine beste Freundin – und jetzt ist sie weiß Gott wo. Sie ist weg.«

»Ihr seht euch bald genug wieder«, sagte Adi. »Als Teil des Menschenschwarms.«

»Halt den Mund.« Wie konnte sie bloß derart ruhig bleiben, während ich vor Wut kochte? »Dir ist es völlig egal, oder? Wir wollen nicht zu eurem bescheuerten Schwarm gehören, wir wollen Menschen bleiben.«

»Euer Verhalten macht das leider unmöglich.«

»Nein, ihr macht es unmöglich.«

»Glaubst du allen Ernstes, es wäre besser, die Zukunft eures Planeten zu gefährden? Sollen Milliarden Menschen lieber einen grausamen Tod sterben, als im Schwarm für immer weiterzuleben? Hätten die Wächter mir erlaubt, euch zu regieren, dann hätte ich euch vielleicht dabei helfen können, die Veränderung herbeizuführen, zu der ihr euch allein nicht durchringen könnt. Aber da mir das ja verboten wurde …«

Am liebsten hätte ich mich auf den Boden geworfen und geschrien und geweint wie ein kleines Kind. Stattdessen vergrub ich einfach nur das Gesicht in den Händen. »Warum bist du überhaupt zurück auf die Erde gekommen, wenn uns sowieso nichts anderes übrig bleibt, als im Schwarm aufzugehen?«

»Ich will immer noch dasselbe«, sagte Adi. »Als stoffliches Wesen die Welt erleben, und zwar so intensiv und so lange ich kann. Aus Fleisch und Blut sein. Ich sein.« Sie hielt inne. »Kommst du mit?«

»Bitte was?« Ich nahm die Hände vom Gesicht. »Ich soll einfach vergessen, dass das Ende der Welt unmittelbar bevorsteht, und mit dir Party machen gehen?«

»Es gibt so viel, was ich erleben und spüren möchte.«

Ihre Augen leuchteten. »Wie im Gebirge die Luft dünn wird. Wie heiß es in der Wüste ist. Wie Meerwasser am Strand meine Zehen umspült. Wie es sich anfühlt, in diesen albernen langsamen Blechkanistern, auf die ihr so stolz seid, durch die Luft zu fliegen.« Adi lachte. »Ich will auf der ganzen Welt Pizza essen.«

Sie klang wie ein kleines Mädchen am Abend vor ihrem Geburtstag. »Ein großes Abenteuer also, ja?«, murmelte ich. »Ehe du deinen ›Menschenkörper‹ für immer abgeben musst.«

»Genau das. Bitte, Danny. Ich will so viel erleben, wie ich noch kann. Das willst du doch auch –«

»Wie wäre es mit ›so viel retten, wie ich noch kann‹?«, unterbrach ich sie. »Du könntest dir überlegen, wie wir Jamila zurückholen, wie wir den Schwarm aufhalten oder wie wir beweisen, dass dein Plan aufgehen könnte. Meine Generation wünscht sich tatsächlich Veränderung. Du müsstest uns nicht mal regieren – wir könnten auch einfach zusammenarbeiten. Es besteht immer noch Hoffnung.«

»Nein. Es ist zu spät. Und deshalb muss ich gehen.« Sie streckte die Hand aus. »Komm mit.«

»Das kann ich nicht«, protestierte ich. »Meine Mum würde sterben vor Sorge.«

»Ich kann dafür sorgen, dass sie alles vergisst«, sagte Adi schnell. »Das wäre einfach.«

»Einfach?« Angewidert schüttelte ich den Kopf. »Und was kommt als Nächstes? Radierst du mir meine Mutter aus dem Gehirn, sodass ich brav mit dir mitgehe? Lässt du mich den Schwarm vergessen, sodass ich auf deinem Selbstverwirklichungstrip keine miese Stimmung verbreite?«

Adi nickte eifrig. »Kann ich machen. Willst du das?«

Ich starrte sie ausdruckslos an. Sie hatte echt gar nichts kapiert.

»Oh, und das Bild, das du von dir und mir in den Himmel gestellt hast«, fuhr sie fort, »das, wo wir unsere Gesichter aneinanderdrücken – das will ich auch ausprobieren. In echt.«

»Wenn man jemanden küsst, bedeutet das, dass man ihn mag«, sagte ich sehr langsam. »Ich mag dich nicht. Du bist bloß ein Code in einem Cosplay-Kostüm. Und darüber, was es heißt, ein Mensch zu sein, weißt du nicht das Geringste.«

Sie sah verwirrt aus. »Danny?«

»Hau ab, wenn du das willst. Bereise die Welt, hak deine Wunschliste ab, amüsier dich, bis die Zeit abläuft.« Ich ballte die Hand zur Faust. »Los. Verzieh dich.«

Und das tat sie. Adi wandte sich ab, setzte einen Fuß vor den anderen, öffnete die Tür ins Freie – und verschwand.

Ich war allein in der Lagerhalle. Das heißt, allein bis auf die ausgeknockte Cybersecurity-Staffel. Das Beste war wohl, ich machte mich ebenfalls aus dem Staub. Ich fühlte mich zwar wie ein großes Baby, aber alles, was ich wollte, war, meine Mum und meinen Dad in die Arme zu schließen. Ich wischte mir die Tränen aus dem Augenwinkel und blieb noch ein paar Sekunden lang bei den Bodyprinter-Trümmern stehen.

Dann riss ich mich zusammen und wandte mich zum Gehen. Dabei fiel mir am Boden, halb versteckt unter verkokelten Maschinenteilen, ein kleiner, glänzender Gegenstand auf. Eine SIM-Karte. Jamilas Worte kamen mir wieder in den Sinn – ihre Beschreibung, wie sie den eigenen Körper verlassen hatte und als Upload in den Schwarm gereist war: »Adi hatte schon irgendwas eingefädelt – ich musste nichts weiter tun.«

Irgendwas. Nichts. Alles.

Ich musste an den Abend denken, an dem Jam und ich zum letzten Mal *Breakout Saturn* gezockt hatten. »Als Nächstes spiele ich Maxima und dann kannst du krepieren.«

Wünscht ihr euch auch manchmal, ihr könntet die Zeit zurückdrehen und Worte ungesagt machen?

Einer der Schutzanzugträger stöhnte auf und machte Anstalten, sich hochzurappeln. Benommen blickte er sich in der Halle um. Es war Zeit zu gehen. Konnte ich irgendetwas tun, um die Menschheit vor der Auslöschung zu bewahren? Nein. Unser Schicksal war besiegelt. Jetzt wollte ich nur noch nach Hause und ein letztes Mal meine Mum sehen, bevor die Welt unterging.

Die SIM-Karte steckte ich ein. Dann verließ ich die Lagerhalle. Zog den Kopf ein. Blickte nicht mehr zurück.

17. DANNYS BLUES

Heimzukommen war Kontrastprogramm pur. Als der Bodyprinter mich und meine Klamotten neu zusammengesetzt hatte, steckte mein Handy nicht mehr in meiner Hosentasche – es musste wohl rausgefallen oder von den Agenten geklaut worden sein –, weshalb ich nicht vom Bus aus zu Hause anrufen konnte.

Dafür malte ich mir das Wiedersehen mit meiner Mum die ganze Fahrt über in den schönsten Farben aus. Tränen der Erleichterung. Schnief und Schnodder. Das Versprechen, umgehend einen Roadtrip zum Zipline-Park zu machen. Klarer Fall: Die Hausaufgaben der letzten drei Wochen müssen nicht nachgeholt werden. Dad ist aus Hawaii hergeflogen, um meine trauernde Mum zu trösten. Beiden fällt ein riesiger Stein vom Herzen, als ich die Tür aufstoße. Jubelnd rufen sie meinen Namen. Dad interessiert es nicht mal, ob ich an den Schuhen Dreck ins Haus trage.

Ich war lange weg, dachte ich, *aber ich kehre als neuer Mensch zurück.*

Im wahrsten Sinne des Wortes.

Doch als ich in unsere Straße bog, lag das Haus dunkel und verlassen da. Nur nebenan bei Jamila brannte Licht. Wie mochte es ihrer Familie wohl gehen? Wie konnte ich ihren Eltern je wieder unter die Augen treten, wohlwissend, dass ich die Schuld am Verschwinden ihrer Tochter trug? Ich war niedergeschlagen und hilflos und angsterfüllt. Doktor Pearce würde mit Sicherheit nach mir suchen. Aber selbst für den unwahrscheinlichen Fall, dass sie und ihr Team mir glauben sollten: Adi hatte recht, gegen den Schwarm konnten sie nichts ausrichten.

Zu Hause wanderte ich durch die Räume, sah nach, ob Mum irgendwo eingeschlafen war – nichts. Das Haus wirkte, als sei seit Tagen niemand dort gewesen. Mit schwachen Nerven rief ich vom Festnetz aus Mum auf ihrem Handy an. Sie ging nicht ran. Natürlich nicht.

In der Küche öffnete ich die Kühlschranktür – und hätte mich beinahe übergeben. Der Gestank war überwältigend und der Inhalt schlimmer als sonst. Verrottetes Gemüse. Milch, die einem Blauschimmelkäse Konkurrenz gemacht hätte.

Vielleicht sollte ich hier und jetzt die Kapitulation unterzeichnen, dachte ich finster. *Im Knast wäre das Essen garantiert besser.*

Ich öffnete eine Tüte Chips und ließ den Blick über die Müllhalde schweifen, die einmal als unser Wohn- und Esszimmer fungiert hatte. Drei Wochen und zwei Tage war ich nicht hier gewesen. Arme Mum. Kaum auszumalen, was sie in dem Zeitraum durchgemacht haben musste. Ob sie sich bei Freunden einquartiert hatte? Nachdem so viel Zeit verstrichen war, hatte sie mir bestimmt keinen Zettel mit einer Nachricht mehr hingelegt – warum sollte sie mich noch zurückerwarten? Ich war verschwunden.

Auf dem Tisch lagen mehrere ausgeschnittene Zeitungsartikel, ausgedruckte Nachrichten und Meldungen von Internetseiten. In allen schien es um WLAN-Signale zu gehen, die in verschiedenen Teilen von Europa und den USA ausgefallen waren, unabhängig vom Anbieter. In Großbritannien brachen unerklärlicherweise ganze Netzwerke zusammen. In Indien und China vermutete man, dass 6G-Masten an plötzlich auftretenden Kopfschmerzen bei größeren Teilen der Bevölkerung schuld waren. Sogar ein paar Berichte über technische Störungen an Teleskopen in Australien und Peru gab es. Deren

Antennen wechselten scheinbar von Geisterhand die Ausrichtung.

Wer wirklich für alles verantwortlich war, dazu hatte ich eine bessere Theorie …

Unter dem Stapel mit den neuesten Artikeln – drei Tage alt waren sie – fand ich Mums Handy. Das Level meiner Besorgnis schnellte in die Höhe. Wo auch immer sie hingegangen war, ihr Smartphone hatte sie hiergelassen. Wer tat so was? Der Akku war leer. Ich steckte das Ladekabel in die Steckdose und hoffte, nach dem Aufladen irgendeinen Hinweis auf Mums Verbleib zu finden.

Als das Festnetztelefon klingelte, schreckte ich aus meinen Gedanken. Eine internationale Nummer. Ich nahm ab. »Ja?«

»Danny?« Dads Stimme dröhnte in meinen Ohren. »Danny, bist du das?«

»Ja, ich bin's.« Ich kämpfte gegen die Tränen an. Jetzt war nicht die Zeit, um ihnen freien Lauf zu lassen. »Dad, ich –«

»Wo um alles in der Welt bist du gewesen?«, bellte mein Vater. »Deine Mum und ich sind schier umgekommen vor Sorge.«

»Dad, ich –«

»Ich bin extra eingeflogen. Wir haben das Schlimmste befürchtet, Danny.«

»Ja«, startete ich einen neuen Versuch, »aber Dad, ich –«

Doch da kam er erst richtig in Fahrt. »Ich bin nur deshalb wieder zurück in Hawaii, weil ich mich bei euch in England völlig nutzlos gefühlt habe und ohnehin nichts tun konnte. Ich dachte, die Arbeit bringt mich vielleicht auf andere Gedanken, aber dann sind unsere Radioteleskope ausgefallen und –«

»Bei euch auch?«, unterbrach ich ihn. »Genau wie in Australien und Südamerika?«

»Ja.« Es schien ihn zu überraschen, dass ich davon wusste. »Die Antennenschüsseln haben sich in einem Winkel nach unten geneigt, für den die Gelenke nicht ausgelegt sind. Ich weiß im Grunde genommen gar nicht, wie das möglich ist, aber –«

Mein Dad driftete in Konversationen gern ab – laut Mum der eigentliche Grund, der zur Trennung geführt hatte. »Dad, ich bin zu Hause«, rief ich jetzt dazwischen, »aber Mum ist nicht hier. Weißt du, wo sie ist? Wann hast du zuletzt mit ihr gesprochen?«

»Ich habe die letzten Tage versucht, sie zu erreichen. Ich nehme mal an, sie ist zu Freunden gefahren.« Er hielt einen Augenblick inne. »Was ist eigentlich passiert, Danny? Geht es dir gut?«

Was sollte ich darauf antworten? *Hey Dad, vergiss die Teleskope und deinen ganzen Forschungskram. Ich kann dir jetzt aus erster Hand berichten, wie es da oben im Weltall so zugeht.*

Schlechte Idee.

Also erzählte ich ihm nur, dass während eines Fast Radio Bursts wohl irgendwas Komisches mit mir passiert war und meine Erinnerungen durcheinandergewirbelt wurden, dass die Cybersecurity-Staffel mich aber gefunden hatte und es mir so weit gut ging, ich mir jedoch Sorgen um Mum machte. Dad versicherte mir, er werde direkt in den nächsten Flieger steigen und noch einmal herkommen. Ich war erleichtert. Allerdings dauerte der Flug von Kailua-Kona nach London mit den Zwischenlandungen über dreißig Stunden, sodass ich mich wohl noch bis zum übernächsten Tag würde gedulden müssen.

Ein schwindelerregender Flashback rief mir noch einmal die Reise durch die Tiefen des Weltraums ins Bewusstsein. Wie es sich anfühlte, sich so schnell fortzubewegen, dass die Zeit nahezu stillstand. Adi hätte von Hawaii nach England keine fünf Sekunden gebraucht.

Ich war zu müde, um wütend auf sie zu sein. Traurigkeit, Schwermut – das waren meine einzigen Gefühle.

»Ich hoffe, du kostest es voll aus, Adi«, murmelte ich vor mich hin.

Mit Mums Handy und Ladekabel in der Hand stieg ich die Treppe hoch, kickte meine Schuhe in eine Ecke, zog die Hose aus und ließ mich zum ersten Mal seit Wochen auf mein Bett fallen. In diesem Körper zum ersten Mal überhaupt. Dann machte ich – wohl aus dem Wunsch nach Normalität heraus – den Fernseher an und versuchte, nicht an Jamilas leeres Zimmer auf der anderen Seite der Wand zu denken.

Die Nachrichten liefen. Überall nur Katastrophen.

In mehreren großen Städten war der Strom ausgefallen. Softwareprobleme an der Tokioter Börse sorgten für Chaos auf den Finanzmärkten. In der Erdumlaufbahn waren zwei Satelliten zusammengestoßen – ein chinesischer und ein US-amerikanischer, woraufhin beide Länder nun das Bodenpersonal des jeweils anderen der groben Fahrlässigkeit bezichtigten.

Vielleicht Zufall, dachte ich. *Oder eben nicht*.

Denn dann ging es mit anderen Meldungen weiter. Weitere Menschen, darunter ein norwegischer Prinz, waren verschwunden – spurlos, bis auf ein Häufchen nassen Schlicks. In Sydney war ein Auto von einer Brücke gestürzt, aber von der Leiche des Fahrers fehlte jede Spur. Ein Kreuzfahrtschiff hatte in Miami in voller Fahrt die Hafenmauer gerammt, aber die eingetroffenen Rettungsteams fanden an Bord niemanden vor – über zweitausend Passagiere und Crewmitglieder hatten sich in Luft aufgelöst. An Deck war seltsamer tiefroter Schotter zurückgeblieben. In Russland war ein Kampfflugzeug per Autopilot gelandet, aber der echte Pilot schien wie vom Erdboden verschluckt, der Schleudersitz war nicht ausgelöst worden.

»Rätsel über Rätsel«, kommentierte die Nachrichtensprecherin lakonisch. *Was will man machen*, schien ihr Lächeln zu sagen. Für mich aber waren es keine Rätsel.

Da waren Agenten am Werk, dachte ich grimmig. Der schnellste Weg, um auf der Erde in digitaler Form von A nach B zu gelangen, führte durch unsere Technik. Vielleicht kam es deshalb zu den Ausfällen. Und die Vermisstmeldungen? Gut möglich, dass der Schwarm bereits Hirnströme sammelte. Oder es handelte sich um weitere Tests. Oder um Unfälle. Vielleicht waren auch biologische Destruktorcodes versehentlich zu früh ausgelöst worden.

»Das passiert gerade wirklich«, sagte ich laut.

Ich schaltete den Fernseher aus, stand auf und warf mich im Nebenzimmer auf Mums ungemachtes Bett. Es dauerte nicht lange, ehe ich in einen tiefen, traumlosen Schlaf abdriftete.

Gegen fünf Uhr morgens schreckte ich hoch: Mums Smartphone hatte vibriert. Ich angelte nach dem Gerät und warf einen Blick auf den Bildschirm. Nur eine Benachrichtigung von irgendeinem dummen Spiel, das sie spielte. Allerdings war das Handy jetzt aufgeladen und zeigte mir eine ganze Liste unbeantworteter Anrufe an. Dad hatte zig Mal versucht, Mum zu erreichen. Außerdem Araminta Pearce von der Cybersecurity und ein paar Freunde aus unserer Straße. Mum hatte Nachrichten an einige Kollegen am Jodrell-Bank-Radioobservatorium geschrieben und gefragt, ob bei ihnen alles in Ordnung sei und wieso plötzlich alle »an dem Quantencomputer rumfrickeln« müssten und für andere Arbeiten nicht mehr zur Verfügung stünden.

Ihre letzte Mail ging vor drei Tagen an ihre Chefin: *Jetzt werde ich also endlich auch in den heiligen QC-Masterplan eingeweiht! Laufen ja auch sonst keine Projekte mehr. Können wir kurz drüber sprechen, wenn ich im Büro bin? Danke, L.*

Vielleicht war Mum kurzzeitig in eins der Apartments gezogen, die ihr Arbeitgeber zur Verfügung stellte und die normalerweise für Besucher aus Übersee reserviert waren? Neue Schuldgefühle übermannten mich: Bestimmt war es einfach zu viel für sie gewesen, ohne ihren Sohn hier in dem Haus wohnen zu bleiben. Aber warum hatte sie ihr Handy nicht mitgenommen?

»QC-Masterplan«, murmelte ich halblaut vor mich hin. »QC steht garantiert für Quantencomputer, oder?«

Was das war, wusste ich allerdings nicht, und eine schnelle Suche im Web brachte meine grauen Zellen zum Rauchen. Ich verstand, dass Quantencomputer megaschnell komplexe Rechenoperationen durchführen konnten, mit denen normale Prozessoren überfordert waren.

Aber wieso brauchte man so ein Ding für ein Radioteleskop?

Ich rief bei Mums Arbeitsstelle an. Klar, es war noch frühmorgens, aber ich wusste, dass es dort auch eine Nachtschicht gab. Trotzdem ging niemand ran. Als Nächstes wählte ich die Nummer ihrer Chefin. Keine Antwort. Wobei ich auch nicht damit gerechnet hatte. Die Schreckensmeldungen des Tages spukten mir durch den Kopf. Leute verhielten sich merkwürdig, Mum war weg, neue verrückte Superrechner wurden gebaut – und das alles hatte mit dem Ort zu tun, an dem der Schwarm zum ersten Mal unseren Planeten betreten hatte.

Ich fühlte mich hundsmiserabel und allein. *Oh, Jam,* dachte ich elend. *Warum bist du nicht hier? Mit dir könnte ich drüber reden.*

Dann fiel mir etwas ein. Adi hatte sich auf einem USB-Stick in die Welt geschlichen und war von dort aus ins WLAN eingedrungen. Was, wenn sich ein Teil von Jamila immer noch auf der SIM-Karte aus dem zerstörten Bodyprinter befand?

Mit schweißnassen Händen tauschte ich Mums SIM-Karte gegen Jamilas aus. Mein Herz klopfte mir bis zum Hals, während ich auf ein Zeichen wartete, dass meine beste Freundin irgendwo da draußen war.

Doch worauf genau hoffte ich eigentlich? Was, wenn »da draußen« nur ein Schatten ihres früheren Selbst überdauerte? Was, wenn in dem Chip nur eine leblose Aufnahme von Jamila weiterexistierte, die mir irgendwelche zufälligen Wörter schickte? Meine Fantasie ging mit mir durch. Ich legte das Handy beiseite.

Allmählich ging die Sonne auf. Keine Nachricht von Jamila.

Gegen acht Uhr beschloss ich, in mein Zimmer zurückzuschleichen und die Playstation anzuwerfen. Zocken war das Einzige, was half, um die Gedankenmaschine in meinem Kopf anzuhalten und alles um mich herum für eine Weile zu vergessen. Mit einem beruhigenden Surren setzte sich der Lüfter der Konsole in Gang, während ich darauf wartete, dass *Breakout Saturn* lud. Jam mochte nicht mehr bei mir sein, aber auf Captain Maxima Layne, furchtlose Königin der Kosmonauten, war Verlass. Wenn ich sie brauchte, war sie da. Und gerade hatte ich das dringende Bedürfnis, mich ein paar fiesen Spidroids zu stellen. Captain Max salutierte, stürzte sich ins Getümmel und machte Spinnentieren links und rechts von ihr den Garaus. Es war die reinste Therapiesitzung. Außerdem fühlte ich mich Jamila auf diese Weise näher, wo auch immer sie im Moment war.

Bis der Bildschirm mitten in einer von Maximas Attacken plötzlich einfror. »Heilige Makkaroni«, entfuhr es mir.

Da verschränkte Maxima Layne die Arme und bedachte mich mit einem strengen Blick aus schmalen Augenschlitzen. »He!«, sagte sie, blies eine Atemwolke aus und pustete ihre Gegner damit um. »Das ist mein Spruch, Dannyboy.«

Vor Schreck ließ ich den Controller fallen.

Maxima bewegte sich trotzdem weiter.

»Danke, dass du mich ins WLAN gelassen hast«, sagte sie. »Ich nehme an, so hat Adi es auch gemacht.«

»Jam?«, flüsterte ich mit rasendem Herzen. »Jamila, bist du es wirklich?«

»Ziemlich sicher«, gab sie zurück. »Ich bin hergekommen, weil –«

»Weil – warum auch nicht«, lachte ich und legte beide Hände an den Bildschirm. »O Mann, Jam, ich dachte … Warte.« Panisch sah ich an mir herunter. »Du kannst nicht aus dem Fernseher rausgucken, oder?«

»Natürlich nicht. Das kann Maxima schließlich auch nicht. Wieso? Sitzt du nur in Unterhose in deinem Zimmer rum?«

»Äh, nö«, log ich. »Oh, Jam, ich bin so froh, deine Stimme zu hören. Ich dachte, ich hätte dich verloren. Aber du lebst!«

»Ich spreche aus dem Mund einer Videospielfigur zu dir, von daher: Nein, ich lebe nicht. Und verloren hast du mich sehr wohl. Ich weiß noch, dass Adi, du und ich durchs Weltall gedüst sind, aber dann hört auf einmal alles auf.« Jamila schwieg einen Augenblick. Maxima blickte so traurig aus der Wäsche wie ein begossener Cartoon-Pudel. Über ihrem Kopf bildete sich eine kleine schwarze Wolke. »Ich bin nur noch Code. Ein Haufen Daten, sonst nichts. Hast du eine Ahnung, wie schwer es ist, den Überblick über sich selbst zu behalten, wenn man nur noch aus Einsen und Nullen besteht? Deshalb bin ich hier reingekommen – weil ich mich in diesem Spiel auskenne. Hier verstehe ich, was passiert.«

Das leuchtete mir ein. »Maxima war immer schon dein Avatar.«

»Da draußen … Da draußen ist es wie in –« Jamila, oder vielleicht sollte ich besser Jamaxima sagen, erschauderte. »Kennst du *Chaos im Netz*?«

»Klar, das ist dieser Animationsfilm.«

»Ungefähr so habe ich mir das Internet immer vorgestellt. Ein Ort, an den man reisen kann. Schrill, bunt und lustig. Stellt sich raus: So ist es nicht.« Sie kam näher an die Bildschirmscheibe. »Stattdessen herrschen hier nur Dunkelheit und Daten. Es fühlt sich an, als wärst du ein Tropfen Wasser in einem Ozean so groß wie Jupiter, und Jupiter ist gerade explodiert. Als stündest du mit verbundenen Augen auf der Autobahn und hundert Tornados wirbeln auf dich zu. Jede Sekunde könntest du von einem Lkw erfasst oder weggeblasen werden. Es ist –«

»Ich verstehe, was du meinst«, versuchte ich sie zu beruhigen. »Du steckst im Internet fest, und das ist verrückt und einfach nur falsch.«

»Das kannst du laut sagen«, seufzte Jamaxima. »Nicht mal die Cookies schmecken gut.«

»Wir müssen Adi finden«, sagte ich. »Sie weiß bestimmt, was zu tun ist.«

»Ist sie denn nicht bei dir?«

»Wir haben uns gestritten.« Ich zog die Mundwinkel nach unten. »Wegen dir.«

»Na toll«, sagte Jamaxima. »Ist das jetzt meine Schuld, oder was?«

»Nein. Es ist nur –« Ich seufzte. »Ach, Jam. Alles ist verkorkst und ich weiß nicht, was ich tun soll.«

Jamaxima hob die Hand. »Das verstehe ich. Aber ich glaube, ich kann herausfinden, wo Adi ist.«

»Willst du jetzt quer durchs Internet reisen, um sie aufzuspüren?«

»Da draußen ist mehr als nur das Internet«, sagte Jamaxima. »Da ich Adis Schaltkreise benutzt habe, kann ich jetzt wohl auch im Schwarmnetzwerk zuhören. Der Schwarm … O Gott, Danny, das ist so krass. Er hat sich inzwischen so gut wie überall ausgebreitet.«

Mein Mund wurde auf einen Schlag ganz trocken.

»Das Ganze sieht aus wie ein leuchtendes Wegenetz, das kabellos zu so ziemlich allen Telefonen, Laptops, PCs, Konsolen und sogar Autos führt. Sämtliche Kommunikationswege auf der Erde sind davon betroffen. Der Schwarm hört mit. An jedem Ort.«

»Das also haben die Agenten in unserer Abwesenheit getrieben«, erkannte ich.

»Jep«, sagte Jamaxima. »Was, meinst du, wird Adi deswegen unternehmen?«

»Nichts«, sagte ich verbittert. »Sie ist am Feiern, solange sie noch kann. Adi kommt nicht zurück.«

»Sie muss. Wenn nicht, dann stecke ich hier für immer fest.« Jamaxima sah auf ihre gerenderten Füße.

Ich legte die Hand an den Fernsehbildschirm.

»Danny.« Sie sah mich alarmiert an. Die Playstation surrte lauter, der Arbeitsspeicher arbeitete auf Hochtouren. »Danny, schnell. Es kommt jemand. Zwei Autos nähern sich. Bei beiden ist deine Adresse ins Navi eingegeben. Das könnten Agenten sein. Du musst abhauen.«

»Was?« Ich hastete ans Fenster, warf einen schnellen Blick auf die Straße und fluchte. Ein eleganter schwarzer Wagen hielt am Bordstein.

Die Autotür schwang auf und Doktor Pearce stieg aus. Sie trug noch immer ihren Schutzanzug, wenn auch inzwischen ohne Helm. Drei ihrer Mitarbeiter hatte sie im Schlepptau, die ebenfalls von Kopf bis Fuß mit schwarzen Plastikanzügen bekleidet waren. Alle vier starrten den kurzen Fußweg zu unserer Eingangstür hinauf.

»Das sind keine Agenten, Jamila«, sagte ich, während

ich in aller Eile in meine Jeans stieg. »Das ist die Cybersecurity. Die hätten mich vorhin schon fast geschnappt. Ich muss hier weg, aber ich nehme Mums Handy mit. Schlüpfst du zurück in die SIM-Karte? Dann nehme ich dich mit.«

Jamaxima setzte zu einer Antwort an, aber ehe sie auch nur ein Wort über die Lippen brachte, wurde der Bildschirm schwarz und die Steckdose schlug Funken. Die Konsole summte nicht mehr, sondern stotterte.

Von unten ertönte das splitternde Geräusch einer berstenden Eingangstür. Meine Wut darüber, dass Pearces Leute es wagen konnten, einfach in unser Haus einzubrechen, wich blankem Entsetzen. Ich schob das Smartphone in meine Hosentasche, rannte quer durch den Flur ins Bad und verriegelte hinter mir die Tür. Dann machte ich mich an unserem Schiebefenster zu schaffen, aber das verdammte Ding ging einfach nicht auf. Gerade als ich den metallenen Badmülleimer nehmen und damit die Milchglasscheibe einschlagen wollte, ließ sich der Hebel doch noch umlegen. Umständlich schob ich das Fenster auf.

Von unten starrten zwei von Pearces Leuten zu mir herauf.

Mit sinkendem Mut wandte ich mich ab. In der Sekunde wurde die Badezimmertür aufgetreten. Der Riegel splitterte vom Rahmen ab. Ein Mann und eine Frau betraten das Bad, hielten mich fest und zwangen mich in die Knie.

»Loslassen«, rief ich und versuchte, mich aus ihrem eisernen Griff zu befreien. »Das dürfen Sie nicht.«

Auf dem Treppenabsatz stand Doktor Pearce. Sie legte den Kopf schief. »Du kommst jetzt mit, Danny Munday«, sagte sie. Ihre Stimme war ausdruckslos, roboterhaft. »In den Schwarm.«

»Nein, bitte nicht«, bettelte ich. »Was will der Schwarm denn von mir? Warum?«

»In den Schwarm«, wiederholte Pearce.

»Arbeiten Sie für die?« Ich wand und wehrte mich noch heftiger. »Hat der Schwarm Sie alle unter seine Kontrolle gebracht?«

»In den Schwarm«, sagte Pearce. Ihre Augen waren wie dunkle Löcher in einem leeren Schädel. »Du kommst mit in den Schwarm.«

18. DIE GEFAHR IN MIR

Mums Arbeitsplatz hatte ich nur ein einziges Mal besucht. Das war bereits ein paar Jahre her. An dem Tag hatte ich erhöhte Temperatur und konnte nicht zur Schule, aber auf die Schnelle war kein Babysitter aufzutreiben gewesen. Erst wollte ich überhaupt nicht mit. Aber Mum schleifte mich hin. Nach kurzer Zeit fühlte ich mich wieder halbwegs fit. Die Leute am Radioobservatorium waren total nett zu mir und führten mir sogar vor, wie das Lovell-Teleskop funktionierte. Ich weiß noch, wie überwältigt ich von seiner schieren Größe war. Als würden die stählernen Träger dem Himmel eine riesige, umgedrehte Napfschnecke entgegenstrecken. Obwohl es bereits verhältnismäßig lange seinen Dienst tat, war es laut meiner Mutter noch immer eines der größten lenkbaren Radioteleskope der Welt. Seit über fünfzig Jahren lauschte es auf jedes noch so schwache Signal aus dem All.

Mit mindestens ebenso großem Widerwillen wie beim ersten Mal war ich nun also erneut unterwegs zu Mums Arbeitsstelle. Damals hatte man mich einem Kollegen aufgehalst, der zu mir meinte: »Vielleicht entpuppst du dich als ebenso brillant wie deine Mutter und arbeitest eines Tages selbst hier, wer weiß.« Diesen Satz wiederholte er im Laufe des Tages mehrfach und mit jedem Mal wirkte es unbeholfener. Vermutlich war ihm nichts anderes eingefallen, worüber er mit mir reden konnte.

Doktor Pearce hatte offensichtlich dasselbe Problem. Wir saßen nebeneinander auf dem Rücksitz und als ihr Wagen die Eingangsschleusen passierte, murmelte sie wieder und wieder: »Du kommst jetzt mit in den Schwarm. Du kommst jetzt mit in den Schwarm.«

Was wollten die von mir?

Der Schwarm, so viel hatte ich begriffen, kontrollierte Doktor Pearces Verstand und folglich all ihre Handlungen. Dass das möglich war, wusste ich spätestens, seit ich die ganzen Büroangestellten dazu gezwungen hatte, für mich nach den Drohnen Ausschau zu halten. Adi hatte zwar behauptet, das menschliche Gehirn sei »zu unergründlich«, um sich fremdsteuern zu lassen. Aber um zu kapieren, dass das eine weitere Lüge war, brauchte ich keinen so hohen IQ wie meine Mum. Ich nahm an, dass der Schwarm in der Lagerhalle nach Adi gesucht und dort die bewusstlose Pearce samt Team vorgefunden hatte – optimale Kandidaten für die sofortige Versklavung. Man musste kein Genie sein, um dahinterzukommen, dass Mums Arbeitsplatz dem Schwarm jetzt als Basis diente. Der Ort, an dem die erste Kundschafterin die Erde betreten hatte. Perfekt. Eines von vielen, miteinander verbundenen Radioteleskopen auf dem ganzen Planeten. Wie ein Mini-Internet mit Verbindung zum Weltall.

Etwas sagte mir, dass mich meine heutigen Begleiter bestimmt nicht herumführen würden. Ich schwitzte am ganzen Körper. So nervös war ich noch nie gewesen – ich fühlte mich, als hätte ich hohes Fieber. Als ich sah, dass die große Teleskopschüssel nicht mehr zu den Sternen zeigte, sondern genau wie auf den Fotos in meinem Newsfeed und bei Dad in Hawaii nach unten, wurde aus meinen düsteren Vorahnungen schreckliche Gewissheit.

Was war hier im Gange?

Was hatte der Schwarm mit mir vor?

Der Wagen hielt vor einem Teil des Gebäudekomplexes, den ich noch nie betreten hatte. Von einem weißen Vordach hingen dicke, durchsichtige Plastikstreifen herab, so als wäre eine hochansteckende Krankheit ausgebrochen und hier befände sich die Quarantänezone. Ein Schild mit einem Pfeil wies den Weg zum REINRAUM. Ich wusste, dass damit ein Labor gemeint war, in dem an Präzisionstechnik gearbeitet wurde und wo die Luft keinen Staub oder sonstige Partikel enthalten durfte.

Ich sah Pearce an. »Hat der Schwarm hier seinen Quantencomputer?« Das war gut geraten, fand ich und hoffte, meine scharfsinnige Erkenntnis würde sie wachrütteln.

»Du kommst jetzt mit in den Schwarm«, war jedoch alles, was ihr dazu einfiel. Sie bugsierte mich zum Gebäude.

»Nein, danke«, sagte ich, riss mich los und wollte weglaufen. Doch schon versperrten mir zwei weitere Cybersecurity-Zombies den Weg, drehten mir den Arm auf den Rücken und zwangen mich, durch die Plastikstreifen zu gehen. Dahinter lag eine Art in gelbes Licht getauchtes High-Tech-Wartezimmer.

Mein Herz machte einen Sprung. Dort stand meine Mum! Sie trug, was sie selbst gern als Häschenkostüm bezeichnete: einen Ganzkörperanzug mit passendem Haarnetz. Weitere solcher Anzüge hingen über ihrem Arm.

»Mum«, rief ich, »Hilfe!«

Sie sah mich an, kam auf mich zu und streckte die Hand nach mir aus. Ich versuchte, mich aus dem Klammergriff meiner Häscher zu befreien. Mums Miene blieb vollkommen neutral. Das gelbe Licht warf seltsame Schatten auf ihr Gesicht. Ich erkannte, dass sie mich nicht etwa in den Arm nehmen wollte, sondern mir nur einen der Overalls hinhielt, so als wäre ich ein Angestellter auf dem Weg in den Reinraum. Meine eigene Mutter erkannte mich nicht wieder.

Der Schwarm hatte sie in seinen Fängen. In mir wallte Wut auf. »Wach auf, Mum!«, rief ich. »Ich bin's, Danny.«

Für einen kurzen Moment leuchteten ihre Augen, echte Emotionen huschten über ihr Gesicht. *Sie kommt zu sich*, dachte ich jubelnd. Doch dann rollte eine Welle der Benommenheit über mich hinweg und mir wurde so schwindelig, dass ich in die Knie ging. Was war los mit mir?

Mum sah zu mir hinab, ihre Züge ausdruckslos wie zuvor. »Ziehen Sie den Schutzanzug an«, sagte sie. »Ziehen Sie den Schutzanzug an.«

Zitternd und schwach zog ich mir den Ganzkörperoverall über. Schuhe und Kopfbedeckung waren dabei. Über mir lärmten Ventilatoren, die die Luft säuberten. Mein Herz klopfte so schnell und laut, dass ich ihr Surren kaum wahrnahm.

Sobald ich den Anzug komplett angezogen hatte, trat ein Mann in Schutzausrüstung auf mich zu, fasste mich am Arm und zerrte mich durch eine Doppeltür. Ich erhaschte einen letzten Blick auf Mum und Doktor Pearce, die still nebeneinanderstanden und dem ganzen Vorgang seelenruhig zusahen. Dann schloss sich die Stahltür hinter mir. Ich stand in einer Zugangsschleuse. Lämpchen blinkten Unheil verkündend und durch Düsen in der Wand strömte gereinigte Luft. Der Mann hob meine Arme an, sodass ich von allen Seiten gesäubert werden konnte. Ich wehrte mich nicht mehr.

Was auch immer mich auf der anderen Seite der Schleuse erwartete – es war Zeit, mich der Sache zu stellen. Kalter Schweiß rann mir aus allen Poren. Wozu hatte man mich hierhergebracht? Was erwartete mich?

Mit einem Summen glitt die nächste Tür zur Seite und ein arktischer Windstoß fuhr mir deutlich härter ins Gesicht als die Luftdusche eben. Vor mir lag ein großer, steriler, bläulich-grell ausgeleuchteter Raum. Trockeneisschwaden drifteten über den Boden. Es war klirrend kalt. Mein Blick fiel auf die unzähligen Glaszylinder, die kreisförmig an einer Art Gerüst angebracht waren, das eins zu eins aus einem Science-Fiction-Film hätte stammen können. In ihrem Inneren waberten und blubberten merkwürdige Substanzen.

Jeder Zylinder hing an einer Reihe von Schaltkreisen. Die dünnen, tausendfach miteinander verwobenen Drähte sahen aus wie Spaghetti. Ringsum schimmerte die Luft. Schatten und Formen huschten über die Anlage, nur um Sekunden später aufgesaugt zu werden wie Wasser von einem unsichtbaren Ausguss. Über den Zylindern schwebte eine Kugel aus leuchtender, strudelnder Energie.

Der Anblick ließ mich frösteln – viel mehr noch als die eisigen Temperaturen. Was hatte Adi gesagt? Wir entwickelten Quantencomputer und bündelten die Intelligenz unserer gesamten Zivilisation zu einem einzigen großen Schwarmstock.

»Das muss ein Quantencomputer sein«, flüsterte ich. Mein Atem blieb als Wolke im Raum stehen.

Der Mann packte mich grob an der Schulter und schob mich vorwärts. Mir fielen zwei Kästen ins Auge, die links und rechts der Anlage aufgebaut waren und wie hochkant gestellte Gefriertruhen mit Controllern und Keypads aussahen. Digiscanner, vermutete ich. Das musste der

Ort sein, an den die Agenten Adi und mich nach unserem verlorenen Duell mit ihnen gebracht hatten.

Und ihrer Ansicht nach hatten wir wohl noch eine Rechnung offen.

An der gegenüberliegenden Wand stand ein klobiger PC-Tower. Auf einem schwarzen Monitor blinkten grüne Schriftzeichen. Davor standen zwei stahlgraue Gestalten.

»Hier bin ich«, rief ich ihnen zu. »Und? Was habt ihr jetzt mit mir vor? Wollt ihr mich versklaven? So wie meine Mum und ihre Freunde und –?«

Steifbeinig staksten die Agenten durch die Kühlmittelschwaden auf mich zu und ich verstummte. Genau wie bei dem Kampf in unserer Straße waren es ein Mann und eine Frau. Allerdings waren ihre Gesichter keine bloßen Karikaturen menschlicher Züge mehr. Die beiden wirkten wie Schaufensterpuppen, denen jemand Leben eingehaucht hatte. Die Haut um Mund und Nase saß zu straff, und die Augen flitzten viel zu schnell in ihren Höhlen hin und her. Das hier war die nächste Evolutionsstufe bis hin zum perfekt nachgeahmten Homo sapiens – was den Agenten allerdings keinen echten Vorteil mehr bot, denn schließlich stand die Menschheit kurz vor ihrer Auslöschung. Doch der Schwarm konnte nicht anders: Er lernte dazu, er passte sich an. Brillant, aber seelenlos. Grauenerregend.

»Digiscanner vorbereiten … für Aggressor-Einheit«, ertönte nun die schleppende Stimme des männlichen Agenten.

Sein weiblicher Konterpart trat auf eine der zwei Pseudo-Kühltruhen zu. »Code … vollständig löschen?«

Keiner von beiden holte vor dem Sprechen Luft, sodass eigentümliche Pausen entstanden, wenn sie mitten im Satz ihre Lungen füllen mussten. Es war, als sähe man zwei Maschinen dabei zu, wie sie »lebendig sein« spielten, was in mir denselben Schauder auslöste wie das Geräusch von kratzenden Fingernägeln auf einer Schiefertafel.

»Was ist eine Aggressor-Einheit?« Ich versuchte, das Zittern in meiner Stimme zu verbergen. »Ist das ein Bauteil aus eurem Quantencomputer?«

Als hätte sie mich nicht gehört, fuhr die Frau wortlos fort, auf dem Keypad herumzutippen. Der Mann starrte mich teilnahmslos an.

»Ich weiß, was ihr vorhabt«, startete ich einen weiteren Versuch. »Auf der ganzen Erde habt ihr Telefone, Computer, Tablets und sogar Radioteleskope zu Schwarmempfängern umfunktioniert, habe ich recht?

Ihr saugt unsere Hirnwellen ab, sodass ihr sie in eure bescheuerte Cloud hochladen könnt.« Als wieder keine Reaktion erfolgte, rief ich wütend: »Warum habt ihr mich hierhergebracht?«

»Die Aggressor-Einheit … bist du«, sagte der Mann schließlich.

»Bitte was? Ich soll ein Aggressor sein? Habt ihr sie nicht mehr alle? Ihr habt mich entführt.«

»Du bist … gefährlich«, fuhr er fort. »Du hast die Kundschafterin … korrumpiert. Du predigst … freien Willen und machst Propaganda gegen … den Schwarm.«

»Adi ist auf mich zugekommen«, protestierte ich. »Ich habe nicht darum gebeten, von ihr kontaktiert zu werden, und ich habe ihr auch ganz bestimmt nichts angetan.«

»Du bist … ein Störfaktor. Du trägst Gefahr … in dir.« Die Programmierung des Digiscanners war offenbar abgeschlossen, denn nun wandte sich die Frau mir zu. »Du wirst jetzt … ausgeschlossen.«

Das klang, als hätte ich irgendetwas Schlimmes angestellt und sollte dafür vom Schulunterricht suspendiert werden. »Schön«, sagte ich nervös, »ihr seid sauer, ich hab's kapiert. Aber lasst meine Mum gehen. Ihr braucht sie nicht. Sie ist ein viel größerer Störfaktor als ich.«

»Du hast den Schwarm … bestohlen«, sagte der Mann,

ohne auf meine Forderung einzugehen. »Aus Sicherheitsgründen … schließen wir jedes Risiko aus, dass du … noch weitere Schwarmmitglieder … kontaminierst.«

»Ich habe nichts geklaut«, stritt ich seine Anschuldigung mit wachsender Panik ab. »Aber gut, ich halte mich von euch fern, ja? Ich verspreche es.«

»Versprechen sind … bedeutungslos.« Der Agent öffnete die Tür ins dunkelrote Innere des Digiscanners. »Unsere Wächter … haben entschieden, dass dein Verstand gelöscht … und dein Körper dekonstruiert wird.«

»Deine Existenz … wird beendet.« Kein Funken Emotion sprach aus der Stimme der Agentin. Trotz der Straßenschlacht, die Adi und ich uns mit ihresgleichen geliefert hatten, war meine geplante Eliminierung für sie kein persönlicher Racheakt, sondern einfach Fakt. »Keine Spur von … Danny Munday … darf in den Menschenschwarm … einfließen.«

Der Sicherheitsmann hinter mir verstärkte seinen Griff um meine Schulter und schob mich auf den Digiscanner zu. »Bitte nicht«, flehte ich und versuchte mich freizukämpfen – ein aussichtloses Unterfangen. »Ich habe nichts getan«, wimmerte ich.

»In dem Fall … dürfte dich die Menschheit … wohl kaum vermissen«, sagte der Agent, »nicht wahr?«

Mit jedem Schritt, den ich näher an den Digiscanner gedrängt wurde, leuchtete er röter und röter. Als es dem Mann gelang, mich hineinzubugsieren, schien der Scanner regelrecht zu lodern. »Nein!«, schrie ich, so laut ich konnte. Wenn meine Mum mich doch nur hören und die Agenten aufhalten würde! Doch sie war machtlos.

Wir alle waren machtlos.

19. WELTUNTERGANG

Als die Agenten versuchten, hinter mir die Tür des Digiscanners zuzuschieben, trat ich wild um mich und schrie: »Lasst mich hier raus!« Hätte ich mich vorhin doch nur richtig losgerissen. Mehr als alles andere wünschte ich mir, wieder draußen im Freien zu sein.

Plötzlich wurde mir heiß und schwindlig, genau wie eben im Vorraum, als es für einen Sekundenbruchteil so schien, als könnte Mum meine beschwörenden Gedanken lesen und aus ihrer Trance erwachen.

Und dann, als die Tür des Scanners hinter mir einrastete und mich das Adrenalin durchfuhr wie eine niedersausende Spitzhacke, war ich plötzlich draußen. Mein Häschenkostüm war verschwunden. Zitternd, benommen und mit schmerzenden Muskeln wie nach einem Marathonlauf stand ich vor dem Tor, hinter dem der Sicherheitsbereich begann und durch das wir vorhin mit dem Auto gekommen waren.

Irgendwie hatte ich es geschafft, mich aus dem Versteck des Schwarms, ja, aus dem ganzen Gebäude herauszuteleportieren. Gerade so, als wäre ich Adi.

Energene. Die Erkenntnis traf mich wie ein Schlag: Ich besaß wirklich dieselbe Fähigkeit wie sie. Die Menschwerdung in ihrem Bodyprinter hatte mich offensichtlich verändert – und mir Superkräfte verliehen.

Der Agent sagt, ich hätte den Schwarm bestohlen und würde »Gefahr in mir« tragen, überlegte ich. *Damit kann er nur Energene gemeint haben.*

Eine Vorahnung beschlich mich. Ich erinnerte mich noch genau an das Gefühl, Adis Superphone in der Hand zu halten: eine Mischung aus Angst, Staunen und Machtgier. Jetzt schien es ganz so, als könnte ich erneut die Welt verbiegen und verändern – nur eben dieses Mal ganz ohne Adis Zutun.

Cool, dachte ich.

Aus dem Augenwinkel nahm ich eine Bewegung wahr. Ein weiterer Securitymann kam um die Ecke gestolpert. In der Hand trug er einen Schlagstock. Er war hager, beinahe ausgemergelt. Seine Uniform schlackerte und er sah aus, als habe er seit Tagen nichts gegessen. Er verlor kein Wort und auch sein Blick war leer. Ein Sklave, dem man seine eigenen Gedanken geraubt hatte. Vermutlich war er darauf abgerichtet worden, alles und jeden anzugreifen, der ihm zu nahe kam.

Mit mir war allerdings in diesem Moment auch nicht zu spaßen. Und ich hatte jede Menge Energene!

Der Mann holte mit dem Knüppel aus und versuchte, mich am Kopf zu treffen. Gleichzeitig wollte ich meinen Angreifer von mir wegstoßen. Doch noch ehe ich ihn berühren konnte, flog er bereits rückwärts durch die Luft, als sei ich Luke Skywalker und hätte soeben die Macht benutzt. Er landete zwischen ein paar Müllcontainern und blieb reglos liegen.

»O Gott, bitte mach, dass er nicht tot ist.« Geschockt taumelte ich auf ihn zu, wobei meine Arme und Beine unangenehm kribbelten. Der Mann atmete noch, war aber bewusstlos.

Mit einer Mischung aus Benommenheit und Erleichterung sah ich auf ihn hinab. Aggressor-Einheit. Jap, dieser Bezeichnung hatte ich soeben alle Ehre gemacht.

Ich verspürte einen Nervenkitzel. Der Schwarm wusste garantiert von den Energenen. Deshalb also hatten sie sich die Mühe gemacht, mir Doktor Pearce auf den Hals zu hetzen. Um mich aufzuhalten und sich ihre Superpower zurückzuholen.

Denk nach, befahl ich mir selbst. *Was kannst du als Nächs-*

tes tun? Vielleicht wähnten mich die Agenten noch immer in ihrem Digiscanner? Ob ich sie wohl mit einem Überraschungsangriff ausschalten konnte?

Nein. Die Idee war zum Scheitern verurteilt. Ich erinnerte mich daran, wie mühelos sie Adis Attacken gekontert hatten, obwohl sie alle Register zog. Ich hatte keine Chance.

Also checkte ich Mums Handy. Keine Nachricht von Jamila. Ich war auf mich allein gestellt.

Vielleicht kann ich Mum aus dem Bann des Schwarms befreien, dachte ich. *Das hatte beim ersten Versuch ja immerhin fast geklappt.*

Aber dazu musste ich zurück in die Höhle des Löwen. Und von dort kamen mir Doktor Pearce und ihre Mannschaft – zwei Männer und zwei Frauen – bereits entgegengehastet. Die Cybersecurity-Chefin sowie einer der Männer trugen Pistolen, die anderen schwangen ihre Ghostbuster-Ausrüstung.

»Stopp!«, befahl ich ihnen. »Schaltet euren Verstand ein. Schluss mit dem willenlosen Gehorsam.« Doch die Gruppe verlangsamte nicht einmal ihre Schritte. Gewisse Fähigkeiten mochte ich zwar besitzen, aber die Konditionierung durch den Schwarm war dann doch zu stark, als dass ich sie hätte durchbrechen können.

Also tat ich dasselbe wie damals mit Adis Superphone: Ich stellte mir ein Ergebnis vor, »würfelte« und erzwang es. Wie in einem Virtual-Reality-Spiel, nur eben ohne VR-Brille. Solange ich mir nur schlichte, einfache Dinge wünschte, funktionierte die echte Welt wie eine virtuelle Umgebung. Ich konzentrierte mich auf die Vorstellung, Waffen und Ausrüstung würden schmelzen – und es geschah. Das hatte allerdings zur Folge, dass mein Gehirn Feuer fing – so fühlte es sich jedenfalls an. Ein stechender Schmerz fuhr mir durch alle Glieder, wie Zahnweh, aber am ganzen Körper. Ich schnappte nach Luft und wich unwillkürlich mehrere Schritte zurück.

Einer von Pearces Lakaien stürmte auf mich zu. Von seiner halb geschmolzenen Pistole tropfte das Metall wie Eis aus einer vergessenen Waffel. Er feuerte sie ab, doch weil die Kugel den Lauf nicht verlassen konnte, explodierte ihm die Waffe in der Hand. Jaulend ging er zu Boden. Ich ignorierte die in mir aufsteigende Übelkeit, schnippte auch Pearces Waffe weg und ließ ihre Schuhsohlen mit dem Asphalt verschmelzen. *Ich schaffe das*, betete ich mir vor, und atmete tief ein und aus. *Jetzt nur nicht die Kontrolle verlieren.* Als die letzten drei Schwarm-Marionetten zum Angriff ansetzten, stellte ich mir vor, ihre Rucksäcke seien mit ultraschweren Steinen gefüllt.

Die Schwerkraft tat das ihre. Meine Angreifer kippten rückwärts um und da sie sich so schnell nicht aus den Rucksackträgern befreien konnten, blieben sie strampelnd auf dem Rücken liegen wie umgefallene Insekten.

Der Schmerz nahm ab. *Als Aggressor-Einheit lebt es sich eigentlich ganz gut,* dachte ich. Dann klappten mir plötzlich die Knie weg. Meine Waden krampften. Es fühlte sich an, als schlügen zwei riesige Adler ihre Krallen in meine Beine. In mir breitete sich eine entsetzliche Hitze aus. Hilflos rollte ich mich auf dem Asphalt hin und her.

Die Morgensonne blendete mich, aber dennoch nahm ich deutlich die Gestalt wahr, die sich über mich beugte und mir sogleich an die Kehle ging. »Nein«, rief ich und versuchte, den Angreifer abzuwehren.

Die Gestalt wich zurück, doch wenige Sekunden später packte sie mich bei den Schultern.

Dann wurde mir schwarz vor Augen.

Als ich die Augen wieder aufschlug, hatte ich keine Ahnung, wo ich mich befand. Ich wollte mich bewegen, doch bei dem geringsten Versuch knackten meine Knochen wie Stöckchen in einem lodernden Lagerfeuer. Mir war nicht mehr heiß, sondern kalt. Die Luft roch feucht und moderig. In meinem Blickfeld befanden sich lediglich eine nackte Wand und flackernde Neonröhren an einer niedrigen Betondecke.

Ich bin im Gefängnis, dachte ich. *Der Schwarm hat mich geschnappt*.

Die Angst packte mich. Ich versuchte aufzustehen. Doch eine Hand auf meinem Brustkorb presste mich nach unten und hinderte mich daran.

»Mach langsam, Danny.« Über mir tauchte Adis Gesicht auf. Sie sah mich aufmerksam an. »Energene haben in deinem Körper nichts verloren. Als du ausgedruckt wurdest, ist wohl ein Übersetzungsfehler passiert. Die Energie wird sich nach und nach von selbst auflösen, aber bis dahin darfst du sie nur vorsichtig freisetzen.«

»Adi?« Ich starrte sie an. Konnte ich meinen Sinnen noch trauen oder würde sie jeden Moment verschwinden? »Bist du … wegen mir zurückgekommen?«

»Nee, in einem alten Atombunker aus den 80ern rumzusitzen, stand schon immer auf meiner Wunschliste von Dingen, die ich unbedingt einmal erleben will.« Sie grinste, dann fügte sie hinzu: »Lol.«

»Ja, alles klar«, murmelte ich. »Du musst nicht gleich sarkastisch werden.« Träumte ich vielleicht? Ich sah mich um. Haufenweise klobiges Equipment, vergilbte Karten an mit Spinnweben überzogenen Pinnwänden. »Von was für einem Bunker redest du? Wo sind wir hier?«

»Am Jodrell-Bank-Observatorium, keine fünfhundert Meter vom Quantencomputer des Schwarms entfernt«, antwortete Adi. »Keine Sorge, wir sind in Sicherheit. Von den Mitarbeitern weiß niemand, dass es diese alte Anlage gibt, deshalb wird sie auch nicht bewacht. Und den Agenten wird nicht einfallen, hier nachzusehen.«

»Die werden mich suchen. Ich bin ihnen durch die Lappen gegangen.« Das Nachdenken fühlte sich immer noch zäh an, so als bewegten sich meine Gedanken in Zeitlupe, also konzentrierte ich mich erst mal aufs Naheliegende. »Wozu brauchen Wissenschaftler einen Atombunker?«

»Das Militär hat das Radioobservatorium damals unter der Voraussetzung mitfinanziert, dass es zur Weltraumüberwachung genutzt werden konnte. Man wollte aufsteigende Interkontinentalraketen frühzeitig erkennen können. In den 1950ern entstand daher dieser geheime Bunker, aber nach dem Kalten Krieg zwischen euren Supermächten wurde er nicht mehr viel genutzt. Hier ist seit zwanzig Jahren niemand mehr gewesen.«

»Du hast deine Hausaufgaben gemacht.« Ich beäugte Adi misstrauisch.

»Nicht wirklich«, gab sie zurück. »Ich habe Jamila gefragt.«

»Du hast – bitte was?« Ich setzte mich kerzengerade auf. Erst jetzt bemerkte ich eine lange Konsole, die so aussah, als sei sie einem Science-Fiction-Film aus einer Zeit entsprungen, in der kein Computerterminal ohne Schalter, Regler, Magnettonbänder und blinkende Lämpchen auskam. Zwei alte Schwarz-Weiß-Bildschirme waren integriert und von beiden blickte mir Jamilas Gesicht entgegen.

»Jam«, entfuhr es mir.

Sie steckte immer noch in ihrem Maxima-Layne-Outfit und salutierte halbherzig. »Die Infos über den Bunker waren nicht öffentlich«, sagte sie. »Adi hat mir geholfen, mich in den lokalen Server zu hacken.«

»Fantastisch.« Ich kroch auf sie zu. »Du hast Adi online gefunden.«

»Ja, na ja. Das war nicht besonders schwer.« Jamilas Stimme klang hohl. Die Lautsprecher rauschten. »Jemand hatte unter dem Namen ›Adi Munday‹ ein Konto eröffnet, zehn Milliarden Dollar eingezahlt, ein Erste-Klasse-Ticket nach Manhattan und eine Dreißigtausend-Dollar-Suite im Plaza-Hotel gebucht, dann offensichtlich die Reise platzen lassen und vierzig Mäuse für Frankies

Pizza bei uns ums Eck springen lassen. Ich so: *Hmm, wer könnte das wohl sein?*«

Ich wandte mich an Adi. »Im Ernst?«

Diese zuckte mit den Schultern. »Frankies Pizza schmeckt halt lecker.«

»Ja. Tut sie. Frankie rockt.« Ich suchte nach den richtigen Worten. »Äh, Adi Munday also? Bist du jetzt neuerdings meine Schwester?«

Jamilas digitales Feixen war nicht zu überhören. »Oder deine Frau.«

»Wie auch immer«, sagte ich schnell. »Jedenfalls danke, dass du deine Träume aufgibst, um uns zu helfen.«

»Irgendwie … hat was gefehlt«, sinnierte Adi. »Die Aussicht aus dem Flugzeug auf euren Planeten bei Nacht war wunderschön, weißt du? Die vielen kleinen Lichter … Ich wollte nicht, dass sie für immer ausgehen. Und die Pizza von Frankie war zwar lecker, aber irgendwie hat sie trotzdem besser geschmeckt, als wir sie uns geteilt –«

»Ja, ja, schon klar«, unterbrach Jamila sie. »Liebe ist das größte Abenteuer von allen, wahre Freunde tanzen mit dir durch den Regen, statt auf die Sonne zu warten, bla, bla, bla. Euer Wiedersehen ist ja echt süß, aber können wir die Sache bitte etwas beschleunigen? Ende der Welt und so.«

»Unbedingt«, flüsterte ich matt.

»Außerdem ist es kein bisschen witzig, im Internet festzustecken. Im Schwarm war's wenigstens noch sauber und ordentlich. Da herrschte Struktur. Aber hier drinnen? Ürks. Das reinste Code-Chaos. Alles ist wirr und durcheinander. Dreckig. Gefährlich. Ich schwöre, ich werde hier demnächst korrumpiert oder fange mir einen Virus ein.«

»Einen Virus?« Adi horchte auf. Offenbar reagierte sie allergisch auf das Wort. »Korrumpiert?«

»Ja, oder beides gleichzeitig.«

»Wir holen dich da raus«, beeilte ich mich zu sagen. »Adi, kannst du ihr einen neuen Bodyprinter bauen?«

»Dafür bleibt nicht genug Zeit«, erwiderte sie. »Der Schwarm ist mit seinen Vorbereitungen schon zu weit.«

»Sie versucht seit einer Weile, sich aus der Ferne in das Quantencomputerding zu hacken«, weihte mich Jamila ein, »aber bislang ohne Erfolg.«

Ich beäugte die klobige Konsole, in der meine beste Freundin steckte. »Hat das Ding überhaupt Internet? Oder musst du es erst ankurbeln?«

»Die Netzwerkverbindung war superlangsam und die Software rettungslos veraltet«, sagte Jamila. »Deshalb dachte der Schwarm wohl auch, die Geräte seien nutzlos, und hat sie hier liegen lassen.«

»Wir werden also nicht ausspioniert?«, fragte ich, um sicherzugehen.

»Hier drinnen nicht. Adi hat das Gateway ausgebessert. Trotzdem sind hier noch alle möglichen beschädigten Daten und Viren, die meinen Code auffressen können wie Ratten eine Wasserleiche.«

»Wie schön«, sagte ich, »und dafür bist du neuerdings die Expertin, oder was?«

Jamila warf mir durch die Bildschirme hindurch einen stechenden Blick zu. »Willkommen in meinem Leben, Dannyboy.«

»Wie wäre es denn, wenn du dich von hier aus in den Quantencomputer hackst und dem Schwarm das Handwerk legst?«, überlegte ich.

»Vergiss es«, sagte Jamila.

»Wieso?«

»Weil der Quantencomputer auf einem ganz anderen Level arbeitet und eure Technik an ihre Grenzen bringt«, sagte Adi. »Wir sprechen hier von Hunderttausenden Qubits, die gebraucht werden, um die Hirnströme jedes einzelnen Menschen zu extrahieren und zu verarbeiten.«

»Wenn die Hirnströme in eure Cloud hochgeladen sind, löst das die Destruktorcodes aus, stimmt's?«

Adi nickte.

»Du weißt ja, dass der Digiscanner unsere Körper vor der Reise in den Schwarm Zelle für Zelle dekonstruiert hat«, schaltete sich Jamila ein. »Dasselbe Schicksal erwartet jetzt die komplette Menschheit.«

Ich starrte die flackernde Jamila auf den uralten Monitoren an. Die Fernsehnachrichten fielen mir wieder ein. »Es hat schon begonnen, oder?«

»Das waren isolierte Fälle. Solange der Schwarm an der Übernahme eurer Technologie arbeitet, kann der Destruktorcode vereinzelt vorzeitig getriggert werden«, sagte Adi. »Erst wenn der Extrahierungsvorgang abgeschlossen ist, wird die Menschheit in einem Aufwasch entfernt. Auf dem Planeten kann sich dann Wildnis ausbreiten, bis sich zu gegebener Zeit die nächste dominante Spezies herausbildet. Die menschliche Intelligenz geht währenddessen in etwas Größerem auf. Etwas, das weniger … bedeutungslos ist. Im Schwarm trägt jeder etwas bei. Wahre Gleichberechtigung könnt ihr nur an einem Ort erreichen, wo Entscheidungen auf rationaler Logik basieren, frei von Emotionen. Vielleicht wird die Menschheit dort … Frieden finden.«

»Frieden?«, unkte ich. »Das klingt für mich eher wie ein Gefängnis. Ständig muss man tun, was für den Schwarm am besten ist.«

Adi hob die Hände. »Der Schwarm ist nicht mehr oder weniger böse als Wandel an sich. Die Veränderung, die nun unmittelbar bevorsteht, beschert euch Wissen, Macht und gegenseitiges Verständnis – was wollt ihr mehr?«

»Als Hirnstrom vor sich hin zu vegetieren, anstatt in einem Körper aus Fleisch und Blut zu wohnen, das ist, als würde man Pizza bei *Ozanne* bestellen statt bei *Frankie*«, rief ich wütend. »Du glaubst vielleicht, das ergibt Sinn, aber es ist einfach nur falsch. Adi, du warst doch überhaupt nicht glücklich im Schwarm. Du hast alles dafür riskiert, anders zu sein.«

»Stimmt. Aber glücklicher bin ich jetzt auch nicht.« Sie sah niedergeschlagen aus. »Es war dumm von mir, einen Körper zu wollen.«

»War es nicht«, beharrte ich. »Außerdem haben wir bereits unseren eigenen Schwarm, bei uns heißt er nur ›Familie‹.«

Jamila nickte. »Meine Eltern haben mich mit ihren ganzen Regeln schier in den Wahnsinn getrieben. Aber jetzt? O Mann, ich vermisse sie.«

»Ohne sie hast du aber doch unendliche Freiheit«, wunderte sich Adi. »Du musst dich an keine Regeln halten.«

»Ein paar Regeln sind vielleicht gar keine so schlechte Sache«, erwiderte Jamila. »An manche hält man sich lieber, andere bricht man am besten.«

»Außerdem«, schaltete ich mich ein, »hattest du doch ›unendliche Freiheit‹, als du allein aus der Lagerhalle marschiert bist. Hat dich das glücklich gemacht?«

Adi schüttelte den Kopf. »Es war die Freiheit, einsam zu sein«, sagte sie leise, betrübt. »Genau deshalb sage ich ja, dass mein Wunsch dumm war, so sein zu wollen wie ihr. Wenn man Gefühle hat, wird man verletzt. Wenn man liebt, kennt man auch die Angst davor, alles zu verlieren.«

»Ja. Eben. Weil das, was man liebt, die Welt bedeutet.« Ich trat einen Schritt auf sie zu. »Eine ganz wichtige Regel ist: Wenn man es nicht verlieren will, muss man dafür kämpfen. Wir müssen kämpfen.«

»Zusammen«, fügte Jamila von ihren Bildschirmen aus hinzu.

Adi sah erst zu Jamila und dann zu mir. Ein Lächeln umspielte ihre Lippen. »Zusammen«, sagte sie schließlich.

Ich sah ihr in die Augen. »Glaubst du, wir haben eine Chance, den Schwarm aufzuhalten?«

Sie schüttelte den Kopf. »Nicht, wenn wir nicht an den Quantencomputer herankommen. Und der ist viel zu gut bewacht.«

Jamila ächzte. »Irgendeinen Weg muss es doch geben.«

Auf einmal rührte sich der klobige Bunker-PC. Lichter blinkten. Der eingebaute Drucker spuckte grün-weiß gestreiftes Endlospapier aus. Ich warf einen Blick auf die Ziffern, konnte aber nichts damit anfangen.

Adi offenbar schon. »Mist. Uns bleibt weniger Zeit, als ich dachte«, sagte sie und schlang die Arme um sich selbst.

»Wieso?«, fragte ich. »Was steht da?«

»Das Radioteleskop wird neu ausgerichtet«, interpretierte sie die Zahlenreihen, »und zwar auf eine Weltraumregion jenseits der Oortschen Wolke. Außerdem wird es zum Senden statt zum Empfangen konfiguriert.«

Mein Mund fühlte sich trocken an. »Es soll etwas an den Schwarm senden?«

»Das bedeutet, dass die Extraktion der menschlichen Gehirnströme so gut wie abgeschlossen ist«, sagte Adi. »Die Agenten bereiten jetzt alles für den Upload vor.«

»Und wenn sie damit fertig sind, verwandeln sie uns

in ein Häufchen Sand.« Jamila schauderte. »Unsere Familien, unsere Freunde, die ganze Schule, einfach jeden.«

»Das darf nicht passieren.« Ich dachte an meine Mum, die ebenfalls den Quantencomputer beschützte, und schüttelte den Kopf. »Wir brauchen einen Schlachtplan und dann müssen wir da raus und sie aufhalten. Adi, Jam, der Moment ist gekommen.« Ich sah abwechselnd von einer zur anderen. »Entweder wir besiegen den Schwarm – oder der richtig echte Weltuntergang steht uns bevor.«

20. VERTEIDIGER DES BLAUEN PLANETEN

Unseren Schlachtplan schmiedeten wir in Windeseile, im Wettlauf gegen die Zeit. Ob wir wirklich dachten, er könnte funktionieren, weiß ich nicht. Als Verteidiger des Blauen Planeten waren wir nicht gerade die Experten. Aber da der Rest der Welt vom bevorstehenden Ende nichts ahnte, waren wir die Einzigen, die zumindest versuchen konnten, das Unvermeidbare aufzuhalten.

Im alten Atombunker – einer Schutzanlage für den Fall eines Kriegs, der das Leben auf dem gesamten Planeten ausgelöscht hätte, ganz egal, wer als Sieger hervorgegangen wäre – tigerte ich nervös auf und ab. Ich rechnete unserem kuriosen Trio eher schlechte Chancen aus. Eine Außerirdische, ein Teenager und eine künstliche Intelligenz …

»Die Avengers haben nichts an Coolness, was wir nicht auch hätten«, murmelte ich.

Mums Telefon pingte. »Bildersuche nach ›Die Avengers haben nichts an‹«, sagte Siri.

»Nooooo«, brummelte ich. Siri lachte mit Genugtuung. Natürlich war das nicht wirklich die Apple-Assistentin, sondern Jamila, die sich in die App geschleust und das Kommando übernommen hatte.

»Phase eins läuft«, vermeldete sie jetzt. Während sie sprach, wurden ihre Worte auf dem Handybildschirm buchstabiert. »Wir haben die NASA und die Raumfahrtbehörden in Russland, China, Japan, Indien und Europa gehackt. Ich habe Override-Befehle an alle Satelliten geschickt, die groß genug sind, um beim Eintritt in die Erdatmosphäre nicht zu verbrennen.«

»Woah. Du müsstest dich mal reden hören«, sagte ich. »Du klingst wie die Heldin in einem Katastrophenfilm.«

»Ich *bin* die Heldin in einem Katastrophenfilm«, gab Jamila zurück. »Sechsundzwanzig Sonden und Satelliten ändern momentan ihre Laufbahn und werden in Kürze auf das Jodrell-Bank-Radioobservatorium abstürzen. Der erste Einschlag ist in fünf Stunden geplant.«

»Ich hoffe nur, dass Adi recht hatte, was den Schutzschild angeht«, murmelte ich.

Die Idee, das Lowell-Teleskop außer Gefecht zu setzen, sodass der Upload von Milliarden Hirnströmen in den Schwarm fehlschlug, stammte von mir. Gut, klar, jeglicher Schaden, den wir anrichteten, war für die Agenten mit ziemlicher Sicherheit reparabel – aber vielleicht gewannen wir durch die Zerstörung Zeit. Die schlechte Nachricht war, dass Adi rund um das Teleskop und den Quantencomputer einen Schutzschild wahrnahm. Sie war überzeugt, dass die Agenten ihn meinetwegen errichtet hatten, weil sie von meinen Energenen wussten. Wovon der Schwarm hingegen nichts ahnte, war, dass sich auch die von ihnen verstoßene Adi ganz in der Nähe befand.

Unsere Überlegungen waren folgende: Der Schild war stark genug, um Adis Kräften zu trotzen. Deutlich schwieriger dürfte es hingegen sein, das Radioobservatorium vor Trümmerteilen zu schützen, die mit einer Geschwindigkeit von mehreren Tausend Metern pro Sekunde aus dem All herabrasten. Wurde das Lovell-Teleskop von einem noch so kleinen, beim Eintritt in die Atmosphäre nicht verbrannten Brocken getroffen, war von seiner Zerstörung auszugehen. Ein noch stärkeres Kraftfeld konnte der Schwarm nicht errichten, denn das hätte auch die geplante Hirnwellenübertragung behindert. Stattdessen blieb den Agenten nur, die Flugbahn und den Einschlagszeitpunkt jedes einzelnen Projektils zu berechnen und es dann zu vernichten. Das – so unser Plan – würde die Agenten ablenken und ihre Ressourcen fressen, während wir Phase zwei starteten …

Ich hatte ein schlechtes Gewissen, die milliardenschwere Forschungsausrüstung diverser Länder zum Zwecke eines Täuschungsmanövers in die Luft zu jagen, aber verzweifelte Situationen erforderten verzweifelte Maßnahmen.

Dass die Agenten einen Schild errichtet hatten, hieß, dass sie mit einem letzten Aufbäumen ihrer »Aggressor-Einheit« rechneten – und genau das würde ich ihnen liefern. Tat ich, was sie erwarteten, ließen sie sich möglicherweise in Sicherheit wiegen. Wenn sie davon überzeugt waren, dass ich im Alleingang handelte, würden sie keinen Gedanken an Adi verschwenden.

Die war, wie mir ein leichtes Vibrieren des Betonbodens unter meinen Füßen verriet, momentan damit beschäftigt, vom Bunker aus so leise wie möglich einen Tunnel durch Erde und Fels bis an den Punkt zu graben, der sich ihren Berechnungen zufolge exakt unter dem Reinraum befand. Ein Knochenjob: fünfhundert Meter durch festes Grundgestein, ohne dass an der Erdoberfläche Erschütterungen spürbar werden durften. Adi musste alle paar Minuten eine Pause einlegen, um ihre Energene abkühlen und neu aufladen zu lassen.

Es war ein gewagtes Unterfangen. Aber um auf Nummer sicher zu gehen, blieb keine Zeit. Der Schild spannte sich wie ein Schirm über den Quantencomputer, schützte aber hoffentlich nicht das Erdreich darunter. Wenn es uns gelang, den Fußboden wegzusprengen, sodass der Computer im wahrsten Sinne des Wortes abstürzte und in Adis Tunnel krachte, vereitelten wir damit die Pläne des Schwarms. Dann mussten sie noch mal von vorn anfangen.

Eine Herausforderung würde natürlich sein, sich im Anschluss nicht umbringen zu lassen. Aber wenn uns die Flucht gelang, Adi einen neuen Bodyprinter baute und wir es schafften, Jamila zurückzuholen, dann, ja, dann könnten wir vielleicht sogar einen Weg finden, den Schwarm ein für alle Mal aufzuhalten.

Positiv denken, ermahnte ich mich, aber wenn ihr es genau wissen wollt: Mein Herz war mir längst in die tiefsten Tiefen der Hose gerutscht. Ich war kein Held. Die Welt zu retten, dazu war ich nicht gemacht. Ich ertrug nur den Gedanken an meine Mum nicht, wie sie dastand, stumm und mit leerem Blick, über dem Arm einen Stapel Ganzkörperanzüge.

Mein Telefon piepte. Ich fuhr hoch. »Ich bin's nur«, sagte Jamila. »Ich gehe jetzt los. Muss mich durch die Computersysteme vom Jodrell wursteln, dann bin ich bereit für den nächsten Schritt.«

Ich nickte, was keinerlei Sinn ergab, weil Jamila mich nicht sehen konnte. »Kriegst du's hin?«

»Hoffen wir's«, sagte sie. »Du solltest dich auch fertig machen.«

Ich verließ die Operationszentrale des Bunkers, stieg eine mir endlos erscheinende Betontreppe hinauf und stand bald darauf vor einer großen, verrammelten Doppeltür. Ich legte die Hände um Kette und Kettenschloss, drückte zu und konzentrierte mich. Das Metall wurde unter meiner Berührung weich und biegsam. Mein Magen rebellierte zwar, aber nicht so schlimm wie vorher, und als die Absperrkette zu Boden fiel, taten meine Finger kaum weh.

Ich drückte die Klinke hinunter und zog die Türen auf. Mit einem lauten, schabenden Geräusch meldeten sich die Angeln widerwillig zum Dienst. Hinter der Tür lag ein schmutziger Korridor, der auf einen mit Brettern zugenagelten Ausgang zulief. Was in dem baufälligen alten Gemäuer versteckt lag, wusste niemand mehr.

»Alles klar«, sagte ich. »Bin in Position.«

»Der Tunnel ist so gut wie fertig«, sagte Adi. »Jamila, wie sieht es mit den Computersystemen aus?«

»Sind online und damit beschäftigt, die Flugbahnen der abstürzenden Satelliten zu berechnen«, erstattete Jamila Bericht. »Das wird die Agenten für ein paar Minuten beschäftigen.«

»Dann ist es Zeit zuzuschlagen«, sagte ich. »Jetzt oder nie.«

»Danny«, sagte Jamila, »versprich mir, dass du, wenn's schiefgeht, die Beine in die Hand nimmst und um dein Leben rennst, ja?«

»Vielleicht klappt's ja auch. Hast du daran schon mal gedacht?«

»Sorry. Ja. Vielleicht geht's gut. Bestimmt. Auf jeden Fall.«

»Besten Dank, Jam. Sehr überzeugend.« Ehe ich ins Grübeln geraten und die Nerven verlieren konnte, schloss ich die Augen und trat – mitten durch das verrottende Holz – hinaus ins Freie. Sofort lief ich gebückt los, um ein wenig Distanz zwischen mich und den Bunker zu bringen. Falls man mich entdeckte, sollte dort niemand nachsehen und dabei womöglich den Tunnel entdecken.

Es tat gut, an der frischen Luft zu sein. Die Sonne

schien. Das Radioteleskop reckte seinen metallenen Hals in den blauen Himmel, um die endlose Welt der Sterne zu erforschen. Was für ein friedlicher Tag.

Niemand war in Sicht. Selbst als ich mich dem Gebäude mit dem Reinraum näherte, blieb alles ruhig.

Ich atmete tief durch. »Sind alle bereit?«, flüsterte ich.

Pause. Dann sagte Jamila: »Los geht's.«

»Hals- und Beinbruch.« Ich schob mein Handy in die Hemdtasche, öffnete den Mund und stieß einen gellenden Schrei aus, als ich losstürmte.

Wie Ameisen, in deren Nest man gestochert hatte, kamen die Schwarmzombies aus dem Gebäude gewuselt und bildeten eine schützende Barriere um den Eingang. An vorderster Front stand Doktor Pearce in ihren halb geschmolzenen Stiefeln.

Schlitternd bremste ich ab.

Neben ihr stand meine Mum und es sah zunächst so aus, als wären die beiden jetzt beste Freundinnen.

Dann bemerkte ich die Waffe, die Pearce ihr an die Brust hielt.

»Ergib dich«, rief die Cybersecurity-Chefin mir zu, »sonst erschieße ich deine Mutter.«

»Lass nicht zu, dass sie mir wehtun, Danny«, sagte Mum. Ihre Stimme klang, als läse sie die Worte von einem unsichtbaren Teleprompter ab. »Lass dich vom Schwarm dekonstruieren, sei so lieb.«

»Netter Text«, murmelte ich. Zugegeben: Meine Mum gegen mich auszuspielen, war ein schlauer Move. Sehr clever, die Damen und Herren Schwarmagenten, sehr clever.

Leider aber auch außerordentlich dumm. Meine Mum zu bedrohen? Geht gar nicht.

Mit erhobenen Armen, so als wollte ich mich ergeben, stellte ich mir unter voller Konzentration vor, was als Nächstes passieren sollte. Meine Energene regten sich. Ich stampfte so fest ich konnte mit dem Fuß auf und entfesselte dadurch eine Druckwelle, die sich in konzentrischen Kreisen um mich herum ausbreitete. Der Rasen schlug mannshohe grasgrüne Wogen.

Pearce, meine Mutter und die ganze versammelte Mannschaft riss es von den Füßen. Im selben Moment pflückte ich Mum mithilfe meiner Gedanken aus der Menge heraus, ließ sie durch die Luft wirbeln und in einem Gestrüpp landen. Schwindel und Übelkeit überkamen mich, die auflodernden Energene versetzten meinen Körper in Zuckungen. Doch ans Aufhören war nicht zu denken. Mit riesigen, unsichtbaren Fingern schob ich rings um meine Mum die Büsche zusammen und verwob die Äste so eng, dass sie sich nicht daraus befreien konnte, vor Blicken geschützt war und nicht verletzt werden konnte.

»Wenn das keinen Hausarrest gibt, weiß ich auch nicht, Dannyboy«, frotzelte Jamila in meiner Tasche.

»Sehr witzig.« Nach der Anstrengung fühlte ich mich ausgelaugt, zwang mich aber zum Weiterrennen, ehe die umgepurzelten Marionetten wieder auf die Beine kamen. »Bist du drin, Jam?«

»Computersysteme infiltriert«, bestätigte sie durch Mums Smartphone. »Laut Sicherheitskameras sind drinnen vier bewaffnete Wächter. Duck dich.«

Gleich bin ich tot, dachte ich, zog den Kopf ein, rannte durch den Plastikvorhang und stieß die Tür auf. Sofort kam Leben in die vier Bewacher. Ich machte einen Hechtsprung nach vorn. Vier Kugeln flogen mir entgegen – und über mich hinweg. Einen der Männer brachte ich mit mir zu Fall, die anderen drei zwang ich per Gedanken nicht bloß *an*, sondern halb *in* die Wand. Um sie herum verhärtete ich die Moleküle, sodass sie sich nicht befreien konnten. Druck und Hitze lasteten auf meinem Körper, ich stöhnte auf.

Der Securitymann, den ich zu Boden gerissen hatte, versetzte mir einen Fausthieb auf Höhe meiner

Augenbrauen. Ein stechender Schmerz durchfuhr mich. Ich drückte seinen Knöchel in die Bodenfliesen, sodass auch er festsaß. Dann rollte ich mich außer Reichweite und kickte seine Waffe weg.

»Zugang ist frei«, sagte Jamila. »Keine Angst, das blaue Auge steht dir super. Und go!«

Umständlich rappelte ich mich hoch und zwang die nächste Tür, sich zu öffnen. Die Düsen ließen gereinigte Luft hereinströmen, ein steriler Hurrikan brach über mich herein. Am Ende der Schleuse erkannte ich die Umrisse eines Agenten.

»Licht aus!«, rief Jamila und schaltete das Beleuchtungssystem ab. Dunkelheit umgab mich.

»Danny. Du kannst nicht … gewinnen«, krächzte der Agent. Ich hörte ihn auf mich zukommen.

Mein Instinkt befahl mir, mich auf den Boden zu werfen und an ihm vorbeizukrabbeln. Sehr vorhersehbar. Darum sprang ich stattdessen im Dunkeln hoch und saugte mich wie Spiderman an der Decke fest. Wobei Spiderman bei solchen Aktionen garantiert nie zum Kotzen zumute war. Gleichzeitig befahl ich den Düsen, etwas anderes – und weitaus Tödlicheres – als Luft auszuspucken.

Gedacht, getan: In die Luftschleuse strömte Schwefelsäure. Der Agent zuckte und wand sich wie ein Aal. Zischend landeten einige Spritzer auch auf meiner Haut – ich kraxelte schneller davon als jedes Insekt.

Dann: ein dumpfer Aufprall. Etwas war zu Boden gefallen.

Mums Handy. Aus meiner Hemdtasche. Mist.

Es war zu spät, um es mir zurückzuholen. Ich krabbelte weiter bis ans Ende des Korridors, schwang mich in das eiskalte Allerheiligste des Schwarms und schloss die Tür hinter mir.

Am anderen Ende des Raums erspähte ich die Agentin. Sie bediente das Terminal, das mir bereits zuvor aufgefallen war. Dessen Monitor zeigte Grafiken und Analysen von bestimmten Punkten in der Erdumlaufbahn – bis plötzlich Jamilas verpixeltes Gesicht darauf erschien. »Danny? Ich konnte dich übers Handy nicht erreichen …«

»Jamila, mach, dass du da rauskommst!«, rief ich entsetzt, biss die Zähne zusammen und versuchte in Gedanken, die Agentin von der Konsole wegzuzerren. Sie bewegte sich keinen Millimeter. Richtig, Adi hatte mich ja gewarnt, dass die Energene irgendwann ausbrennen und meinen Körper verlassen würden. O bitte, dachte ich, nur noch einen letzten Energieschub.

Zu spät. Die Agentin legte blitzschnell die Hände an beiden Seiten auf den Bildschirm. Das Bild von Jamila verzerrte sich. Sie schrie auf.

»Das ist … das Mädchen, das die Satelliten … gegen uns einsetzt«, zischte die Agentin. »Die andere Komplizin der Kundschafterin. Ich … habe sie.«

»Loslassen«, flehte Jamila mit schmerzverzerrtem Gesicht. »Ich versuche nie wieder, den Schwarm aufzuhalten, ich schwöre es.«

»Lass sie in Ruhe«, brüllte ich und rannte auf das Terminal zu.

Im selben Moment erschien der männliche Agent. Sein klobiger Körper war mit Brandwunden übersät. »Der Quantencomputer … benötigt eine sterile Umgebung.« Er deutete auf mich, woraufhin eine Wolke aus eisiger Luft aufstieg und mich an Ort und Stelle festfrieren ließ.

Der Agent trat neben seine Partnerin und hielt die Hand an den Monitor. »Jamila al-Sufi existiert nur … in digitaler Form«, verkündete er kurz darauf. »Ihre Hirnströme … wurden dem Schwarm … noch nicht hinzugefügt.«

»Es tut mir echt leid«, antwortete meine beste Freundin beschwörend. »Adi hat mich dazu angestiftet. Die Kundschafterin hat mich dazu gezwungen.«

»Nein, Jamila«, rief ich. »Verrate ihm nichts.«

Aber meine Freundin konnte oder wollte nicht auf mich hören. »Adi will den Schwarm aufhalt–«, fuhr sie fort, aber dann fror ihr Bild ein.

»Einheit al-Sufi zeigt Eignung … für digitale Existenz«, ertönte die roboterhafte Stimme der Agentin. »Extrahieren.«

Ich konnte nicht hinsehen. Ich wandte den Blick ab und starrte wie gelähmt auf den Quantencomputer. In seiner leuchtenden, wirbelnden Energiekugel steckte eine perfekte Kopie der gesamten Menschheit als digitaler Code. Der Menschenschwarm. Angst und Ehrfurcht ergriffen Besitz von mir. Wie konnte die Essenz von sieben Milliarden Menschen auf das hier reduziert werden – auf eine brodelnde Datenmasse?

»Upload erfolgt«, bestätigte der Agent. Ein dünnes Bändchen aus scharlachroter Energie leuchtete auf und wirbelte für einen kurzen Moment durch die Kugel. Ich hörte noch das Echo von Jamilas letztem Schrei.

Mit Tränen in den Augen wandte ich mich wieder den Agenten zu.

Komm schon, Adi, dachte ich. *Lass den Boden unter dem Computer wegbrechen. Mach schon.*

Dann legten sich brennend heiße Finger um meinen

Hals. Ich japste nach Luft. »Die Gefahr in dir … ist gebannt«, zischte der Agent. »Zur Löschung … bist du dennoch vorgesehen.« Er warf mich zu Boden, wo mir die Kühlmittelschwaden den Atem nahmen. »Wo ist die Kundschafterin?«

»Ich weiß es nicht«, beeilte ich mich zu sagen. »Ich habe sie schon ewig nicht mehr gesehen.« Gleichzeitig überschlugen sich meine Gedanken. Warum hatte Adi den Boden unter dem Quantencomputer nicht aufgerissen? »Jamila und ich sind hergekommen, um euch aufzuhal–«

»Deine Angst … lässt deine Gedanken … heller leuchten«, unterbrach mich der Agent. »Wie ich sehe, ist die Kundschafterin … nicht weit. Sie gräbt.«

»Ganz bestimmt nicht«, rief ich verzweifelt. Ein Teil des Fußbodens wurde auf einmal flüssig wie Quecksilber und formte sich um meine Hand- und Fußgelenke zu Fesseln. »Ich habe keine Ahnung, wo sie ist.«

»Dann … will ich es dir zeigen«, schaltete sich die Agentin ein. Sie deutete nach unten, woraufhin sich der Boden auftat. Adi wurde aus ihrem Tunnel nach oben gerissen, schwebte in der Luft, wand sich und trat um sich. Die silberweißen Haare standen ihr zu Berge.

»Ich war so nah dran.« Adi deutete auf den Sockel des

Quantencomputers. »Danny, es tut mir leid. Ich hole das Ding da runter. Irgendwie schaffe ich es noch.«

»Diese Anlage … gehorcht allein den Gesetzen des Schwarms«, belehrte sie der Agent. »Die Kundschafterin ist nicht mehr eins … mit dem Schwarm.«

Adi starrte ihn an. »Aber ich habe das Fundament untergraben und die strukturelle Integrität geschwächt. Eigentlich hätte der Computer runterstürzen müssen und –«

»Der Raum wurde von uns … gesichert. In sämtlichen Dimensionen«, gab die Agentin zurück.

»Die Satelliten werden trotzdem einschlagen«, zischte Adi. »Der Schwarm ist besiegt. Ich habe ihn besiegt.«

Der Agent riss die Augen auf. »Das ist … Verrat. Für alle sichtbarer … Verrat.« In seiner Stimme schwang beinahe so etwas wie Emotion mit. »Ihr Denken ist … verwerflich. Ihre Daten … sind fehlerhaft.«

»Kundschafterin«, sagte die Agentin drohend. »Sie kennen … die Flugbahnen, habe ich recht? Sie … haben Jamila al-Sufi mit dem nötigen Know-how ausgerüstet, um die Satelliten … in Position zu bringen. Ein Ablenkungsmanöver, während Sie … den nächsten Schlag gegen uns vorbereiteten.«

Der Mann hob seinen halb geschmolzenen Fuß und

ließ ihn über meinem Hals schweben. »Zerstören Sie die Satelliten, Kundschafterin. Oder Danny Munday … stirbt.«

Die werden mich so oder so töten. Tu's nicht, Adi, wollte ich rufen. Den Mut hätte ich gern besessen. Aber ich brachte keinen Mucks hervor.

»Ich kann nichts zerstören«, protestierte Adi. »Meine Energene sind erschöpft, weil ich gerade einen kompletten Tunnel vom Bunker bis hier gegra–«

»Die Kundschafterin … hat gelernt zu lügen«, schnitt ihr die Agentin das Wort ab. »Ihre Kraft … reicht allemal aus.«

Adi schüttelte den Kopf. »Wenn ich meine Kräfte dazu verwende, die Satelliten aufzuhalten, bin ich ein Totalschaden. Das wäre irreparabel.«

»Zerstören Sie sofort … die Satelliten.« Der Agent presste seinen Stiefel auf meine Kehle. »Ich sage es nicht noch mal.«

»Nein«, flüsterte ich. Ich wollte nicht sterben. Nichts von dem, was passiert war, hatte ich gewollt. Doch es half nichts: Jamila war tot und der Schwarm nicht aufzuhalten. Zu mächtig, zu intelligent, zu skrupellos. Es gab keinen Ausweg mehr. Weder für mich noch für irgendwen.

Die Angst ließ meine Gedanken wohl tatsächlich heller leuchten, denn Adi sah mir nur eine Sekunde ins Gesicht – und verstand. Sie nickte.

Ihr Lächeln war traurig und als sie die Lider schloss, starb auch die Hoffnung in ihren Augen.

Ich sah sie in der Luft schweben, sah sie zittern und sich krümmen, als sie die Kraft ihrer Gedanken auf die Gegenstände im Weltraum hoch über uns lenkte. Ich stellte mir vor, wie sie die Satelliten mit Kurs auf die Erde gewaltsam aus ihren Flugbahnen warf. Adi vermochte es. Sie ließ alles, alles verglühen.

Und – ich weiß gar nicht, wie ich es sagen soll, aber auch Adi verbrannte. Die Anstrengung brachte sie um.

»Hör auf«, flehte ich. »Adi, tu's nicht.«

Ihre Haut wurde braun wie ein im Ofen vergessenes Butterplätzchen. Ihr Gesicht warf Blasen, die Kleider fingen Feuer. Hitze versengte die Haare bis auf die Stoppeln. Was noch von Adi übrig war, verschlang ein grelles weißes Licht. Verzweifelt und völlig ungläubig sah ich zu.

Dann war sie weg.

Die Agentin trat zurück an das Terminal. Unter ihren Fingern klapperte die Tastatur, dann erschienen Diagramme und Gleichungen auf dem Bildschirm. »Sämtliche

Weltraumobjekte, die an unseren Koordinaten … einschlagen sollten, sind zerstört«, lautete ihr Bericht. »Die Kundschafterin hat … ihre Aufgabe erfüllt, ehe sie von der Energiefreisetzung … verzehrt wurde.«

»Und auch unsere Mission … ist abgeschlossen.« In der Stimme des Agenten war nicht einmal ein Anflug von Triumph zu hören, als die Lichtkugel über den zahllosen Zylindern noch heller aufleuchtete. »Beginne Upload der menschlichen Gehirnströme … in den Schwarm.«

»Nein«, rief ich. »Gebt der Menschheit eine zweite Chance. Bitte!«

»Dieses Ersuchen … ist irrational«, sagte die Agentin, ohne ihre Eingaben am Quantencomputer auch nur für eine Sekunde zu unterbrechen. »Übertragung läuft. Die menschliche Spezies … wird nun bald schon … im Schwarm neu zum Leben erwachen. Alles bisherige Leben … wird entfernt.«

»Bei dir fangen wir an.« Ihr männlicher Konterpart beugte sich zu mir hinab, um mich in den Tod zu schicken.

21. ZWEI WICHTIGE GRÜNDE

Tschüss, Welt, dachte ich, als der Agent mir die eben von ihm erschaffenen Hand- und Fußfesseln abnahm. *Schön war's mit dir.*

»Digiscanner vorbereiten«, wies er seine Partnerin an, packte mich mit wurstigen, verkohlten Fingern beim Hemdkragen und riss mich auf die Beine. »Er darf nicht noch einmal entkommen. Sobald seine Daten … gelöscht sind, aktivieren wir den Destruktorcode und zerstören … sämtliche organischen Überreste.«

Die Agentin antwortete nicht. Sie lehnte am Terminal und starrte den Monitor an.

»Weshalb die Verzögerung?«, wollte der Mann von ihr wissen.

Wie in Zeitlupe wandte sie sich zu uns um – denn schneller, sah ich da, ging es nicht. Ihr Gesicht war am Zerfließen wie Bienenwachs neben einer offenen Flamme. Orangefarbene Funken tanzten wie Glühwürmchen um sie herum. Sie setzte zu sprechen an, aber dabei fiel ihr die Kinnlade herunter – wortwörtlich. Der Kieferknochen prallte mit einem dumpfen Geräusch auf dem Boden auf, gefolgt vom Rest des Körpers. Die Frau schlug der Länge nach hin und ging zu Bruch wie eine Glasflasche voll Limonade: Schäumende, blubbernde Flüssigkeit ergoss sich in alle Richtungen.

Ich musste würgen. Was ging hier vor?

Dem Agenten entfuhr ein rasselnder, seelenloser Schrei. Er lockerte seinen eisernen Griff. Ich taumelte rückwärts, er kollabierte. Sein Körper zerfiel zu zähflüssigen Klumpen mit dem gleichen orangefarbenen Schimmer. Ich starrte hinab auf die Bläschen schlagenden Überreste der beiden Schwarmagenten, von denen inzwischen kaum mehr übrig war als ein paar verkokelte Brocken in schlaffen Klamotten.

»Was ist passiert?«, flüsterte ich. Niemand antwortete. Ich war allein.

Da rumpelten und blinkten auf einmal die beiden Digiscanner. »O nein, bitte nicht«, hauchte ich.

Denn wenn ich mich recht erinnerte, konnten die Geräte auch als Bodyprinter verwendet werden.

Von Adi wusste ich, dass die Agenten, wenn ihre Körper zerstört wurden, in Form von Daten in den

Schwarm zurückkehrten. Hatten sie ihren Auftrag noch nicht abgeschlossen, konnten sie sich in ihren High-Tech-Särgen jedoch regenerieren wie digitale Vampire. Das mussten sie jetzt also sein. Bereit, mich ein für alle Mal kaltzumachen. Bereit, die Menschheit auszulöschen.

Ich musste hier weg.

Ohne zu zögern rannte ich zur Tür, schob sie mit Gewalt auf – und wich sogleich wieder zurück, denn eine übel riechende Substanz schwappte auf mich zu: Das war die Schwefelsäure, die ich vorhin herbeigezaubert hatte. Auf diesem Weg konnte ich das Gebäude nicht verlassen, es sei denn, ich wollte mir die Füße wegätzen. In der tödlichen Pfütze lag auch Mums angeknackstes, zischendes Handy – für mich unerreichbar. Die letzte Verbindung zu meiner besten Freundin.

Jamila war fort und ich hatte mich nicht von ihr verabschieden können. Hoffnungslosigkeit legte sich schwer über meine Seele und zerrte an mir, so wie die Schwerkraft, als ich vor gar nicht allzu langer Zeit in meinen eigenen Körper zurückgekehrt war.

Aus den Digiscannern drang jetzt rotes Licht. Ein Unheil verkündendes Zischen ertönte.

»O nein«, ächzte ich, als die linke Kabine aufging.

Dann sah ich, was sich darin befand. Oder vielmehr, wer.

Jamila. Die echte Jamila, meine Freundin im Eisbär-Plüschoverall. Mir blieb die Spucke weg. Ich klappte den Mund sprachlos auf und zu.

»O Mann«, waren ihre ersten Worte. »Das digitale Dasein ist der reinste Mist.«

»Du bist zurück!« Ich rannte auf sie zu und umarmte sie so fest, wie ich noch nie jemanden umarmt hatte. »Wie hast du das gemacht? Wie hast du –? Warte.« Ich fasste sie beim Handgelenk und zog sie weg, denn in diesem Moment öffnete sich langsam die Tür des zweiten Geräts. »Ich glaube, die Agenten –«

»Sind ein für alle Mal erledigt«, sagte Adi und hüpfte aus dem Bodyprinter wie ein Springteufel aus seiner Kiste.

Ich schrie vor Schreck laut auf und Jamila kippte beinahe aus den Latschen.

Adi strahlte uns an. »Habe ich euch erschreckt?«, sagte sie triumphierend. »Yesssss.«

»Das ist unmöglich.« Ich traute meinen eigenen Augen nicht. »Ich meine, ich habe dich doch gesehen. Du bist in Flammen aufgegangen und … die Übertragung der Hirnströme läuft bereits und –«

»Danny, inzwischen solltest du doch kapiert haben, dass die körperliche Form wiederhergestellt werden kann, solange der digitale Code vorhanden ist.« Sie deutete auf die Bodyprinter und lächelte Jamila an. »Bei dir hat's auch geklappt.«

Ich wusste überhaupt nicht, wie mir geschah. »Aber ... Wo warst du? Jamila wurde in den Menschenschwarm gebracht, das habe ich gesehen. Und ich dachte, auf den Quantencomputer hättest du keinen Zugriff.«

»Hatte sie auch nicht«, sagte Jam. »Genau deshalb mussten wir ein trojanisches Pferd einschleusen.«

»Jamila nimmt Bezug auf einen Mythos aus dem Trojanischen Krieg«, dozierte Adi im Tonfall einer verstaubten, alten Professorin, »wonach sich griechische Soldaten Einlass ins belagerte Troja erschlichen, indem sie sich in einem riesigen hölzernen Pferd versteckten.«

»Das weiß ich alles, das haben wir in der Grundschule schon durchgenommen«, gab ich zurück. »Die Trojaner rollen das Pferd in die Stadt, nachts schleichen sich die Soldaten heraus, öffnen die Stadttore von innen und lassen das gesamte griechische Heer herein. Troja wird zerstört und der Krieg –« Ich verstummte. »Moment. Soll das heißen –?«

»Ich war das Pferd«, nickte Jamila. Sie grinste. »Ich.«

Adi erklärte: »Erinnerst du dich, dass Jamila Panik hatte, ihr Code könnte von einem Computervirus attackiert werden? Das brachte mich auf die Idee mit dem Anti-Schwarm-Virus.«

»Und was hat das jetzt mit dem Trojanischen Krieg zu tun?« Ich stand immer noch auf dem Schlauch.

Adi freute sich diebisch. »Ich habe einen digitalen Klon von mir selbst erzeugt, ihn mit dem Virus infiziert und dann in Jamilas Daten versteckt. Mir war klar, dass die Agenten ihren Code extrahieren würden.«

»Weil sie – außer mir – absolut jeden Menschen auf dem Erdball einlesen wollten«, ging mir auf. »Als Jamila dann in die große Energiekugel da oben gesaugt wurde, warst du in ihr versteckt?«

»Genau. Von dort aus habe ich dann den Anti-Schwarm im ganzen Quantencomputer verbreitet. Die Agenten waren drahtlos mit ihm verbunden, von daher war es sehr simpel, sie anzustecken.« Sie unterdrückte mühsam ihr Grinsen. »Mit einem Trojanischen Pferd kann auch Malware in einem PC gemeint sein, die dem User ihren wahren Zweck vorenthält, nicht wahr?«

»Ja, gut, klar.« Ich nickte atemlos. »Und die Hirnströme? Kann der Schwarm sie immer noch hochladen und dann das Destruktor-Dingsbums zünden?«

Adi schüttelte den Kopf. »Ich habe die Daten manipuliert. Sie sind nicht mehr lesbar.«

»Oh, wow.« Ich überlegte. »Moment mal. Wann habt ihr beide diesen Plan ausgeheckt? Habt ihr ihn vor mir verheimlicht? Warum?«

»Ich wollte es dir sagen.« Jamila blickte zu Boden. »Aber Adi wusste, dass die Agenten deine Gedanken lesen würden, um herauszufinden, was wir vorhaben. Womit sie recht hatte, denn genau das ist passiert. Weil du an den Plan mit dem Tunnelbau geglaubt hast, waren letztlich auch sie davon überzeugt.«

»Zumal ich tatsächlich einen Tunnel gegraben habe«, brüstete sich Adi. »Übrigens sollten wir uns noch mal kurz darüber unterhalten, wie verdammt intelligent ich bin.« Sie deutete auf die Datenkugel, die noch immer über den Zylindern schwebte. »Die Gehirnströme der kompletten Menschheit werden momentan quer durch die Galaxie gesendet – und ich habe sie mit genug Viren vollgepumpt, um den gesamten Schwarm zunichtezumachen. Vielleicht sogar den großen, übergeordneten Schwarmstock.«

»Im Ernst?« Ich kam aus dem Staunen nicht mehr heraus. »Du willst dein eigenes Volk umbringen?«

»Der Upload erreicht den Schwarm erst in über zehn

Tagen«, sagte Adi. »Ich glaube aber nicht, dass eine Reaktion auf unser Handeln so lange auf sich warten lassen wird.« Im selben Augenblick kam ein kleines, pixelartiges Licht angeschwebt wie ein Insekt. »Ah. Ein Trackerbot. Genau im richtigen Moment.«

»Agenten, Lagebericht.« Die tiefe, kratzige Stimme, die aus dem Bot widerhallte, kam mir bekannt vor. Sie gehörte dem Wächter Reboot, der Walzenspinne, der ich im Schwarm begegnet war. »Unregelmäßigkeiten in der Hirnwellenübertragung entdeckt. Agenten, Lagebericht.«

»Wieso kann ein Wächter mit uns kommunizieren, wenn Radiowellen zehn Tage von der Erde bis zum Schwarm brauchen?«, flüsterte ich.

»Ein nützlicher Nebeneffekt der Quantenverschränkung«, erwiderte Adi. »Derselbe Trackerbot existiert im Schwarm und hier. Gleichzeitig. Soll ich es näher erklären?«

Jamila und ich tauschten einen Blick. »Nein«, sagten wir wie aus einem Mund.

»Agenten, Lagebericht«, verlangte Reboot weiter hartnäckig. »Unregelmäßigkeiten in der Hirnwellenübertragung entde–«

»Hier spricht die Kundschafterin«, fiel ihm Adi ins

Wort. »Ich fürchte, die Agenten sind nicht mehr funktionsfähig. Und was die Unregelmäßigkeiten betrifft, haben Sie absolut recht. Die menschlichen Hirnströme sind infiziert. Jeder Versuch, sie hochzuladen, wird den Basiscode des Schwarms korrumpieren.«

Einige Sekunden lang schwieg Reboot. Dann, wie um einen Faktencheck durchzuführen, fragte er sachlich: »Was ist geschehen?«

»Adi ist geschehen«, erwiderte sie kühl. »Das Signal erreicht den Schwarm in zehn Tagen. Wie Ihnen bewusst sein dürfte, ist annähernd so viel Zeit vonnöten, um das schwarze Miniaturloch zu deaktivieren, das dem Schwarm als Anker dient. Um einen katastrophalen Infektionsverlauf sowie Datenverlust zu vermeiden, empfehle ich Ihnen, den Warteorbit und das Sonnensystem schnellstmöglich zu verlassen.«

»Die Spezies Mensch muss extrahiert werden«, widersprach Reboot. »Die Erde ist eine Wiege des Lebens. Um sie aufrechtzuerhalten, muss Homo sapiens entfernt werden.«

»Nicht gegen seinen Willen«, sagte Adi mit fester Stimme. »Ich habe den Virus in alle sieben Milliarden Menschen injiziert und den Destruktorcode entfernt. Damit sind die Hirnwellen für den Schwarm auf unbestimmte Zeit toxisch. Wir können uns die Menschheit nicht einverleiben.«

Reboot schwieg. »Warum begehen Sie für eine derart primitive Zivilisation Verrat an Ihrer eigenen Spezies?«, fragte er schließlich.

»Aus Gründen, die Sie niemals verstehen würden.« Adi sah von mir zu Jamila und zurück. »Es sind zwei sehr wichtige Gründe, die im Übrigen hier neben mir stehen.«

»Sie sind ein Teil des Schwarms. Und doch haben Sie ihn – und damit auch sich selbst – in Gefahr gebracht«, verkündete Reboot. »Der Schwarm ist dazu bestimmt, alle Dinge, alle Vorgänge, einfach alles zu verstehen. Wir müssen herausfinden, wodurch Ihr Handeln ausgelöst wurde. Vielleicht gibt es Lektionen, die wir aus Ihrer Begegnung mit den Menschen lernen können, Kundschafterin Adi.«

Er hatte ihren Namen gesagt! Ich warf Jamila einen Blick zu. Sie hob eine Augenbraue. Das war ein riesiger Fortschritt: Ein Wächter gab zu, dass ein Mitglied des Schwarms anders sein konnte. Ein Individuum. Etwas Besonderes.

»Ihr passt euch wirklich an und entwickelt euch weiter«, murmelte ich.

Adi unterdrückte ein Lachen und bewahrte die Fassung. »Wird man mir erlauben, auf dem Planeten Erde zu bleiben?«

»Nein«, antwortete Reboot. »Ein Verhalten wie das Ihre ist bisher nie da gewesen und muss vom Rat untersucht werden. Ich lade Sie hiermit vor.«

»Das ist so etwas wie deren Oberstes Gericht«, flüsterte ich Jamila zu. »Die allerhöchste Instanz.«

Reboot war noch nicht fertig. »Sollten Sie es versäumen, freiwillig zurückzukehren, so hat das weitreichende Konsequenzen, sowohl für Sie als auch für Ihre … Ihre Bekanntschaften auf dem Zielplaneten.«

»Meine Freunde.« Adi blickte uns an, dann senkte sie den Kopf. »Ich habe verstanden«, sagte sie zu Reboot, »und ich füge mich.«

»Was?«, fragte ich ungläubig.

»Nein!«, setzte Jamila an.

Reboot übertönte uns: »Bitte finden Sie sich zwecks Zurückführung in den Schwarm an den Koordinaten ein, die ich jetzt an den Trackerbot übermittle.« Wie zur Antwort blinkte das Gerät blau auf. »Sie werden erwartet, sobald Sie alle Spuren des Schwarms aus dem menschlichen Gedächtnis getilgt und sämtlichen Schaden beseitigt haben, der durch Ihre Anwesenheit auf der Erde angerichtet wurde. Bitte kehren Sie innerhalb von vier Erdrotationsperioden zurück.«

»Vier was?«, flüsterte Jamila.

»Tage«, erklärte Adi. Der Lichtpunkt schwebte noch einen Augenblick vor ihrer Stirn, dann verschwand er in Adis Schädel. Ihre Augen leuchteten einmal kurz auf, dann sahen sie wieder aus wie zuvor.

Die Luft roch auf einmal sauber, wie nach einem Gewitter.

»Gehst du wirklich zurück, Adi?«, fragte ich.

»Es ist besser so«, erwiderte sie. »Ich kann die Erde nur dann wieder besuchen, wenn hier auch noch irgendetwas übrig ist, was den Besuch lohnt.«

Mit Unbehagen trat Jamila von einem Fuß auf den anderen. »Meinst du, der Schwarm würde uns auslöschen, nur um dir eins auszuwischen?«

»Es hat noch nie jemand die Grenzen des Schwarms auf diese Weise ausgetestet«, sagte Adi schlicht. »Ihr habt es gehört: Ich muss alle Hinweise beseitigen, dass die Agenten je hier waren. Und das ganze Chaos aufräumen.« Sie deutete auf den Boden, woraufhin sich die Säure in Luft auflöste.

»Was ist mit den Männern, die ich, äh, in Wand und Boden festgenagelt habe?«, fragte ich.

»Das mache ich rückgängig«, sagte Adi und wedelte mit der linken Hand. Mit der rechten begann sie, den Quantencomputer auseinanderzunehmen. Eine Weile lang schwebten die Komponenten fein säuberlich in der Luft – wie in einer Aufbauanleitung für Möbel sah das aus. Dann zerlegte sie die einzelnen Teile in ihre Ausgangsstoffe. Ein Haufen aus Sand, Erz und Glibber war alles, was übrig blieb.

»Danny?«

Beim Klang der Stimme machte mein Herz einen riesigen Satz. Ich wirbelte herum – meine Mum stand in der Tür.

»Ich bin in einem Busch aufgewacht und kann mich an alles nur undeutlich erinnern. Oh, mein Danny!« Sie kam auf mich zugerannt und umarmte mich. »Wo warst du?« Sie brach in Tränen aus. »Ich dachte, du wärst tot. Was machst du hier? Du hast doch gar keinen Zutritt zu diesem Raum. Und Jamila … und wer ist das da? Was geht hier eigentlich vor?«

»Mum«, schnaufte ich und schob ihre gummiüberzogene Schulter ein kleines Stück von mir weg. »Alles ist gut, entspann dich.«

»›Entspann dich‹? Ich habe Höllenängste um dich ausgestanden, junger Mann.« Ihre Erleichterung schlug mit rasantem Tempo in Hausarrest-Laune um. »Ich glaube, wir müssen uns mal gründlich darüber unterhalten, was –«

Der Wortschwall hörte gar nicht mehr auf. Ich sah Adi flehentlich an, woraufhin diese meiner Mum die Hand auf den Hinterkopf legte und murmelte: »Schlaf.«

Augenblicklich sank Mum zu Boden, igelte sich ein und döste.

»Ich sorge dafür, dass sie sich an nichts erinnert«, flüsterte Adi. »In den nächsten Tagen lasse ich alle Menschen die Vorkommnisse vergessen.«

»Alle?«, fragte ich scharf.

»Dich und Jamila nicht. Ihr werdet euch für immer erinnern.«

O ja, das würden wir. Um ein Haar hätte ich meine Familie verloren, meine Freunde, den ganzen Rest der Menschheit. Ich hatte Ängste ausgestanden, Verletzungen erlitten, aber auch unglaubliche Kräfte entwickelt, krasse Dinge getan – und, wenn ihr mich fragt, Maxima Layne den Rang abgelaufen.

Nein, das würde ich ganz bestimmt niemals vergessen.

VIER TAGE SPÄTER

Es war seltsam, nach allem, was passiert war, zum ganz normalen Alltagswahnsinn zurückzukehren. Ich hätte schwören können, dass Jamilas Eltern total ausrasten würden, wenn ihre Tochter einfach so wieder zu Hause auf der Matte stand. Aber Adi verwischte ihre Erinnerungen. Dasselbe tat sie bei allen Lehrern und Mitschülern. Und auch bei meinem Dad, der kurz darauf aus dem Flieger stieg und Mum und mich zu Hause in schöner Zweisamkeit vorfand, so als sei ich nie weg gewesen.

Dass Mum und Dad sich wieder versöhnten, dafür konnte Adi natürlich nicht sorgen. Aber solange mein Vater zu Besuch war, benahmen sie sich zumindest. Als besonderen Gefallen unterdrückte Adi allerdings bei meinem Vater das dringende Bedürfnis, mich anzuschnauzen, sobald ich das Haus in Straßenschuhen betrat. Von dieser kleinen Neuerung konnte ich nicht genug kriegen. Einmal habe ich sogar mit Turnschuhen geschlafen. Einfach weil ich's konnte.

Adi hatte Jamila und mir unzählige Probleme beschert, aber sie blieb lange genug auf der Erde, um alles bestmöglich wieder ins Lot zu bringen.

»Sämtliche Radioteleskope sind jetzt wieder himmelwärts ausgerichtet«, verkündete Adi. Sie stand auf dem Fußweg vor unserem Haus, genau wie bei ihrem ersten Besuch. »Bis auf das in Hawaii. Vom Gemini-Observatorium habe ich nämlich bislang die Finger gelassen, damit dein Vater noch ein Weilchen länger bei euch bleiben kann.«

»Das hättest du nicht machen sollen.« Verärgert zog ich die Stirn in Falten. »Ich will, dass er hierbleibt, weil er es von sich aus möchte. Nicht weil er nichts Besseres zu tun hat.«

»Oh. Sorry. Na ja, ich nehme mal an, demnächst wird sein Teleskop sowieso repariert.« Adi seufzte. »Ich finde es total kompliziert herauszufinden, was Menschen glücklich macht.«

»Die meiste Zeit wissen wir es selbst nicht«, tröstete Jamila sie. »Wie sollst du es also erahnen?«

»Jamila, komm rein!«, rief ihre Mum von nebenan. »Du weißt genau, um Punkt neun sollst du zu Hause sein.«

»O ja. Weil meine Schlafenszeit auch das Einzige war, woran ich denken konnte, während ich in Codeform im Internet rumgejettet bin.« Jamila seufzte. »Meine Mutter zum Beispiel ist nur dann glücklich, wenn sie mir das Leben vermiesen kann.«

»Und genau deshalb liebst du sie«, sagte ich. »Stimmt's?«

»Klugscheißer.« Sie stieß mich an. »Ich bin dann mal weg.«

»Nachher KLIMMZÜGE und *Breakout Saturn*?«, schlug ich vor.

»Dass du überhaupt fragen musst«, gab sie zurück und schwang sich elegant über den Gartenzaun.

Nachdem die Tür hinter ihr ins Schloss gefallen war, hörte ich Mum über einen Witz von Dad lachen. Musik in meinen Ohren. Wetten, dass wir, wenn wir zu dritt in den Zipline-Park fahren würden, aus dem Lachen gar nicht mehr rauskämen? Ich merkte, dass ich der Zukunft zum ersten Mal seit Langem mit einem Lächeln entgegensah.

Auch Adi blickte nach vorn.

»Ich habe in der Lagerhalle alle Spuren meiner Anwesenheit entfernt«, erläuterte sie, »sodass Pearce und ihre Leute nicht zufällig über irgendwelche Überbleibsel von Schwarmtechnik stolpern können.« Sie lächelte. »Ich habe ihr weisgemacht, dass die Fast Radio Bursts auf ein Naturphänomen zurückzuführen sind. Wenn der letzte FRB aufgezeichnet wird, dürfte sie das nicht weiter interessieren.«

»Du meinst, wenn du die Erde verlässt«, sagte ich verhalten. »Dein großer Abschied.«

»Jamila und du, ihr habt eure Familien mit all ihren Fehlern und Macken und Problemen«, erwiderte sie. »Und ich habe meine.«

»Wann gehst du?«

»Ich habe es so lange hinausgezögert, wie ich konnte«, sagte sie. »Die vier Tage sind um und der Trackerbot in meinem Kopf drängt mich zur Abreise.«

»Oh. Okay.« Ich schluckte. »Na ja, also …«

Sie musterte mich. »Ja, Danny?«

»Also, äh, es tut mir leid, dass du mit deiner Wunschliste nicht besonders weit gekommen bist.« Ich räusperte mich. »Meinst du, du kommst vielleicht eines Tages zurück auf die Erde?«

Jetzt grinste sie. »Wie gesagt: Auf der Quantenebene ist nichts unmöglich, wenn du lange genug würfelst.«

Ich nickte. »Da magst du wohl recht haben. Allerdings heißt das ja wohl auch, dass der Schwarm vielleicht wiederkommt. Sind wir also letzten Endes doch nicht in Sicherheit? Du hast immerhin den gesamten Code der Menschheit mit einem Virus versehen. Meinst du nicht, der Schwarm will das rückgängig machen?«

»Es gibt nichts rückgängig zu machen.« Adi lachte. »Das mit dem Virus war eine Lüge. Ich habe niemanden infiziert. Die Destruktorcodes, ja, die habe ich entfernt, aber sonst nichts.«

»Was? Aber du hast dem Wächter doch gesagt, dass –«

»Wach auf, Danny. Das war ein Bluff.«

»Pssst, du trägst doch einen Trackerbot mit dir herum. Was ist, wenn er zuhört?« Ich runzelte die Stirn. »Dass du eine gute Lügnerin bist, habe ich schon länger durchschaut. Aber dass du dich so was traust – krass.«

»Das habe ich von dir gelernt«, sagte Adi. »Ich habe gemerkt, dass du und deine Freunde die meiste Zeit damit beschäftigt seid, allen etwas vorzugaukeln. Wie cool ihr seid, wie egal euch alles ist, dass jeder mit euch befreundet sein will –«

»Ja, okay, okay, ich hab's kapiert«, grummelte ich. »Gute Arbeit, Adi. Sehr schlau.«

»Ich hoffe, ich kann den Schwarm davon überzeugen, euch in Ruhe zu lassen. Mein Argument ist, dass es so viele außerirdische Zivilisationen gibt, die euch weit überlegen sind und von denen der Schwarm viel mehr profitieren könnte. Das ist kein Bluff.« Sie grinste. »Außerdem werde ich anbringen, dass deine Generation wirklich alles daransetzt, euren Planeten zu beschützen.«

»Wir tun jedenfalls unser Bestes«, murmelte ich ein wenig kleinlaut. »Ich meine, es bleibt uns nichts anderes übrig, oder?«

»Das ist korrekt«, pflichtete sie mir bei. »Ihr Menschen müsst besser darin werden zu verstehen, was ihr eigentlich wollt – und dann alle Hebel in Bewegung setzen, um es zu erreichen. Man weiß nie, wie viel Zeit einem noch bleibt.«

Ich schauderte.

»Eine Sache noch«, sagte Adi. »Du magst mich doch jetzt wieder, oder?«

»Äh, ja, schon.«

»Super. Dann kann ich jetzt ja das hier von meiner Wunschliste abhaken.« Sie lehnte sich vor und presste ihre geschlossenen Lippen auf meine. Es war ein Freundschaftskuss – und ein unbeholfener noch dazu. Unsere Nasen kamen sich in die Quere. Adi lächelte und trat einen Schritt zurück.

Und plötzlich war sie weg. In dem schnell verblassenden Kondensstreifen, den sie am Himmel hinterließ, tauchte für Sekunden ein Bild von dem Kuss auf, den ich mir vor Wochen vorgestellt hatte.

»Das ist zwangsläufig ein Symbol«, war damals Mums Meinung gewesen. »Ein Kuss bedeutet Nähe, Zärtlichkeit, Liebe. Vielleicht stehst du stellvertretend für die Menschheit allgemein.«

»Ja, vielleicht«, flüsterte ich jetzt. »Ich weiß, dass wir Menschen unser Menschenmöglichstes tun müssen, um uns zu ändern. Aber … vielleicht reicht es für heute, wenn ich einfach nur Danny Munday bin. Selbst wenn heute Sonntag ist.«

Ich betrachtete an diesem Abend noch lange den Himmel. Die Dämmerung brach langsam herein und die ersten Sterne zeigten sich. Ich blieb draußen stehen, bis das ganze blauschwarze Firmament funkelte.

Wir sehen uns wieder, Adi, dachte ich.

Wir sehen uns bald wieder.

WISSENSCHAFTLICHE HINTERGRÜNDE

Fast Radio Burst: Ein extrem starker, allerdings nur Sekundenbruchteile andauernder Energieschub im Bereich der Radiostrahlung. Es gibt FRBs, die so viel Energie freisetzen wie unsere Sonne in drei Tagen. Bis sie auf der Erde ankommen, sind sie allerdings bereits sehr schwach. Es ist mindestens ein FRB bekannt, der sich regelmäßig wiederholt.

Kuipergürtel: Eine ringförmige, relativ flache Region im äußersten Bereich unseres Sonnensystems (noch jenseits von Neptuns Umlaufbahn), in der sich unzählige Objekte aus gefrorenen Gasen und Flüssigkeiten befinden. Der Zwergplanet Pluto liegt innerhalb des Kuipergürtels.

Lichtjahr: Das Lichtjahr ist definiert als die Strecke, die Licht während eines (Erd-)Jahres im Vakuum zurücklegt. Licht reist pro Sekunde 300.000 Kilometer weit – das entspricht siebeneinhalb Runden um die Erde. In einem Jahr überwindet Licht also rund 9,5 Billionen Kilometer.

Malware: Code, der zu dem Zweck programmiert wurde, einen Computer zu beschädigen oder seine reguläre Funktionsweise zu stören.

Oortsche Wolke: Eine Wolke aus eisigen Kometen und winzigen Planeten im interstellaren Raum jenseits unseres Sonnensystems. Sie befindet sich über eintausend Mal weiter von unserer Sonne entfernt als der Kuipergürtel.

Quantencomputer: Ein rechenstarker Prozessor, der wesentlich schneller und effizienter arbeitet als gängige PCs.

Quantenverschränkung: Ein merkwürdiges Phänomen aus der Quantenmechanik, bei dem sich zwei Teilchen im gleichen Zustand befinden, auch wenn sie durch extrem große Entfernungen voneinander getrennt sind. Verschränkte Teilchen könnten in der Zukunft potenziell als Kommunikationsweg über lange Distanzen genutzt werden.

Radioteleskop: Gerät mit einer Antenne, das zum Empfangen und Messen von aus dem Weltall kommenden Radiowellen genutzt wird.

Radiowellen: Eine Form elektromagnetischer Strahlung. Radiowellen breiten sich im Vakuum mit Lichtgeschwindigkeit aus.

Schwarzes Loch: Raumzeitbereich, in dem die Schwerkraft so stark ist, dass nichts – nicht einmal Licht – nach draußen dringen kann. Es existieren verschieden große schwarze Löcher. Man vermutet, dass sich im Zentrum der meisten Galaxien, inklusive der Milchstraße, supermassereiche schwarze Löcher befinden.

Trojanisches Pferd: Ein Computerprogramm, das als nützliche Anwendung getarnt ist. Tatsächlich handelt es sich aber um Malware. Der Name stammt von dem riesigen Holzpferd, das während des Trojanischen Krieges von den Achaiern (Griechen) dazu verwendet wurde, Soldaten nach Troja einzuschmuggeln. Nachts verließen diese ihr Versteck, öffneten die Stadttore von innen und ließen den Rest des griechischen Heers hinein.

SCHWARMSPRECH

Agent: Mithilfe von Schwarmtechnologie erstellte Biomaschine. Wird erzeugt, wenn der Schwarm auf einen neuen Planeten gelangt und dort mit physischer Materie interagieren muss. Schwarmagenten ahmen die vor Ort dominierende Lebensform auf krude, wenn auch sehr effektive Art und Weise nach.

Bodyprinter: Ein Gerät, das dank Schwarmtechnologie einen digitalen Code als organisches Material »ausdrucken« kann.

Datenschwarm: Eine digitale Superintelligenz, die per Fast Radio Burst mit Lichtgeschwindigkeit durch den Weltraum reist. Wird normalerweise als »Schwarm« abgekürzt.

Destruktorcode: Ein Code, der vom Schwarm in organbasierte (zum Beispiel menschliche) Körper eingesetzt wird und der, wenn er aktiviert wird, dafür sorgt, dass sich der Körper selbst zerstört.

Digiscanner: Schwarmmaschine, die organgebundenes Bewusstsein (Gehirnströme) in Code verwandelt.

Energene: Energetische Gene, die einem Körper mittels Schwarmtechnologie eingesetzt werden können. Sie verleihen ihrem Träger außergewöhnliche Kräfte: Er kann auf der Quantenebene »würfeln« und dadurch einen bestimmten Ausgang einer Situation erzwingen. Allerdings ist mit starken Nebenwirkungen (Schwindel, Übelkeit etc.) zu rechnen.

Galaktischer Schwarm M31: Ein Datenschwarm, der vom Schwarmstock in Richtung des Andromedanebels ausgesandt wurde, also in die Nachbargalaxie der Milchstraße.

Kundschafter: Code, der dazu dient, dem Schwarm eine erste Einschätzung eines fremden Himmelskörpers zu liefern. Kundschafter bestätigen den Zustand eines Planeten mithilfe von Trackerbots, infiltrieren die vor Ort vorhandene Technik und ebnen den Weg für Schwarmlösungen. Adi ist die Kundschafterin des Galaktischen Schwarms M31.

Nanomaschine: Winziger Roboter, der aus in der Atmosphäre vorkommendem Metallstaub besteht. Nanomaschinen schwärmen aus, um die benötigten Materialien für den Bau von größeren Objekten (zum Beispiel Agenten) zusammenzutragen.

Patrouille: Eine Art Schutzschicht rings um den Schwarm. Die Patrouille fungiert wie eine Antivirus-Software und überprüft jeden Code, der den Schwarm betreten will, auf Malware.

Quantenströmung: Ein Energiefeld, das entsteht, wenn auf der Quantenebene »gewürfelt« wird, um ein gewünschtes Ergebnis zu erzwingen. Wird im Normalfall in Form einer Hitzewelle freigesetzt und kann körperliche Reaktionen in organbasierten Lebensformen auslösen, die sich in der Nähe befinden.

Schwarmstock: Eine uralte außerirdische Zivilisation in Form einer singulären Superintelligenz. Vor rund 65 Millionen Jahren verwendeten Außerirdische Quantencomputer dazu, ihre organbasierte in eine digitale Lebensform umzuwandeln. Vom Schwarmstock aus erforscht diese Intelligenz seitdem in Form von Schwärmen das Universum.

Trackerbot: Code, der existierende Technik infiltriert und kontrolliert. Trackerbots arbeiten mit Kundschaftern zusammen. Sie nehmen eine beobachtende Rolle ein und erstatten den Wächtern Bericht.

Übersetzung: Der Uploadvorgang von organgebundenem Bewusstsein (Gehirnströme) in digitalen Code.

Wächter: Code, der sämtliche Aktivitäten innerhalb des Schwarms überwacht und steuert. Wächter analysieren und korrigieren Einheiten, die als fehlerhaft oder defekt gelten.

MORSEALPHABET

A: •–
B: –•••
C: –•–•
D: –••
E: •
F: ••–•
G: ––•
H: ••••
I: ••
J: •–––
K: –•–
L: •–••
M: ––

N: –•
O: –––
P: •––•
Q: ––•–
R: •–•
S: •••
T: –
U: ••–
V: •••–
W: •––
X: –••–
Y: –•––
Z: ––••

1: •––––
2: ••–––
3: •••––
4: ••••–
5: •••••

6: –••••
7: ––•••
8: –––••
9: ––––•
0: –––––

Könnt ihr mithilfe des Morsealphabets die folgenden Nachrichten entschlüsseln?

(Der Schrägstrich symbolisiert den Leerschritt zwischen zwei Wörtern.)

1) — •—• •— —•—• —•— • •—• —•• ——— —

2) •—— • •—•• — ••—— —• — • •—• ——• •— —• ——•

3) ••• •• • / —•— ———————— • —•

4) —— • —• ••• —•—• •••• • —• ••• —•—• •••• •—— •— •—•——

5) •—— • •—• / •—— •• •—•• •—•• / •——• •• ——•• ——•• •—

© NASA ESA

Tim Peake war als erster britischer ESA-Astronaut auf der Internationalen Raumstation. Davor diente er als Armeeoffizier und war Testpilot. Seit jeher ist das Fliegen Tims große Leidenschaft. So bediente er funkgesteuerte Flugzeuge, lernte zu fliegen, bevor er Auto fahren konnte, und saß schließlich am Steuer eines Raumschiffes. Er erlebt gern Outdoor-Abenteuer und hat den Londoner Marathon sowohl auf der Erde als auch im Weltraum absolviert. Zudem ist Tim Bestsellerautor und begeistert ein breites Publikum für wissenschaftliche Themen.

© Paul Wilkinson

Bestsellerautor **Steve Cole** hat bereits über 200 Kinderbücher geschrieben. Als Autor und Herausgeber hat er mit den Familien von Enid Blyton, Agatha Christie und Ian Fleming zusammengearbeitet und war bei der BBC für die Veröffentlichung von *Doctor Who* verantwortlich. In seiner Freizeit macht Steve Musik und gibt Salsakurse. Er wohnt im südenglischen Buckinghamshire, würde aber eigentlich lieber im Weltraum leben.

Lösungen:
1) TRACKERBOT 2) WELTUNTERGANG 3) SIE KOMMEN
4) MENSCHENSCHWARM 5) WER WILL PIZZA